万水千山走遍

Echo Legend

三毛

青马(天津)文化有限公司
出 品

目录

大蜥蜴之夜	1
街头巷尾	16
青鸟不到的地方	29
中美洲的花园	43
美妮表妹	54
一个不按牌理出牌的地方	61
药师的孙女——前世	70
银湖之滨——今生	80
索诺奇——雨原之一	97
夜戏——雨原之二	112
迷城——雨原之三	126
逃水——雨原之四	141
高原的百合花	159
智利五日	187

情人	202
你从哪里来	218
如果教室像游乐场	231
春天不是读书天	243
我先走了	257
悲欢交织录	265
但有旧欢新怨	276
夜半逾城	293
你是我不及的梦	313
附录1 一封给邓念慈神父的信	320
附录2 飞越纳斯加之线	322

大蜥蜴之夜

墨西哥纪行之一

当飞机降落在墨西哥首都的机场时,我的体力已经透支得几乎无法举步。长长的旅程,别人睡觉,我一直在看书。

眼看全机的人都慢慢地走了,还让自己绑在安全带上。窗外的机场灯火通明,是夜间了。

助理米夏已经背着他的东西在通道边等着了。经过他,没有气力说话,点了一点头,然后领先出去了。

我的朋友约根,在关口里面迎接,向我高举着手臂。我走近他,先把厚外套递过去,然后双臂环向他拥抱了一下。他说:"欢迎来墨西哥!"我说:"久等了,谢谢你!"

这是今年第四次见到他,未免太多了些。

米夏随后来了,做了个介绍的手势,两人同时喊出了彼此的名字,友爱地握握手,他们尚在寒暄,我已先走了。

出关没有排队也没有查行李。并不想做特殊分子,可是约根又怎么舍得不使用他的外交特别派司?这一点,是太清楚他的为人了。

毕竟认识也有十四年了,他没有改过。

"旅馆订了没有?"我问。

"先上车再说吧!"含含糊糊的回答。

这么说,就知道没有什么旅馆,台北两次长途电话算是白打了。

在那辆全新豪华的深色轿车面前,他抱歉地说:"司机下班了,可是管家是全天在的,你来这儿不会不方便。"

"住你家吗?谁答应的?"改用米夏听不懂的语言,口气便是不太好了。

"要搬明天再说好吗?米夏也有他的房间和浴室。你是自由的,再说,我那一区高级又安静。"

我不再说什么,跨进了车子。

"喂!他很真诚啊!你做什么一下飞机就给人家脸色看?"米夏在后座用中文说。

我不理他,望着窗外这一千七百万人的大城出神,心里不知怎么重沉沉的。

"我们这个语文?"约根一边开车一边问。

"英文好啰!说米夏的话。"

说是那么说,看见旁边停了一辆车,车里的小胡子微笑着张望我,我仍是忍不住大喊出了第一句西班牙文——"晚安啊!我的朋友——"

这种令约根痛恨的行径偏偏是我最爱做的,他脸上一阵不自在，我的疲倦却因此一扫而空了。

车子停在一条林荫大道边，门房殷勤地上来接车，我们不必自己倒车入库，提着简单的行李向豪华的黄铜柱子的电梯走去。

约根的公寓，他在墨西哥才安置了半年的家，竟然美丽雅致高贵得有若一座博物馆，森林也似的盆栽，在古典气氛的大厅里，散发着说不出的宁静与华美。

米夏分配到的睡房，本是约根的乐器收藏室，里面从纸卷带的手摇古老钢琴、音乐匣、风琴，到全世界各地大大小小的各种古古怪怪可以发声音的东西，都挂在墙上。

我被引着往里面走，穿过一道中国镶玉大屏风，经过主卧室的门外，一转弯，一个客房藏着，四周全是壁柜，那儿，一张床，床上一大块什么动物的软毛皮做成的床罩静静地等着我。

"为什么把我安置在这里？我要米夏那间！"

我将东西一丢，喊了起来。

"别吵！嘘——好吗？"约根哀求似的说。

心里一阵厌烦涌上来，本想好好对待他的，没有想到见了面仍是连礼貌都不周全，也恨死自己了。世上敢向他大喊的，大概也只有我这种不买账的人。

"去小客厅休息一下吗？"约根问。

我脱了靴子，穿着白袜子往外走，在小客厅里，碰到了穿着粉红色制服、围洁白围裙的墨西哥管家。

"啊！您就是苏珊娜，电话里早已认识了呀！"

我上去握住她的手，友爱地说着。

她相当拘谨，微屈了一下右脚，说："请您吩咐——"

约根看见我对待管家不够矜持，显然又是紧张，赶快将苏珊娜支开了。

我坐下来，接了一杯威士忌，米夏突然举杯说："为这艺术而舒适的豪华之家——"

对于这幢公寓的格调和气派，米夏毫不掩饰他人全然的沉醉、迷惑、欣赏与崇拜。其实这并没有什么不对，公平地说，这房子毕竟是少见的有风格和脱俗。而米夏的惊叹却使我在约根的面前有些气短和不乐。

"阿平，请你听我一次话，他这样有水准，你——"米夏忍不住用中文讲起话来。

我假装没有听见，沉默着。正是大梦初醒的人，难道还不明白什么叫做盖世英雄难免无常，荣华富贵犹如春梦吗？

古老木雕的大茶几上放着我的几本书，约根忙着放《橄榄树》给我们听。这些东西不知他哪里搞来的，也算做是今夜的布景之一吧，不知我最厌看的就是它们。

波斯地毯，阿拉伯长刀，中国锦绣，印度佛像，十八世纪的老画，现代雕塑，中古时代的盔甲，锡做的烛台、银盘、铜壶——没有一样不是精心挑选收集。

"收藏已经不得了啦！"我说，衷心地叹了口气。

"还差一样——你猜是什么？"他笑看着我，眼光中那份收藏家的贪心也掩饰不住了。

刚刚开始对他微笑的脸，又刷一下变了样子。

我叹了口气,坐在地毯上反手揉着自己的背,右肩酸痛难当,心里一直在对自己说:"我试了!试了又试!再没有什么不好交代的,住两日便搬出去吧!"

约根走去打电话,听见他又叫朋友们过来。每一次相聚,他总是迫不及待地拿我显炫给朋友们看,好似一件物品似的展览着。

米夏紧张地用中文小声说:"喂!他很好,你不要又泄气,再试一次嘛!"

我走开去,将那条苍苍茫茫的《橄榄树》啪一下关掉,只是不语。

旅程的第一站还没有进入情况,难缠的事情就在墨西哥等着。这样的事,几天内一定要解决掉。同情心用在此地是没有价值的。

门铃响了,来了约根的同胞,他们非常有文化,手中捧着整整齐齐的十几本书和打字资料,仔细而又友爱地交给我——全是墨西哥的历史和地理,还有艺术。

我们一同谈了快三小时,其实这些上古和马雅文化,在当年上马德里大学时,早已考过了,并没有完全忘记。为了礼貌,我一直忍耐着听了又听——那些僵死的东西啊!

他们不讲有生命的活人,不谈墨西哥的衣食住行,不说街头巷尾,只有书籍上诉说的史料和文化。而我的距离和他们是那么地遥远,这些东西,不是我此行的目的——我是来活一场的。

"实在对不起,米夏是我的助理,这些书籍请他慢慢看。经过二十多小时的飞行,我想休息了!"

与大家握握手,道了晚安,便走了。

米夏，正是见山不是山、见水不是水的年龄，新的环境与全然不同的人仍然使他新鲜而兴奋。留下他继续做听众，我，无法再支持下去。

寂静的午夜，我从黑暗中惊醒，月光直直地由大玻璃窗外照进来。床对面的书架上，一排排各国元首的签名照片静静地排列着，每张照片旁边，插着代表元首那国的小旗子。

我怔怔地与那些伟大人物的照片对峙着，想到自己行李里带来的那个小相框，心里无由地觉着没有人能解的苍凉和孤单。

墨西哥的第一个夜晚，便是如此张大着眼睛什么都想又什么都不想地度过了。

早晨七点钟，我用大毛巾包着湿头发，与约根坐在插着鲜花、阳光普照的餐厅里。

苏珊娜开出了丰丰富富而又规规矩矩的早餐，电影似的不真实——布景太美了。

"不必等米夏，吃了好上班。"我给约根咖啡，又给了他一粒维他命。

"是这样的，此地计程车可以坐，公共汽车对你太挤。一般的水不可以喝，街上剥好的水果绝对不要买，低于消费额五十美金的餐馆吃了可能坏肚子，路上不要随便跟男人讲话。低级的地区不要去，照相机藏在皮包里最好，当心人家抢劫——"

"城太大了，我想坐地下车。"我说。

"不行——"约根叫了起来，"他们强暴女性，就在车厢里。"

"白天？一千七百万人的大城里？"

"报上说的。"

"好，你说说，我来墨西哥是做什么的？"

"可以去看看博物馆呀！今天早晨给自己去买双高跟鞋，这星期陪我参加宴会，六张请帖在桌上，有你的名字——"

我忍住脾气，慢慢涂一块吐司面包，不说一句伤人的话。那份虫噬的空茫，又一次细细碎碎地爬上了心头。

约根上班之前先借了我几千披索，昨日下机没来得及去换钱。这种地方他是周到细心的。

推开米夏的房间张望，他还睡得像一块木头，没有心事的大孩子，这一路能分担什么？

为什么那么不快乐？右肩的剧痛，也是自己不肯放松而弄出来的吧！

苏珊娜守礼而本分，她默默地收桌子，微笑着，不问她话，她不主动地说。

"来，苏珊娜，这里是三千披索，虽说先生管你伙食费，我们也只在这儿早餐，可是总是麻烦您，请先拿下了，走的时候另外再送你，谢谢了！"

对于这些事情，总觉得是丰丰富富地先做君子比较好办事，虽说先给是不礼貌的，可是，这世界上，给钱总不是坏事。

苏珊娜非常欢喜地收下了。这样大家快乐。

"那我们怎么办？照他那么讲，这不能做，那又不能做？"

米夏起床吃早餐时我们谈起约根口中所说的墨西哥。

"低于五十美金一顿的饭不能吃?他土包子,我们真听他的?"我笑了。

"你不听他的话?他很聪明的。"米夏天真地说。

"认识十四年了,也算是个特殊的朋友,有关我半生的决定,他都有过建议,而我,全没照他的去做过——"我慢慢地说。

"结果怎么样?"米夏问。

"结果相反的好。"我笑了起来。

"昨天晚上,你去睡了,约根说,他想拿假期,跟我们在中美洲走五个星期,我没敢讲什么,一切决定在你,你说呢?"米夏问。

我沉吟了一下,叹了口气:"我想还是一个人走的好,不必他了,真的——"

"一个人走?我们两人工作,你却说是一个人,我问你,我算谁?"

"不知道,你拍你的照片吧!真的不知道!"

我离开了餐厅去浴室吹头发,热热的人造风一阵又一阵闷闷地吹过来。

米夏,你跟着自然好,如果半途走了,也没有什么不好。毕竟要承当的是自己的前程和心情,又有谁能够真正地分担呢?

住在这个华丽的公寓里已经五天了。

白天,米夏与我在博物馆、街上、人群里消磨,下午三点以后，约根下班了，我也回去。他要伴了同游是不答应的，那会扫兴。

为着台北一份译稿尚未做完，虽然开始了旅程，下午仍是专心地在做带来的功课。

半生旅行飘泊，对于新的环境已经学会了安静地去适应和观察，并不急切于新鲜和灿烂，更不刻意去寻找写作的材料。

这对我来说，已是自然，对于米夏，便是不同了。

"快闷死了，每天下午你都在看译稿，然后晚上跟约根去应酬，留下我一个人在此地做什么？"米夏苦恼地说。

"不要急躁，孩子，旅行才开始呢，先念念西班牙文，不然自己出去玩嘛！"我慢慢地看稿，头也不抬。

"我在笼子里，每天下午就在笼子里关着。"

"明天，译稿弄完了，寄出去，就整天出去看新鲜事情了。带你去水道坐花船，坐公车去南部小村落，太阳神庙、月神庙都去跑跑，好吗？"

"你也不只是为了我，你不去，写得出东西来吗？"米夏火起来了。

我笑看着这个名为助理的人，这长长的旅程，他耐得住几天？人生又有多少场华丽在等着？不多的，不多的，即使旅行，也大半平凡岁月罢了。米夏，我能教给你什么？如果期待得太多，那就不好了啊！

认真考虑搬出约根的家到旅馆去住，被他那么紧迫钉人并不算太难应付，只是自己可能得到的经验被拘束在这安适的环境里，就未免是个人的损失了。

决定搬出去了，可是没有告诉米夏，怕他嘴不紧。约根那一关只有对不起他，再伤一次感情了。

才五天，不要急，匆匆忙忙地活着又看得到感得了什么呢！

不是为了这一夜，那么前面的日子都不能引诱我写什么的，让我写下这一场有趣的夜晚，才去说说墨西哥的花船和街头巷尾的所闻所见吧！

不带米夏去参加任何晚上的应酬并没有使我心里不安。他必须明白自己的职责和身份，过分地宠他只有使他沿途一无所获。

再说，有时候公私分明是有必要的，尤其是国籍不一样的同事，行事为人便与对待自己的同胞有些出入了。

那一夜，苏珊娜做了一天的菜，约根在家请客，要来十几个客人，这些人大半是驻在墨西哥的外交官们，而本地人，是不被邀请的。

约根没有柔软而弹性的胸怀。在阶级上，他是可恨而令人瞧不起的迂腐。奇怪的是，那么多年来，他爱的一直是一个与他性格全然不同的东方女孩子。这件事上怎么又不矛盾，反而处处以此为他最大的骄傲呢？

再大的宴会，我的打扮也可能只是一袭白衣，这样的装扮谁也习惯了，好似没有人觉得这份朴素是不当的行为。我自己，心思早已不在这些事上争长短，倒也自然了。

当我在那个夜晚走进客厅时，已有四五位客人站着坐着喝酒了。他们不算陌生，几个晚上的酒会，碰来碰去也不过是这几张面孔罢了。

男客中只有米夏穿着一件淡蓝的衬衫，在那群深色西装的中年人里面，他显得那么地天真、迷茫、兴奋而又紧张。冷眼看着这个大孩子，心里不知怎的有些抱歉，好似欺负了人一样。虽然他自己蛮欢喜这场宴会的样子，我还是有些可怜他。

人来得很多，当莎宾娜走进来时，谈话还是突然停顿了一会儿。

这个女人在五天内已见过三次了，她的身旁是那个斯文凝重给我印象极好的丈夫——文化参事。

她自己，一身银灰的打扮，孔雀似的张开了全部的光华，内聚力极强的人，只是我怕看这个中年女人喝酒，每一次的宴会，酒后的莎宾娜总是疯狂，今夜她的猎物又会是谁呢？

我们文雅地吃东西、喝酒、谈话、听音乐、讲笑话，说说各国见闻。不能深入，因为没有交情。为了对米夏的礼貌，大家尽可能用英文了。

这种聚会实在是无聊而枯燥的，一般时候的我，在一小时后一定离去。往往约根先送我回家，他再转回去，然后午夜几时回来便不知道了，我走了以后那种宴会如何收场也没有问过。

那日因为是在约根自己家中，我无法离去。

其中一个我喜欢的朋友，突然讲了一个吸血鬼在纽约吸不到人血的电影：那个城里的人没有血，鬼太饿了，只好去吃了一个汉堡。这使我又稍稍高兴了一点,觉得这种谈话还算活泼,也忍受了下去。

莎宾娜远远地埋在一组椅垫里,她的头半枕在别人先生的肩上,那位先生的太太拼命在吃东西。

一小群人在争辩政治,我在小客厅里讲话,约根坐在我对面,神情严肃地对着我,好似要将我吃掉一样地又恨又爱地凝视着。

夜浓了,酒更烈了,室内烟雾一片,男女的笑声暧昧而释放了,外衣脱去了,音乐更响了。而我,疲倦无聊得只想去睡觉。

那边莎宾娜突然高叫起来,喝得差不多了:"我恨我的孩子,他们拿走了我的享受,我的青春,我的自由,还有我的身材,你看,你看——"

她身边的那位男士刷一抽身站起来走开了。

"来嘛!来嘛!谁跟我来跳舞——"她大嚷着,张开了双臂站在大厅里,嘴唇半张着,眼睛迷迷濛濛,说不出是什么欲望,那么强烈地狂奔而出。

唉!我突然觉得,她是一只饥饿的兽,在这墨西哥神秘的夜里开始行猎了。

我心里喜欢的几对夫妇在这当儿很快而有礼地告辞了。分手时大家亲颊道晚安,讲吸血鬼故事给我听的那个小胡子悄悄拍拍我的脸,说:"好孩子,快乐些啊!不过是一场宴会罢了!"

送走了客人,我走回客厅去,在那个阴暗的大盆景边,莎宾娜的双臂紧紧缠住了一个浅蓝衬衫的身影,他们背着人群,没有声息。

我慢慢经过他们，坐下来，拿起一支烟，正要找火，莎宾娜的先生啪一下给我凑过来点上了，我们在火光中交换了一个眼神，没有说一句话。

灯光扭暗了，音乐停止了，没有人再去顾它。梳妹妹头发、看似小女孩般的另一个女人抱住约根的头，半哭半笑地说："我的婚姻空虚，我失去了自己，好人，你安慰我吗——"

那边又有喃喃的声音，在对男人说："什么叫快乐，你说，你说，什么叫快乐——"

客厅的人突然少了，卧室的门一间一间关上了。

阳台不能去，什么人在那儿纠缠拥抱，阴影里，花丛下，什么事情在进行，什么欲望在奔流？

我们剩下三个人坐在沙发上。

一个可亲的博士，他的太太跟别人消失了，莎宾娜的先生，神情冷静地在抽烟斗，另外还有我。

我们谈着墨西哥印地安人部落的文化和习俗，紧张而吃力，四周正在发生的情况无法使任何人集中心神，而我的表情，大概也是悲伤而疲倦了。

我再抽了一支烟，莎宾娜的先生又来给我点火，轻轻说了一句："抽太多了！"

我不再费力地去掩饰对于这个夜晚的厌恶，哗一下靠在椅垫上，什么也不理也不说了。

"要不要我去找米夏？"这位先生问我，他的太太加给他的苦痛竟没有使他流露出一丝难堪，反而想到身边的我。而我对米夏又有什么责任?

"不!不许,拜托你。"我拉住他的衣袖。

在这儿,人人是自由的,选择自己的生命和道路吧!米夏,你也不例外。

莎宾娜跌跌撞撞地走进来,撞了一下大摇椅,又扑到一棵大盆景上去。

她的衣冠不整,头发半披在脸上,鞋子不见了,眼睛闭着。

米夏没有跟着出现。

我们都不说话,大家窒息了似的熬着。

其实,这种气氛仍是邪气而美丽的,它像是一只大爬虫,墨西哥特有的大蜥蜴,咄咄地向我们吹吐着腥浓的喘息。

过了不知多久,博士的太太疯疯癫癫地从乐器室里吹吹打打地走出来,她不懂音乐,惊人的噪音,冲裂了已经凝固的夜。一场宴会终是如此结束了。

唉唉!这样豪华而狂乱的迷人之夜,是波兰斯基导演的一场电影吧!

那只想象中的大蜥蜴,在月光下,仍然张大着四肢,半眯着眼睛,重重地压在公寓的平台上,满意地将我们吞噬下去。

还有两个客人醉倒在洗手间里。

约根扑在他卧室的地毯上睡了。

我小心地绕过这些身体,给自己刷了牙,洗了脸,然后将全公寓的大落地窗都给它们打开来吹风。

拿了头发刷子，一间间去找米夏。

米夏坐在书房的一块兽皮上，手里在玩照相机，无意识地按快门，咔嚓一下，咔嚓又一下，脸上空空茫茫的。

我一面刷头发，一面喊了一声："徒儿——"

"没做什么，真的——"米夏淡淡地说。

"这没什么要紧，小事情。"我说。

"可是我没有做——"他叫了起来。

"如果今夜我不在呢？"我叹了口气。

米夏不响，不答话。

"莎宾娜可怜——"他说。

"不可怜——"

"阿平——你无情——"

我慢慢地梳头发，没有解释。

"今夜够受了——"米夏喘了一口大气。

"有挣扎？"我笑了。

米夏没有笑，怔怔地点了点头。

"没有见识的孩子，要是真的事情来时你又怎么办？"我站起来走开了。

"阿平——"

"明早搬出去，旅馆已经打电话订了，这一种墨西哥生涯到此为止了，好吗？"我说。

一九八一年十一月十五日在墨西哥

街头巷尾

墨西哥纪行之二

　　这一趟旅行虽说会发生些什么样的事情全然是未知，可是行万里路、读万卷书的时代已经过去了。仍然算是有备而来的。

　　我的习惯是先看资料，再来体验印证个人的旅行。

　　这一回有关中南美的书籍一共带了四册，要找一家便宜而位置适中的旅馆也并不是难事，书上统统都列出来了。

　　来到墨西哥首都第六天，一份叫做《EL HERALDO DE MEXICO》的报纸刊出了我的照片。与写作无关的事情。

　　那么大的照片刊出来的当日，也是我再梳回麻花辫子，穿上牛仔裤，留下条子，告别生活方式极端不同的朋友家，悄悄搬进一家中级旅馆去的时候了。

　　旅馆就在市中心林荫大道上，老式的西班牙殖民式建筑，白墙黑窗，朴素而不豪华，清洁实惠，收费亦十分合理，每一个只有冲浴的房间，是七百披索，大约是合二十七元美金一日，不包括早餐。

书上列出来的还有十元美金一日的小旅馆，看看市区地图，那些地段离城中心太远，治安也不可能太好，便也不再去节省了。

助理米夏在语言上不能办事与生活，这一点再再地督促他加紧西班牙文。鼓励他独自上街活动，不可以完全依靠我了。

墨西哥城是一个方圆两百多平方公里，坐落在海拔二千二百四十公尺高地的一个大城市。

初来的时候，可能是高度的不能习惯，右耳剧痛，鼻腔流血，非常容易疲倦，这种现象在一周以后便慢慢好转了。

有生以来没有在一个一千七百万人的大城市内住过，每天夜晚躺在黑暗里，总听见警车或救护车激昂而快速的哀鸣划破寂静的长夜。这种不间断的声音，带给人只有一个大都会才有的巨大的压迫感，正是我所喜欢的。

这一张张美丽的脸

除了第一日搬去旅舍时坐的是计程车之外，所用的交通工具起初还是公共汽车，后来试了四通八达的地下车之后，便再也舍不得放弃了。

大部分我所见的墨西哥人，便如上帝捏出来的粗泥娃娃，没有用刀子再细雕，也没有上釉，做好了，只等太阳晒干，便放到世上来了——当然，那是地下车中最最平民的样子。

这儿的人类学博物馆中有些故事，述说古时在这片土地上的居民，他们喜欢将小孩子的前额和后脑夹起好几年，然后放开，那些小孩子的头变成扁平的，脸孔当然也显得宽大些，在他们的审美眼光中，那便是美丽。

而今的墨西哥人，仍然有着那样的脸谱，扁脸、浓眉、大眼、宽鼻、厚唇，不算太清洁，衣着鲜艳如彩虹，表情木然而本分。而他们身体中除了墨西哥本地的血液之外，当然掺杂了西班牙人的成分，可是看上去他们仍是不近欧洲而更近印地安人的。

常常，在地下车中挤着去某个地方，只因时间充分，也因舍不得那一张张已到了艺术极致的脸谱，情愿坐过了站再回头。

人，有时候是残酷的，在地下车中，看见的大半是贫穷的人，而我，却叫这种不同的亦不算太文明装扮的男女老幼为"艺术的美"，想起来是多么大的讽刺。

墨西哥城内每天大约有五百到两千个乡下人，涌进这个大都市来找生活。失业的人茫茫然地坐在公园和街头，他们的表情在一个旁观者看来，张张深刻，而这些对于饥饿的肚子，又有什么关联？

自杀神

虽说对于参观大教堂和博物馆已经非常腻了，可是据说墨西哥的"国家人类学博物馆"仍然可能是世界上最周全的一座，为了对得起自己的良知，还是勉强去了。

第一次去，是跟着馆内西语导游的。他不给人时间看，只强迫人在馆内快速地走，流水账似的将人类历史尤其墨西哥部分泼了一大场，进去时还算清楚，出来时满头雾水。

结果，又去了第二次，在里面整整一日。虽说墨西哥不是第一流的国家，可是看过了他们那样大气势的博物馆，心中对它依然产生了某种程度的尊敬。

要说墨西哥的日神庙、月神庙的年代，不过是两千多年以前。他们的马雅文化固然辉煌，可是比较起中国来，便不觉得太古老了。

只因那个博物馆陈列得太好，介绍得详尽，分类细腻，便是一张壁画吧，也是丰富。馆内的说明一律西班牙文，不放其他的文字，这当然是事先设想后才做的决定。我仍是不懂，因为参观的大部分是外国人。

古代的神祇在墨西哥是很多的，可说是一个想象力丰富的多神民族。日神、月神、风神、雨神之外，当然还有许许多多不同的神。

也可能是地理环境和天灾繁生，当时的人自然接受了万物有灵的观念，事实上，此种信仰是因为对大自然的敬畏而产生的。

其中我个人最喜欢的是两个神——玉米神和自杀神。

玉米是我爱吃的食物之一，可说是最爱的。有这么一位神，当然非常亲近他。

当我第一次听见导游用棒子点着一张壁画，一个个神数过去，其中他滑过一个小名字——自杀神时，仍是大吃了一惊。

跟着导游小跑，一直请问他古时的自杀神到底司什么职位，是给人特许去自杀，还是接纳自杀的人，还是叫人去自杀？

导游也答不出来，只笑着回了我一句："你好像对自杀蛮感兴趣的，怎么不问问那些影响力更深、更有神话意义的大神呢？"

后来第二次我自己慢慢地又去看了一次博物馆，专门研究自杀神，发觉他自己在图画里就是吊在一棵树上。

世上无论哪一种宗教都不允许人自杀，只有在墨西哥发现了这么一个书上都不提起的小神。我倒觉得这种宗教给了人类最大的尊重和意志自由，居然还创出一个如此的神，是非常有趣而别具意义的。

墨西哥大神每一个石刻的脸，看痴了都像魔鬼。

这么说实在很对不起诸神，可是他们给人的感应是邪气而又强大的。没有祥和永恒的安宁及盼望。他们是惩罚人的灵，而不是慈祥的神。说实在，看了心中并不太舒服，对于他们只有惧怕。

是否当时的人类在这片土地上挣扎得太艰苦，才产生了如此粗暴面孔的神祇和神话呢！

金字塔

当然，我们不可避免地去了西班牙文中仍叫它"金字塔"的日神庙及月神庙。

据考证那是公元前两百年到公元九百年时陶特克斯人时期的文明。在今天，留下了人类在美洲壮观的废墟和历史。

那是一座古城，所谓的日神月神庙是后人给它们加上去的名称。外在的形式，像极了埃及的金字塔，只是没有里面的通道，亦没有帝王的陵墓。

为了这些不同年代的人类文明和古代城市的建筑，我看了几个夜晚的资料，预备在未去之前对它们做一个深切的纸面上的了解。

然后米夏与我在转车又转车之后，到了那个叫做"阿那乌阿克之谷"（VALLE DE ANAHUAC）的底奥帝乌刚诺的金字塔。

烈日下的所谓金字塔，已被小贩、游览车，大声播放的流行音乐和大呼小叫的各国游客完全污染光了。

日神庙六十四公尺高的石阶上，有若电影院散场般的人群，并肩在登高。手中提着他们的小型录音机，放着美国音乐。

我没有去爬，只是远远地坐着观望。米夏的红衬衫，在高高石阶的人群里依旧鲜明。

那日的参观没有什么心得。好似游客涌去的地方在全世界都是差不多的样子。

当米夏努力在登日神庙顶时，我借了一辆小贩的脚踏车，向着古代不知为何称为"死亡大道"的宽大街道的废墟上慢慢地骑去。

本想在夜间再去一趟神庙废墟的，终因交通的问题，结果没有再回去。

我还是不羞耻地觉得城镇内的人脸比神庙更引人。

至于马雅文化和废墟，计划中是留到洪都拉斯的"哥庞"才去看一看了。

吃抹布

第一次在街头看见路边的小摊子上在烘手掌大的玉米饼时，我非常喜欢，知道那是墨西哥人的主食"搭哥"（taco），急于尝尝它们。

卖东西的妇人在我张开的掌心中啪一下给了一张饼，然后在饼上放了些什么东西混着的一摊馅，我将它们半卷起来，吃掉了，有酱汁滴滴答答地从手腕边流下来。

"搭哥"的种类很多，外面那个饼等于是一张小型的春卷皮，淡土黄色的，它们永远不变。

里面的馅放在一只只大锅里，煮来煮去，有的是肉，有的是香肠，有的看不清楚，有的猜不出来。要换口味，便换里面的东西。

在城内，除非是游客区，那儿可以吃中国菜、意大利面食，还有丹麦甜点蛋饼之外，也可以吃"搭哥"。

可是当我们坐车离城去小村落时，除了"搭哥"之外，实在没有别的东西可吃。

在城外几百里的小镇上，当我吃了今生第几十个"搭哥"之后，那个味道和形式，实在已像是一块抹布——土黄色的抹布，抹过了残余食物的饭桌，然后半卷起来，汤汤水水地用手抓着，将它们吞下去。

一个"搭哥"大约合几角到一元五美金，看地区和内容，当然吃一个胃口是倒了，而肚子是不可能饱的。这已是不错了，比较起城内高级饭店的食物，大约是十倍到十五倍价格的差距。虽然我们的经费充足,仍是坚持入境问俗,一路"搭哥"到底。这对助手米夏便是叫苦连天,每吃必嚷:"又是一块小抹布!"

在墨西哥的最后一日,我怕米夏太泄气,同意一起去吃一顿中国饭,不肯去豪华的中国饭店,挑了一家冷清街角的。先点了两只春卷——结果上来的那个所谓"春天的卷子"的东西,竟然怎么看,怎么咬,都只是两只炸过了的"搭哥"。

吃在一般的墨西哥是贫乏而没有文化的。

它的好处是不必筷子与刀叉,用手便可解决一顿生计,倒也方便简单。至于卫不卫生就不能多去想它了。

货物大同

在城内的游客区里,看见美丽而价格并不便宜的墨西哥人的"大氅",那种西班牙文叫做"蹦裘"(poncho)的衣物。

事实上它们只是一块厚料子,中间开一个洞套进颈子里,便是御寒的好东西了。

我过去有过两三个"蹦裘",都因朋友喜欢而送掉了。这次虽然看见了市场上有极美丽的,总因在游客出没的地区,不甘心付高价去买它。

下决心坐长途车去城外的一个小镇,在理由上对米夏说的是请他下乡去拍照。事实上我有自己的秘密,此行的目的对我,根本是去乡下找漂亮、便宜,而又绝对乡土的"蹦裘"来穿。

坐公路车颠几百里去买衣服也只有最笨的人——而且是女人，会做的事情，不巧我就有这份决心和明白。

到了一个地图上也快找不到的城镇，看到了又是所谓景色如画的贫穷和脏乱。我转来转去找市场——资料书中所说的当地人的市集，找到了，怪大的一个广场。

他们在卖什么？在卖热水瓶、镜子、假皮的皮夹、搪瓷的锅、碗、盆、杯、完全尼龙的衣服、塑胶拖鞋、原子笔、口红、指甲油、耳环、手镯、项链——

我到处问人家："你们不卖 poncho？怎么不卖 poncho？"

得到的答复千篇一律，举起他们手中彩色的尼龙衣服向我叫喊："这个时髦！这个漂亮！怎么，不要吗？"

水上花园

那是过去的一大片沼泽，而今部分已成了城镇，另外一小部分弯弯曲曲的水道，仍然保存着，成了水上的花园。

本来也是要自己去划船的。星期天的旧货市场出来后计划去搭长途公车。我的朋友约根算准我必然会在星期日早晨的市集里与当地人厮混。他去了，也果然找到了我与米夏。

于是，我们没有转来转去在公车上颠，坐了一辆大轿车，不太开心地去履行一场游客必做的节目。

一条条彩色缤纷的木船内放着一排排椅子，比碧潭的大船又要大了些。墨西哥人真是太阳的儿女，他们用色的浓艳，连水中的倒影都要凝固了。

参考书上说是二十五块美金租一条船，划完两小时的水道。船家看见是大轿车来的外国人，偏说是五十美金，我因不肯接受约根的任何招待，坚持报社付钱，就因如此，自己跑去与人争价格，已经降到四十块美金了，当然可以再减。讲价也是一种艺术，可惜我高尚的朋友十分窘迫，不愿再磨，浪费了报社的钱，上了一条花船。

三个人坐在船中木头似的沉默无聊，我忍不住跑去船尾跟船家说话，这一搭上交情，他手中撑的那支好长的篙跑到我手上来了。

用尽了气力撑长篙，花船在窄窄的水道里跟别的船乱撞，这时我的心情也好转了，一路认真撑下去。

本来没有什么特别的水道，只因也有音乐船，卖鲜花、毯子和食物的小船一路挤着，它也活泼起来。

虽是游客的节目，只因长篙在自己的手中，身份转变成了船家，那份生涯之感便是很不同了。

那一天，我的朋友约根没有法子吃他昂贵的餐馆，被迫用手抓着碎肉和生菜往玉米饼里卷着做"搭哥"吃。买了一大堆船边的小食。当然，船夫也是请了一同分食的。

水上花园的节目，一直到我们回码头，我将粗绳索丢上岸，给船在铁环上扎好一个漂亮利落的水手结，才叫结束。

自己动手参与的事情，即便是处理一条小船吧，也是快乐得很的。奇怪的是同去的两位男士连试撑的兴趣都没有。

你们求什么

又是一个星期天,也是墨西哥的最后一日了。

我跟米夏说,今天是主日,我要去教堂。

来了墨西哥不去"爪达路沛大教堂"是很可惜的事情。据说一五三一年的时候,圣母在那个地方显现三次,而今它已是一个一共建有新旧七座天主教堂的地方了。

"爪达路沛的圣母"是天主教友必然知道的一位。我因心中挂念着所爱的亲友,很喜欢去那儿静坐祷告一会儿,求神保佑我离远了的家人平安。

我们坐地下车往城东北的方向去,出了车站,便跟着人群走了。汹汹滔滔的人群啊,全都走向圣母。

新建大教堂是一座现代的巨大建筑,里面因为太宽,神父用扩音机在做弥撒。

外面的广场又是大得如同可以踢足球。广场外,一群男人戴着长羽毛,光着上身,在跳他们古代祭大神的舞蹈。鼓声重沉沉地混着天主教扩音机的念经声,十分奇异的一种文化的交杂。

外籍游客没有了,本地籍的人,不只是城内的,坐着不同形状的大巴士也来此地祈求他们的天主。

在广场及几个教堂内走了一圈,只因周遭太吵太乱,静不下心坐下来祷告。那场祭什么玉米神的舞蹈,鼓得人心神不宁,而人群,花花绿绿的人群,挤满了每一个角落。

我走进神父用扩音机在讲话的新教堂里去。

看见一对乡下夫妇，两人的身边放着一个土土的网篮，想必是远路来的，因为篮内卷着衣服。

这两个人木像一般地跪在几乎已经挤不进门的教堂外面，背着我，面向着里面的圣母，直直地安静地跪着，动也不动，十几分钟过去了，我绕了一大圈又回来，他们的姿势一如当初。

米夏偷偷上去拍这两人的背影，我看得突然眼泪凝眶。

那做丈夫的手，一直搭在他太太的肩上。做太太的那个，另一只手绕着先生的腰，两个人，在圣母面前亦是永恒的夫妻。

一低头，擦掉了眼泪。

但愿圣母你还我失去的那一半，叫我们终生跪在你的面前，直到化成一双石像，也是幸福的吧！

我独自走开去了，想去广场透透气，走不离人群，而眼睛一再地模糊起来。

那边石阶上，在许多行路的人里面，一个中年男人用膝盖爬行着慢慢移过来，他的两只手高拉着裤管，每爬几步，脸上抽筋似的扭动着，我再低头去看他，他的膝盖哪里有一片完整的皮肤——那儿是两只血球，他自己爬破的一摊生肉，牛肉碎饼似的两团。

虽然明知这是祈求圣母的一种方式，我还是吓了一大跳，哽住了，想跑开去，可是完全不能动弹，只是定定地看住那个男人。

在那男人身后十几步的地方，爬着看上去是他的家人，全家人的膝盖都已磨烂了。

一个白发的老娘在爬，一个二十岁左右的青年人在爬，十几岁的妹妹在爬，一个更小的妹妹已经忍痛不堪了，吊在哥哥的手臂里,可是她不站起来。

这一家人里面显然少了一个人,少了那个男子的妻子,老婆婆的女儿,一群孩子的母亲——

她在哪里?是不是躺在医院里奄奄一息?是不是正在死去?而她的家人,在没有另一条路可以救她的时候,用这种方法来祈求上天的奇迹?

看着这一个小队伍,看着这一群衣衫褴褛向圣母爬去的可怜人,看着他们的血迹沾过的石头广场,我的眼泪迸了出来,终于跑了几步,用袖子压住了眼睛。

受到了极大的惊骇,坐在一个石阶上,哽不成声。

那些人扭曲的脸,血肉模糊的膝盖,受苦的心灵,祈求的方式,在在地使我愤怒。

愚蠢的人啊!你们在求什么?

苍天!圣母马利亚,下来啊!看看这些可怜的人吧!他们在向你献活祭,向你要求一个奇迹,而这奇迹,对于肉做的心,并不过分,可是你,你在哪里?圣母啊,你看见了什么?

黄昏了,教堂的大钟一起大声地敲打起来,广场上,那一小撮人,还在慢慢地爬着。

我,仰望着彩霞满天的苍穹,而苍天不语。

这是一九八一年的墨西哥一个星期天的下午。

青鸟不到的地方

洪都拉斯纪行

由墨西哥飞到洪都拉斯的航程不过短短两小时,我们已在洪国首都"得古西加尔巴"(Tegucigalpa)的机场降落了。

下飞机便看见掮枪的军人,虽说不是生平第一次经验,可是仍然改不掉害怕制服的毛病。对我,制服象征一种隐藏的权力,是个人所无能为力的。

排队查验护照时,一个军人与我默默地对峙着,凝神地瞪着彼此,结果我先笑了,他这也笑了起来,踱上来谈了几句话,心情便放松了。

那是一个寂寞的海关,稀稀落落的旅客等着检查。

碰到一个美国人,是由此去边境,为萨尔瓦多涌进来的难民去工作的。

当这人问起我此行的目的时,我说只是来做一次旅行,写些所闻所见而已。在这样的人面前,总觉得自己活得有些自私。

我们是被锁在一扇玻璃门内的,查完一个,守门的军人查过验关条，就开门放人。

当米夏与我被放出来时，蜂拥上来讨生意的人包围了我们。

有的要换美金，有的来抢箱子提，有的叫我们上计程车，更有人抱住脚要擦鞋。

生活的艰难和挣扎，初入洪国的国门便看了个清楚。

我请米夏与行李在一起坐着，自己跑去换钱，同时找"旅客服务中心"，请他们替我打电话给一家已在书上参考到的旅馆。

洪都拉斯的首府只有四五家世界连锁性的大旅馆，那儿设备自然豪华而周全。可是本地人的客栈也是可以住的，当然，如果付的价格只是十元美金一个房间的话，也不能期待有私人浴室和热水了。

此地的钱币叫做"连比拉"（Lempira）。这本是过去一个印地安人的大酋长，十六世纪时在一场赴西班牙人的和谈中被杀。而今他的名字天天被洪都拉斯人提起无数次——成了钱币。

两个连比拉是一块美金。

计程车向我要了十二个连比拉由机场进城，我去找小巴士，可是那种车掌吊在门外的巴士只能坐十二个人，已经客满了。于是我又回去跟计程车司机讲价，讲到六个大酋长，我们便上车了。

公元一五〇三年，当哥伦布在洪都拉斯北部海岸登陆时，发现那儿水深，因此给这片土地叫做"洪都拉斯"，在西班牙语中，便是"深"的意思。

并不喜欢用落后或者先进这些字句来形容每一个不同的国家，毕竟各样的民族有他们自己的生活形态与先天不平等的立国条件。

虽然那么说，一路坐车，六公里的行程，所见的洪都拉斯仍是寂寞而哀愁的。

便是这座在印地安语中称为"银立"的三十万人的首都，看上去也是贫穷。

这是中美洲第二大面积的国家，十一万两千八十八平方公里的土地，百分之四十五被群山所吞噬，人口一直到如今还只三百万左右。

洪都拉斯出产蔗糖、咖啡、香蕉、棉花和一点金矿、锡矿，据说牛肉也开始出口了。

我到了旅馆除了一张床之外，完全没有其他的家具。走道上放着一张方桌子，我将它搬了进房，作为日后写字的地方。

米夏说他床上有跳蚤，我去看了一看，毯子的确不够清洁，可是没有看见什么虫，大半是他心理作用。当然，旅馆初看上去是有些骇人。

街上的餐馆昂贵得不合理，想到此地国民收入的比率，这样的价格又怎么生活下去？

走在路上，沿途都是讨钱的人。

初来洪都拉斯的第一夜，喝了浴室中的自来水，大概吃下了大肠菌。这便昏天黑地地吐泻起来，等到能够再下床走路，已是两天之后了。

在旅舍内病得死去活来时，米夏向"马雅商店"的中国同胞去讨了热水，如果不是那壶热水和人参茶救命，大概还得躺两天才站得起来。

三十万人的首都没有什么特别可看的东西，十六世纪初叶它本是一个矿区小镇，到了现在，西班牙殖民式的教堂和建筑仍是存在的，有些街道也仍是石块砌成的。

城内好几家中国饭馆和杂货店，看见自己的同胞无孔不入地在世界各地找生活，即便在洪都拉斯这样贫穷而幽暗的地方，也住了下来，心中总是一阵又一阵说不出的黯然。

这儿纯血的印地安人——马雅的后裔，可说找不到，百分之九十是混血、棕色皮肤的人，只有少数北部海岸来的黑人，在城内和谐地生活着。

虽说整个的山城是杂乱而没有秩序的，可是一般的建筑在灰尘下细看仍是美丽，窄窄的石砌老街，漆得红黄蓝绿有若儿童图画的房子，怎么看仍有它艺术的美。

生活在城市中，却又总觉得它是悲伤而气闷的，也许是一切房舍的颜色太浓而街道太脏，总使人喘不过气来似的不舒服，那和大都市中的灯火辉煌又是两回事了。

洪都拉斯首都的夜，是浓得化不开的一个梦境，梦里幽幽暗暗，走不出花花绿绿却又不鲜明的窄巷，伸手向人讨钱苦孩子的脸和脚步，哀哀不放。

这儿，一种漆成纯白色加红杠的大巴士，满街地跑着。街上不同颜色和形式的公车，川流不息地在载人，他们的交通出人意料的方便快捷。

特别喜欢那种最美的大巴士，只因它取了一个童话故事中的名字——青鸟。

青鸟在这多少年来,已成了一种幸福的象征,那遥不可及而人人向往的梦啊,却在洪都拉斯的街道上穿梭。

我坐在城内广场一条木椅上看地图,那个夜晚,有选举的车辆,插着代表他们党派的旗子大声播放着音乐来来回回地跑,有小摊贩巴巴地期待着顾客,有流落街头的人在我脚旁沉睡,有讨钱的老女人在街角叫唤,更有一群群看来没有生意的擦鞋童,一路追着人,想再赚几个铜板。当然,对面那座大教堂的石阶上,偶尔有些衣着整齐的幸福家庭,正望了弥撒走出来——

就在这样一个看似失落园的大图画里,那一辆辆叫做"青鸟"的公车,慢慢地驶过,而幸福,总是在开着,在流过去,广场上的芸芸众生,包括我,是上不了这街车。

"不,你要去的是青鸟不到的地方!"长途总车站的人缓缓地回答我。

计划在洪都拉斯境内跑一千四百公里,工具当然是他们的长途汽车,其实也知道青鸟是不会跑那儿的,因为要去的小城和村落除了当地的居民之外,已经没有人注意它们了。

那是"各马亦阿爪"城中唯一的客栈。

四合院的房子里面一个天井,里面种着花、养着鸡、晒着老板一家人的衣服。小孩在走廊上追逐,女人在扫地煮饭,四个男人戴着他们两边向上卷的帽子围着打纸牌。而我,**静静地坐在大杂院中看一本中文书。因为肠炎方愈,第一日只走了不到一百公里,便停住了。

平房天花板的木块已经烂了，小粉虫在房间里不断地落下来。床上没有毯子，白床单上一片的虫，挡也挡不住。

"我的床不能睡。"米夏走出房间来说。

"可以，晚上睡在床单下面。"我头也没抬地回了一句。

天气仍是怪凉的，这家小客栈坚持没有毯子，收费却是每个房间二十个连比拉，还是落虫如雨的地方，只因他们是这城内唯一的一家，也只有将就了。

问问旅舍里的人第二天计划要去的山谷，一个七八小时车程距离，叫做"马加拉"的印地安人村落，好似没有人知道。他们一直在收听足球赛的转播，舍不得讲话。

小城本是洪都拉斯的旧都，只因当年目前的京城"得古西加尔巴"发现了银矿，人口才往那儿迁移了。

一条长长的大街，几十家小店铺，一座少不了的西班牙大教堂，零零落落的几家饭店，就是城内唯一的风景了。当然，为了应应景，一小间房间，陈列着马雅文物，叫做"博物馆"。

小城一家杂货店的后院给我们找到了。极阴暗的一个食堂。没有选菜的，老妇给了煮烂的红豆，两块硬硬的肉，外加一杯当地土产的黑咖啡，便收六块连比拉，那合三块美金，同吃的还有一位警察，也付一样价格。

虽然报社给的经费足足有余，可是无论是客栈和食堂，以那样的水准来说，仍是太贵了。

照相胶卷在这儿贵得令人气馁，米夏只剩一卷墨西哥带过来的，而我们有三架照相机。

黄昏时我们在小城内慢慢逛着没事做时，看见大教堂里走出一个拿着大串钥匙的老年人，我快步向他跑过去。

"来吧！米夏，开心点，我们上塔顶去！"我大喊起来。

老人引着我们爬钟楼，六个大铜钟是西班牙菲利普二世时代送过来的礼物，到如今它仍是小城的灵魂。那个老人一生的工作便是在守望钟楼里度过了。

我由塔边小窗跨出去，上了大教堂高高的屋顶，在上面来来回回地奔跑。

半生以来，大教堂不知进了多少座，在它屋顶上跑着却是第一次。不知这是不是冒犯了天主，可是我猜如果他看见我因此那样的快乐，是不会舍得生气的。毕竟小城内可做的事情也实在不多。

坐小型巴士旅行，初开始时确是新鲜而有趣的事情。十七八岁的男孩算做车掌吊在门外，公路上若是有人招手，车尚没有停稳他就跳了下去，理所当然地帮忙乘客搬货物和行李，态度是那样的热心而自然，拼命找空隙来填人和货，车内的人挤成沙丁鱼，货里面当然另有活着的东西：瘦瘦的猪，两只花鸡。因为不舒服的缘故，那只猪沿途一直号叫。

一对路边的夫妇带了一台炉子也在等车，当然炉子也挤进来了，夫妇两人那么幸福地靠在炉子边，那是天下唯一的珍贵了。

泥沙飞扬的路上，一个女人拿着小包袱在一座泥巴和木片糊成的小屋前下车，里面飞奔出来几个衣衫褴褛的孩子，做母亲的迫不及待地将手中几片薄饼干散了出去。那幅名画，看了叫人心里不知是什么滋味。

这儿是青鸟不到的地方，人们从没有听过它的名字，便也没有梦了。

米夏与我一个村一个镇地走。太贫苦的地方，小泥房间里千篇一律只有一张吊床。窗是一个空洞框框，没有木板更没有玻璃窗挡风。女人和一堆孩子，还有壮年的男人呆呆地坐在门口看车过，神色茫然。他们的屋旁，大半是坡地，长着一棵橘子树，一些玉米秆，不然什么也不长的小泥屋也那么土气又本分地站着，不抱怨什么。

看见下雨了，一直担心那些泥巴做成的土房子要冲化掉，一路怔怔地想雨停。

洪都拉斯的确是景色如画，松林、河流、大山、深蓝的天空、成群的绿草牛羊，在在是一幅幅大气魄的风景。

只是我的心，忘不了沿途那些贫苦居民的脸孔和眼神，无法在他们善良害羞而无助的微笑里释放出来。一路上，我亦是怔怔。

旅行了十天之后，方抵达洪都拉斯与危地马拉的边境。马雅人著名的"哥庞废墟"便在丛林里了。

这一路如果由首都直着转车来，是不必那么多时间的，只因每一个村落都有停留，日子才在山区里不知不觉地流去了。

有生以来第一次，全身被跳蚤咬得尽是红斑，头发里也在狂痒。那么荒凉的村落,能找到地方过夜已是不易,不能再有什么抱怨了。

还是喜欢这样的旅行,那比坐在咖啡馆清谈又是充实多了。

到了镇名便叫"哥庞废墟"的地方,总算有了水和电,也有两家不坏的旅舍,冷冷清清。

我迫不及待地问旅舍的人供不供热水,得到的答复是令人失望的。

山区的气候依旧湿冷,决定不洗澡,等到去了中北部的工业城"圣彼得稣拉"再找家旅馆全身大扫除吧!

这片马雅人的废墟是一八三九年被发现的,当时它们在密密的雨林中已被泥土和树木掩盖了近九个世纪。

据考证,那是公元后八百年左右马雅人的一个城镇。直到一九三〇年,在发现了它快一百年之后,才有英国人和美国人组队来此挖掘、重建、整理。可惜最最完整的石雕,而今并不在洪都拉斯的原地,而是在大英博物馆和波士顿了。

虽然这么说,那一大片丛林中所遗留下来的神庙,无数石刻的脸谱、人柱,仍是壮观的。

在那微雨寒冷的清晨,我坐在废墟最高的石阶顶端,托着下巴,静静地看着脚下古时称为"球场"、而今已被一片绿茵铺满的旷野,幻想一群高大身躯的马雅人正在打美式橄榄球,口中狂啸着满场飞奔。

千古不灭的灵魂,在我专注的呼唤里复活再生。神秘安静布满青苔的雨林里,一时鬼影幢幢。

我捡了一枝树枝，一面打草一面由废墟进入丛林，惊见满地青苔掩盖的散石，竟都是刻好的人脸，枕头般大的一块又一块。艳绿色的脸啊！

一直走到"哥庞河"才停了脚步，河水千年不停地流着，看去亦是寂寞。

米夏没有进入树林，在石阶上坐着，说林里有蛇。竟不知还有其他或许更令他惊怕的东西根本就绕着他，只是他看不见而已。

当我们由"哥庞"到了工业城"圣彼得稣拉"时，我的耐力几乎已快丧失殆尽了。

路面是平滑而大部分铺了柏油的，问题是小巴士车垫的弹簧一只只破垫而出，坐在它们上面，两个位子挤了三个人，我的身上又抱了一个五六岁的女孩子，脚下一只花鸡扭来扭去，怕它软软的身体，拼命缩着腿。这一路，两百四十多公里结结实实的体力考验。

下车路人指了一家近处的旅馆，没有再选就进去了——又是没有热水的，收费十几块美金。

米夏捉了一只跳蚤来，说是他房间的。

本想叫他快走开，他手一松，跳蚤一蹦，到我身上来了，再找不到它。

自从初来洪都拉斯那日得了一场肠炎之后，每日午后都有微烧，上唇也因发烧而溃烂化脓了，十多日来一直不肯收口结疤。

为了怕冷水冲凉又得一场高烧，便又忍住不洗澡，想等到次日去了北部加勒比海边的小城"得拉"再洗。

仔细把脸洗干净,牙也刷了,又将头发梳梳好,辫子结得光光的,这样别人看不出我的秘密。虽然如此,怎么比都觉自己仍是街上最清洁的人。

那一晚,放纵了自己一趟,没有要当地人的食物,去了一家中国饭店,好好吃了一顿。

也是那一晚,做了一个梦,梦中,大巴士——那种叫做青鸟的干净巴士,载了我去了一个棕榈满布的热带海滩,清洁无比的我,在沙上用枯枝画一个人的名字。画着画着,那人从海里升出来了,我狂叫着向海内跑去,他握住了我的双手,真的感到还是湿湿的,不像在梦中。

由"圣彼得稣拉"又转了两趟车,是大型的巴士,也是两个人的座位三个人挤了坐,也是载了货。它不是梦中的"青鸟"。

"得拉"到了,下车看不到海。车站的人群和小贩也不同于山区小村的居民,他们高瘦而轻佻,不戴大帽子,不骑马,肤色不再是美丽的棕色,大半黑人。房子不再有瓦和泥,一幢幢英国殖民地似的大木头房子占满了城。

过去洪都拉斯的北部是英国人、荷兰人,甚而十九世纪末期美国水果公司移来的黑人和文化。西班牙人去了内陆,另外的人只是沿海扩张。

一个同样的小国家,那么不同的文化、人种和风景。甚而宗教吧,此地基督教徒也多于天主教了。

那片海滩极窄，海边一家家暗到有如电影院似的餐馆就只放红绿色的小灯，狂叫的美国流行歌曲污染了大自然的宁静，海浪凶恶而来，天下着微雨。

城里一片垃圾，脏不忍睹，可惜了那么多幢美丽的建筑。十几家大规模的弹子房比赛似的放着震耳欲聋的噪音。唉，我快神经衰弱了。

菜单那么贵，食物是粗糙的。旅馆的人当然说没有热水。这都不成问题了，只求整个的城镇不要那么拼命吵闹，便是一切满足了。

夜间的海滩上，我捡了一只垃圾堆里的椰子壳，将它放到海里去。海浪冲了几次，椰子壳总是去了又漂回来。

酒吧里放着那首"I Love You More Than I Can Say"，中文改成《爱你在心口难开》的老歌。海潮里，星空下，恰是往事如烟——

我在海边走了长长的路，心里一直在想墨西哥那位小神，想到没有释放自己的其他办法，跑进旅馆冰冷的水龙头下，将自己冲了透湿透湿。

这个哀愁的国家啊！才进入你十多天，你的忧伤怎么重重地感染到了我？

回到首都"得古西加尔巴"来的车程上，一直对自己说，如果去住观光大饭店，付它一次昂贵的价格，交换一两日浴缸和热水的享受，该不是羞耻的事情吧！

可是这不过是行程中的第二个国家，一开始便如此娇弱，那么以后的长程又如何对自己交代呢？毕竟这种平民旅行的生涯，仍是有收获而值得的。

经过路旁边的水果摊，葡萄要三块五毛连比拉一磅，气起来也不肯买。看中一幅好油画，画的就是山区的小泥房和居民，要价四千美金。我对着那个价钱一直笑一直笑，穷人的生活真是那么景色如画吗？

米夏看我又回到原先那家没有热水的旅舍去住，他抗议了，理由是我太自苦。

我没理他，哗哗地打开了公用浴室的冷水，狠狠地冲洗起这一千四百多公里的尘埃和疲倦来。

旅舍内关了三整日，写不出一个字。房间换了一间靠里面的，没有窗，再也找不到桌子，坐在地上，稿纸铺在床上写，撕了七八千字，一直怔怔地在回想那一座座鬼域似凄凉的村庄。家徒四壁的泥屋，门上挂着一块牌子，写着"神就是爱"，想起来令人只是文字形容不出的辛酸。

可是不敢积功课，不能积功课。写作环境太差，亮度也不够。不肯搬去大旅馆住，也实在太固执。

这儿三日观光饭店连三餐的消费，可能便是山区一贫如洗的居民一年的收入了。

虽说一路分给孩子们的小钱有限，报社经费也丰丰足足，可是一想到那些哀愁的脸，仍是不忍在这儿做如此的浪费。窗外的孩子饿着肚子，我又何忍隔着他们坐在大玻璃内吃牛排？当然，这是妇人之仁，可是我是一个妇人啊！

最后一日要离去洪都拉斯的那个黄昏，我坐在乞儿满街的广场上轻轻地吹口琴。那把小口琴，是在一个赶集的印地安人的山谷里买的，捷克制的，算做此行的纪念吧！

便在那时候，一辆青鸟巴士缓缓地由上街开了过来。

米夏喊着："快看！一只从来没有搭上的青鸟，奔上去给你拍一张照片吧！"

我苦笑了一下，仍然吹着我的歌。

什么青鸟？这是个青鸟不到的地方！

没有看见什么青鸟呢！

后 记

洪都拉斯是一个景色壮丽、人民有礼、安静而有希望的国家。他们也有水准极高的工业、城镇和住宅区。

这篇文字，只是个人旅行的记录，只因所去的地方都是穷乡僻地，所处的亦是我所爱好最基层的大众。因此这只代表了部分的洪都拉斯所闻所见，并不能一概而论，特此声明。

中美洲的花园

哥斯达黎加纪行

这一路来,常常想起西班牙大文豪塞万提斯笔下的唐·吉诃德和他的跟随者桑却的故事。

吉诃德在书本中是一位充满幻想,富正义感,好打抱不平,不向恶势力低头的高贵骑士。他游走四方,凭着一己的意志力,天天与幻想出来的敌人打斗——所谓梦幻骑士也。

桑却没有马骑,坐在一匹驴子上,饿一顿饱一餐地紧紧跟从着他的主人。他照顾主人的一切生活起居,当主人面对妖魔时,也不逃跑,甚至参加战斗,永远不背叛他衷心崇拜的唐·吉诃德。

当然,以上的所谓骑士精神与桑却的忠心护主,都是客气的说法而已。

从另一个角度去看这两个人,一个是疯子,另一个是痴人。

此次的旅行小组的成员也只有两个人——米夏与我,因此难免对上面的故事人物产生了联想。

起初将自己派来演吉诃德,将米夏分去扮桑却,就这样上路了。

一个半月的旅程过去了，赫然惊觉，故事人物身份移位，原来做桑却的竟是自己。

米夏语文不通，做桑却的我必须助他处理，不能使主人挨饿受冻，三次酒吧中有什么纠缠，尚得想法赶人走开——小事不可惊动主人。

在这场戏剧中，米夏才是主人吉诃德——只是他不打斗，性情和顺。

只要一想到自己的身份，沿途便是笑个不休。

当我深夜里在哥斯达黎加的机场向人要钱打公用电话时，米夏坐在行李旁边悠然看杂志。

生平第一次伸手向人乞讨，只因飞机抵达时夜已深了，兑换钱币的地方已经关门，身上只有旅行支票和大额的美金现钞。不得已开口讨零钱，意外地得到一枚铜板，心中非常快乐。

洪都拉斯已经过去了，住在哥国首都圣荷西有热水的旅舍里，反觉恍如梦中。

在洪国时奔波太烈，走断一双凉鞋，走出脚上的水泡和紫血，而心中压着的那份属于洪都拉斯的叹息，却不因为换了国家而消失。

写稿吧！练练笔吧！如果懒散休息，那么旅行终了时，功课积成山高，便是后悔不及了。

一个月来，第一次跟米夏做了工作上的检讨，请他由现在开始，无论是找旅馆、机票、签证或买胶卷、换钱、搭车、看书、游览……都当慢慢接手分担，不可全由我来安排，他的日常西语，也当要加紧念书了。

说完这些话，强迫米夏独自进城办事，自己安静下来，对着稿纸，专心写起沿途的生活记录来。

这一闭关，除了吃饭出去外，摒除万念，什么地方都不去，工作告一段落时，已是在哥斯达黎加整整一周了。

七日中，语文不通的米夏如何在生活，全不干我的事情。

据说圣荷西的女孩子，是世界上最美的，米夏却没有什么友谊上的收获。只有一次，被个女疯子穷追不舍，逃回旅馆来求救，被我骂了一顿——不去追美女，反被疯子吓，吓了不知开脱，又给疯子知道了住的地方，不是太老实了吗？

中美洲的花园

哥斯达黎加号称中美洲的瑞士，首都圣荷西的城中心虽然不能算太繁华，可是市场物资丰富，街道比起洪国来另是一番水准，便是街上走的人吧，气质便又不同了。

这个西邻尼加拉瓜、东接巴拿马、面积五万一千一百平方公里的和平小国，至今的人口方才两百万人左右。

这儿的教师多于军队，是个有趣的比例。一九四八年时，哥斯达黎加宣布中立，除了一种所谓"国家民防队"的组织维持国内秩序之外，他们没有军防。

据说，当西班牙人在十六世纪进占这片土地的时候，当地的印地安人因为欧洲带过来的传染病，绝大多数都已死亡，因此混血不多，是一个白人成分极高的国家。

东部加勒比海边的里蒙海港地区，因为十九世纪末期"美国联合水果公司"引进了大批牙买加的黑人来种植香蕉，因此留下了黑人劳工的后裔，占数却是不多。

哥斯达黎加在一八〇五年由古巴引进了咖啡，政府免费供地，鼓励咖啡的种植。四十年后，它的咖啡已经供应海外市场。又四十年以后，国内铁路贯穿了加勒比海与太平洋的两个海港，咖啡的外销，至今成了世上几个大量出口国之一。

在建筑哥国的铁路时，来自中国的苦力，因为黄热病、极坏的待遇和辛苦的工作，死掉了四千人。那是一八九〇年。

那条由圣荷西通到里蒙港的铁路，我至今没有想去一试。

一节一节铁轨被压过的是我们中国人付出的血泪和生命。当年的中国劳工，好似永远是苦难的象征，想起他们，心里总是充满了流泪的冲动。

哥斯达黎加实是一个美丽的国家，在这儿，因为不曾计划深入全国去旅行，因此便算它是一个休息站，没有跑远。

去了两个距首都圣荷西不远的小城和一座火山。沿途一幢幢美丽清洁的独院小平房在碧绿的山坡上怡然安静地林立着，看上去如同卡通片里那些不很实在的乐园，美得如梦。

这儿不是洪都拉斯，打造的大巴士车厢一样叫"青鸟"，而我，很容易就上了一辆。

中美洲躲着的幸福之鸟，原来在这儿。

中国的农夫

在哥国，好友的妹妹陈碧瑶和她的先生徐寞已经来了好几年了。

离开台北时，女友细心，将妹夫公司的地址及家中的电话全都写给了我，临行再三叮咛，到了哥国一定要去找这一家亲戚。

只因我的性情很怕见生人，同时又担心加重别人的负担，又为了自己拼命写稿，到了圣荷西一周之后，徐寞夫妇家的电话仍是没有挂过去。

其实自己心里也相当矛盾，徐寞是中兴大学学农的，进过农技队。而今不但是此地一家美国农技公司的大豆推广专家，同时也与好友合作经营自己的农场。他当是一个与自己本性十分相近的人才是。

碧瑶是好友的亲妹妹，十几年前她尚是个小娃娃时便见过的，当然应该拜望。

眼看再过三日便要离此去巴拿马了，偏是情怯，不太肯去麻烦别人，只怕人家殷勤招待，那便令我不安了。

电话终于打了，讷讷地自我介绍，那边徐寞就叫起我三毛来，说是姐姐早来信了，接着碧瑶也在喊，要我过去吃晚饭。巧是他们农场大麦丰收，当天请了许多朋友，中国人、外国人都有，定要一同去吃饭。

晚上徐寰开车亲自来接，连米夏都强邀了一起去，这份情谊，叫人怎么拒绝？

徐寰及碧瑶的家，如果在台北，是千万富翁才住得起的花园小平房，他们却说是哥国最普通的住宅。

我仍有一些失望，只因徐家不住在农场里。其实孩子上学的家庭，住在偏远的农场上是不方便的，徐家两个可爱的孩子，五岁的小文是双声带，家中讲中文，学校讲西文。可是她的儿童画中的人脸，都是哥斯达黎加味道的。

那个夜晚，遇见了在此定居的中国同胞，其中当然有徐寰农场的合伙好友们。

这些农夫谈吐迷人，修辞深刻切合，一个个有理想、有抱负，对自己的那块土地充满着热爱和希望。

他们称自己的农场是"小农场"，我听听那面积，大约自己走不完那片地就要力竭。

如果不是为了社交礼貌，可能一个晚上的时间都会在追问农场经营的话题上打转。毕竟对人生的追求，在历尽了沧桑之后，还有一份拿不去的情感——那份对于土地的狂爱。我梦中的相思农场啊！

谁喜欢做一个永远飘泊的旅人呢？如果手里有一天捏着属于自己的泥土，看见青禾在晴空下微风里缓缓生长，算计着一年的收获，那份踏实的心情，对我，便是余生最好的答案了。

徐寰和碧瑶怪我太晚通知，来不及去看他们的农场和乡下。

最后徐寞又问我，能不能多留几日，与米夏一同下乡去。

我不敢改变行程，只怕这一下乡，终生的命运又要做一次更大的变动。而现实和理想必然是有距离的。更怕自己孤注一掷，硬是从头学起，认真辛苦地去认识土地，将自己交付给它，从此做一个农妇——

徐寞在送米夏和我回旅舍时，谈起他的孩子，他说："希望将来她也学农！"听了这话，心里深受感动，他个人对土地、对农夫生活的挚爱，在这一句平凡的话里面表露得清清楚楚。

我们这一代的移民是不同的了！

哥国地广人稀，局势安定，气候温和，人民友善真诚。学农的中国青年，在台湾，可能因为土地有限而昂贵，难以发展。在这儿，如果不怕前十年经营的艰苦，实是可以一试的地方。带着刻苦耐劳不怕吃苦的中国人性格，哥斯达黎加会是一片乐土。

上面这番话，包括了作者十分主观的情感和性向。事实上移民的辛酸和价值，见仁见智，每一个人的机遇又当然是不同了。

光是选择了自己的道路和前程，能否成功，操在自己手中的那份决心，事实上只有一半的承诺和希望，毕竟大自然也有它的定律在左右着人的命运呢！

另一种移民

圣荷西是一个不满三十万人口的首都，满街中国餐厅，几步便是一个。去了几家，营业都不算太兴旺，价格却是不公平的低廉。想来此地餐馆竞争仍烈，价高了便更不能赚钱。

去了一家中国饭店认识了翁先生。都是宁波人，谈起来分外亲切。那晚没有照菜单上的菜吃，翁先生特别要了"清蒸鱼"给我尝。

这份同胞的情感，没有法子回报。也只有中国人对中国人，不会肯在食物上委屈对方，毕竟我们是一个美食文化的民族。

翁先生来了哥斯达黎加五年，娶了此地的女子为妻。白手成家，年纪却比米夏大不了两三岁。能干的青年，中文程度在谈吐中便见端倪，在见识上亦是广博，分析侨情十分中肯，爱家爱国，没有忘记自己的来处，在异乡又创出一番天地。想想他的年纪，这实是不容易。

所以我又说，这一代的移民，我们华人移民，在哥斯达黎加，是表现杰出的。

我想再来

与徐寞和碧瑶相见恨晚，他们可爱的大孩子小文，赚去了我的心，另一个因为太小，比较无法沟通。

碧瑶说得一口西班牙文，初来哥国时住在没有水电的农场上，那种苦日子一样承受了下来。而今相夫教子，过得怡然本分，说起农场和将来，亦是深爱她自己选择的人生，这一点，便是敬她。

三日相聚，倒有两日是碧瑶煮菜包饺子给米夏与我吃。

徐家的朋友们，个个友爱，更可贵的是彼此谈得来，性向相近，都是淡泊的人。

本是没有什么离情的异乡，因为每一个人的友谊，使我一再想回哥斯达黎加。

异乡人

在我的旅程中，哥国是来休息的一站，便真的放松了自己。有时就坐在公园内看人。

一个卖爆米花的潦倒中年人，捐了一个大袋子，就在公园里一个人一个人地去兜。默默地看他跑了三四圈，竟没有一笔小生意成交。

最后他坐到我身边的长椅子上来，头低垂着，也不去卖了。

"你怎么不卖给我呢？"我笑着问他。

他吃了一惊，抬起头来，马上打开了袋子，拿出纸口袋来，问我要几块钱一包的。

我不忙接米花，问他今日卖了多少。他突然眼睛湿湿的，说生意不好做。

原来是古巴出来的难民，太太孩子都留在那儿，只等他在异乡有了发展去接他们。

"卖了几个月的爆米花，自己都三餐不济，只想等到签证去美国,可是美国没有一个人可以担保入境,有些早来的古巴人在这里已经等了三年了,而我——"

我静静地听着他,看他擦泪又擦泪,那流不干的眼泪里包含了多少无奈、辛酸和乡愁——

"这包米花送给您,在这个异乡从来没有人跟我讲讲心里的话,说出来也好过些了,请您收下吧!"

他交给我一个小包包,站起来慢慢地走开去了。

我摸摸口袋里的钱,还有剩的一沓,忍不住去追他,塞在他的衣服口袋里,不说一句话就跑。后面那个人一直追喊,叫着:"太太!太太!请您回来——"

自己做的事情使我羞耻,因为数目不多,同情别人也要当当心心去做才不伤人。可是金钱还是最现实的东西。第一日抵达哥国时,别人也舍给我过一枚铜板,那么便回报在同样的一个异乡人身上吧!

我是见不得男人流泪的,他们的泪与女人不同。

离去

只因圣荷西是一个在十八世纪末叶方才建造的城市,它确是一个居住的好地方,但是在建筑和情调上便缺少了只有时间才能刻画出来的那份古意盎然。

这儿没有印地安人,亦是不能吸引我的理由之一。哥国太文明了。

走断了一双鞋,在此又买了一双新的,预备走更长的路。

离去时,坐在徐寞的吉普车上,看着晴空如洗的蓝天和绿色的原野,一路想着农场的心事——我会为着另一个理由再回这儿来吗?

上机之前要米夏给徐寞拍照。这一些中国好青年在海外的成就和光荣,是不应该忘记的。

美妮表妹

巴拿马纪行

又是陌生的一站了。

机场大旅馆的价格令人看了心惊肉跳,想来小旅馆也不可能便宜。

这儿是巴拿马,美国水准,美式风格,用的钞票也干脆是美金,他们自己只有铜板,纸钞是没有的,倒也干脆。

旅途中经费充足,除了洪都拉斯超出预算之外,其他国家都能应付有余。可是住进巴拿马一家中级旅舍时,却使人因为它的昂贵而忧心了。

抵达的那个夜晚,安置好行李,便与米夏拿了地图去老城中心乱走,只想换一家经济些的安身。

找到一家二十多块美金一间的,地区脏乱不堪,恶形恶状的男女出出进进,它偏叫做"理想旅舍"。

门口的醉汉们也罢了,起码躺在地上不动。那些不醉的就不太好了,即使米夏在我身旁,还是不防被人抓了一把。我停住了步子,骂了那群人一句粗话,其实他们也实在没有什么认真的恶意,却将米夏吓得先跑了几步才回头。

那样的地区是住不得的了。

二姨的女儿在此已有多年了,虽然想念,却又是担心惊动他们一家,住了一夜,迟迟疑疑,不知是不是走的那日再打电话见见面,这样他们便无法招待了。

虽说如此,才有四日停留,巴拿马不预备写什么,而亲情总是缠心,忍不住拨了电话。再说,这个妹夫我也是喜欢的。

只说了一声:"美妮!"那边电话里的表妹就发狂地喊了起来——"平平姐姐——"

那声惨叫也许是她平日的语气,可是还是害我突然哽住了。表妹十年远嫁,她的娘家亲人还算我是第一个来巴拿马。

过了一会儿,表妹夫也打电话来了,惊天动地地责我不叫人接机,又怪不预先通知,再问我身体好不好,又说马上下班,与表妹一同来接了家去。

这份亲情,因为他们如此亲密的认同,使我方才发觉,原来自己一路孤单。

虽然不喜欢劳师动众,可是眼见表妹全家因为我的抵达而当一回大事,也只有心存感激地接受了他们的安排和招待。

在旅馆楼下等着表妹与妹夫来接时,我仍是紧张。米夏说好是不叫去的,他坐在一边陪我。

妹夫外表没有什么改变,只是比以前成熟了。

表妹相逢几乎不识,十年茫茫,那个留着长发、文静不语的女孩，成了一个短发微胖戴眼镜的妇人。

表妹拉着我的手腕便往外走。当然米夏也被强拉上车了。

"不要米夏去，我们自己人有话讲，他在不方便！"我抗议着。

表妹倒是实际："有什么话要讲？吃饭要紧，先给你们好好吃一顿再做道理！"

十年前，表妹二十岁，妹夫也不过二十四五，两个不通西班牙文的大孩子，远奔巴拿马，在此经商，做起钟表批发买卖，而今也是一番天地了。

表妹与我仍说上海话，偶尔夹着宁波土话，一点不变。变了的是她已经羼杂了拉丁美洲文化的性情：开放、坦率，西班牙文流利之外，还夹着泼辣辣的语调。是十年异乡艰苦的环境，造就了一个坚强的妇人，她不再文弱，甚而有些强悍。

用餐的时候，我无意间讲起表妹祖母在上海过世的消息，本以为她早就知道的，没想台北阿姨瞒着她。这一说，她啪一下打了丈夫一掌，惊叫起来："德昆！德昆！我祖母死啦！死掉啦！"说着说着便要哭出来了！

眼看要大哭了，一转念，她自说自话，找了一番安抚的理由，偏又是好了起来。

初次见面，在餐厅里居然给了表妹这么一个消息，我自己内疚了好几日，谁晓得她不知道呢？

"你前两年伤心死了吧？"表妹问我，给我夹了一堆菜。

"我吗？"我苦笑着，心里一片空空茫茫。

"要是表姐夫还活着,我们家起码有我跟他讲讲西班牙文——"表妹又说。

我突然非常欣赏这个全新的表妹,她说话待人全是直着来的,绝不转弯抹角,也不客套,也不特别安慰人,那份真诚,使她的个性突出、美丽,而且实在。

只有四日停留,不肯搬去表妹家,只为着每日去会合米夏又得增加妹夫的麻烦。虽然那么样,表妹夫仍然停了上班。自由区的公司也不去了,带着米夏与我四处观光。

换钱,弄下一站的机票,吃饭的和一切的一切都被他们包办了。在巴拿马,我们没有机会坐公共汽车。

名为表姐,在生活起居上却被表妹全家,甚而他们的朋友们,照顾得周周密密。

在这儿,同胞的情感又如哥斯达黎加一般地使人感动。

农技团苏团长一家人过来表妹处探望我,一再恳请去他们家用餐。妹夫不好意思,我也坚持不肯麻烦苏妈妈。结果第二日,"使馆"的陈武官夫妇,中国银行的向家,苏家,彭先生,宋先生加上表妹自己,合起来做了满满一席的酒菜,理由是——请远道来的表姐。

苏家的女孩子们离开中国已经好多年了,家教极好,仍看中文书,是我的读者。武官太太陈妈妈也是喜欢看书的。看见别人如此喜爱三毛,心里十分茫然,为什么自己却不看重她呢?难道三毛不是部分的自己吗?

巴拿马本是哥伦比亚的一部分,当年它的独立当然与美国的支持有着很大的关系。

运河与自由贸易区繁荣了这个国家,世界各地的银行都来此地吸取资金。市区像极了美国的大城,街上的汽车也是美国制造的占大多数,英文是小学生就开始必读的语言。

虽然美国已将运河交还给巴拿马政府了,可是美军在此驻扎的仍有三万人。

妹夫与表妹各人开的都是美国大车,度假便去迈阿密。免不了的美国文化,可是在家中,他们仍是实实在在的中国人。生意上各国顾客都有,而平日呼朋引伴地度周末,仍旧只与中国朋友亲密。

在表妹可以看见海景的高楼里,妹夫对我干干脆脆地说:"什么外国,在家里讲中国话,吃中国菜,周末早晨交给孩子们,带去公园玩玩,下午打打小牌,听听音乐,外面的世界根本不要去看它,不是跟在中国一样?"

我听了笑起来,喜欢他那份率真和不做作,他根本明白讲出来他不认外国人,只赚他们的钱而已。这是他的自由,我没有什么话说。

这又是另一种中国移民的形态了!

要是有一日,巴拿马的经济不再繁荣,大约也难不倒表妹夫。太太孩子一带,再去个国家打市场,又是一番新天新地。

中国人是一个奇怪而强韧的民族,这一点是在在不同于其他人种的,随便他们何处去,中国的根,是不容易放弃的。

表妹来巴拿马时根本是个不解事的孩子,当年住在"哥隆"

市，接近公司设置的自由区。在那治安极坏的地区，一住五年，等到经济环境安定了才搬到巴拿马市区来。

回忆起"哥隆"的日子，她笑说那是"苦笼"。两度街上被暴徒抢皮夹，她都又硬夺了回来。

被抢当时表现得勇敢，回家方才吓得大哭不休。这个中国女孩子，经过长长的十年之后，而今是成熟了。

我看着表妹的三个伶俐可爱的孩子和她相依为命的丈夫，还有她的一群好中国朋友，心中非常感动，毕竟这十年的海外生活，是一份生活的教育，也是他们自己努力的成果。

表妹与表妹夫深深地迷惑了米夏，他一再地说，这两个人的"个性美"。虽然表妹夫的西班牙文不肯文绉绉，粗话偶尔也滑出来，可是听了只觉那是一种语调，他自己的真性情更在里面发挥得淋漓。奇怪的是，这些在家中只讲中文的人，西班牙文却是出奇地流利。

在巴拿马的最后一日，曾"大使"夫妇与"中央社"的刘先生夫妇也来了表妹夫家中。

"大使"夫妇是十多年前在西班牙做学生时便认识的，只因自己最怕麻烦他人，不敢贸然拜望，结果却在表妹家碰到。

聆听"大使"亲切的一番谈话，使我对巴拿马又多了一份了解。只因这一站是家族团聚，巴拿马的历史和地理也便略过了。

三天的时间飞快地度过，表妹和他们朋友对待我的亲切殷勤，使我又一次欠下了同胞的深情。

临去的那一个下午，表妹仍然赶着包馄饨，一定要吃饱了才给上路。她的那份诚心，一再在实际的生活饮食里，交付给了我。

行李中，表妹硬塞了中国的点心，说是怕我深夜到了哥伦比亚没有东西吃。

妹夫再三叮咛米夏，请他好好做我的保镖。

朋友们一趟又一趟地赶来表妹夫家中与我见面，可说没有一日不碰到的。

机场排队的人多，妹夫反应极快，办事利落，他又一切都包办了。

表妹抱着小婴儿，拖着另外两个较大的孩子，加上向家夫妇和他们的小女儿、彭先生、应先生……一大群人在等着与我们惜别。

进了检查室，我挥完了手，这才一昂头将眼泪倒咽回去。

下一站没有中国人了，载不动的同胞爱，留在我心深处，永远归还不了。

巴拿马因为这些中国人，使我临行流泪。这沉重的脚踪，竟都是爱的负荷。

一个不按牌理出牌的地方

哥伦比亚纪行

这一路来,随行的地图、资料和书籍越来越重,杂物多,索绊也累人。

巴拿马那一站终于做了一次清理,部分衣物寄存表妹,纸张那些东西,既然已经印在脑子里,干脆就丢掉了。

随身带着的四本参考书,澳洲及英国出版的写得周全,另外两本美国出版的观点偏见傲慢,而且书中指引的总是——"参加当地旅行团"便算了事。于是将它们也留在垃圾桶中了。

说起哥伦比亚这个国家时,参考书中除了详尽的历史地理和风土人情介绍之外,竟然直截了当地唤它"强盗国家"。

立论如此客观而公平的书籍,胆敢如此严厉地称呼这个占地一百多万平方公里的国家,总使人有些惊异他们突然的粗暴。

书中在在地警告旅行者,这是一个每日都有抢劫、暴行和危险的地方,无论白昼夜间,城内城外,都不能掉以轻心,更不可以将这种情况当做只是书中编者的夸张。

巴拿马台湾农技团的苏团长，来此访问时，也遭到被抢的事情。

可怕的是，抢劫完苏团长的暴徒，是昂然扬长而去，并不是狂奔逃走的。

米夏在听了书中的警告和苏团长的经历之后，一再地问我是不是放弃这一站。而我觉得，虽然冒着被抢的危险，仍是要来的，只是地区太差的旅舍便不住了。

离开台湾时，随身挂着的链条和刻着我名字的一只戒指，都交给了母亲。

自己手上一只简单的婚戒，脱脱戴戴，总也舍不得留下来。几番周折，还是戴着走了那么多路。

飞机抵达博各答的时候，脱下了八年零三个月没有离开手指的那一个小圈，将它藏在贴胸的口袋里。手指空了，那份不惯，在心理上便也惶惶然地哀伤起来。

夜深了，不该在机场坐计程车，可是因为首都博各答地势太高，海拔两千六百四十公尺的高度，使我的心脏立即不适，针尖般的刺痛在领行李时便开始了。没敢再累，讲好价格上的车，指明一家中级旅馆，只因它们有保险箱可以寄存旅行支票和护照。

到了旅馆，司机硬是多要七元美金，他说我西班牙话不灵光，听错了价格。

没有跟他理论，因为身体不舒服。

这是哥伦比亚给我的第一印象。

住了两日旅舍，第三日布告栏上写着小小的通告，说是房价上涨，一涨便是二十七元美金，于是一人一日的住宿费便要六十七元美金了。

客气地请问柜台,这是全国性的调整还是怎么了,他们回答我是私自涨的。

他们可以涨,我也可以离开。

搬旅馆的时候天寒地冻,下着微雨,不得已又坐了极短路的计程车,因为冬衣都留在巴拿马了。

司机没有将马表扳下,到了目的地才发现。他要的价格绝对不合理,我因初到高原,身体一直不适,争吵不动,米夏的西班牙文只够道早安和微笑,于是又被迫做了一次妥协。

别的国家没有那么欺生的。

新搬的那家旅馆,上个月曾被暴徒抢劫,打死了一个房间内的太太,至今没有破案。这件事情发生之后,倒是门禁森严了。

初来首都博各答的前几日,看见街上每一个人紧紧抱着他们皮包的样子,真是惊骇。生活在这么巨大的,随时被抢的压力下,长久下去总是要精神衰弱的。

米夏一来此地,先是自己吓自己,睡觉房间锁了不说尚用椅子抵着门。每次唤他,总是问了又问才开。

便因如此,偏是不与他一起行动,他需要的是个人的经历和心得,不能老是只跟在我身边拿东西,听我解释每一种建筑的形式和年代。便是吃饭吧,也常常请他自己去吃了。

个人是喜欢吃小摊子的,看中了一个小白饼和一条香肠,炭炉上现烤的。卖食物的中年人叫我先给他二十五披索,我说一手交钱一手交饼,他说我拿了饼会逃走,一定要先付。

给了三十披索,站着等饼和找钱,收好钱的人不再理我,开始他的叫喊:"饼啊!饼啊!谁来买饼啊!"

我问他:"怎么还不给我呢?香肠要焦了!"

他说:"给什么?你又没有付钱呀!"

这时旁边的另一群摊贩开始拼命地笑,望望我,又看着别的方向笑得发颤。这时方知又被人欺负了。

起初尚与这个小贩争了几句,眼看没有法子赢他,便也不争了,只对他说:"您收了钱没有,自己是晓得的。上帝保佑您了!"

说完这话我走开,回头对那人笑了一笑,这时他眼睛看也不敢看我,假装东张西望的。

要是照着过去的性情,无论置身在谁的地盘里,也不管是不是夜间九点多钟自己单身一个,必然将那个小摊子打烂。

那份自不量力,而今是不会了。

深秋高原的气候,长年如此。微凉中夹着一份风吹过的怅然和诗意。只因这个首都位置太高,心脏较弱的人便比较不舒服了。

拿开博各答一些小小的不诚实的例子不说,它仍是一路旅行过来最堂皇而气派的都市。殖民时代的大建筑辉煌着几个世纪的光荣。

虽说这已是一生中第一百多个参观过的博物馆,也是此行中南美洲的第十二个博物馆了。可是只因它自己说是世上"唯一"的,忍不住又去了。

哥伦比亚的"黄金博物馆"中收藏了将近一万几千多件纯金

的艺术品。制造它们的工具在那个时代却是最最简陋的石块和木条。金饰的精美和细腻在灯光和深色绒布的衬托下，发出的光芒近乎神秘。

特别注意的是一群群金子打造的小人，有若鼻烟壶那么样的尺寸。他们的模样，在我的眼中看来，每一个都像外太空来的假想的"人"。

这些金人，肩上绕着电线，身后背着好似翅膀的东西，两耳边胖胖的，有若用着耳机，有些头顶上干脆顶了一支天线般的针尖，完全科学造型。

看见这些造型，一直在细想，是不是当年这片土地上的居民，的确看过这样长相和装备的人，才仿着做出他们的形象来呢？这样的联想使我立即又想到朋友沈君山教授，如果他在身边，一定又是一场有趣的话题了。

博物馆最高的一层楼等于是一个大保险箱，警卫在里面，警卫在外面，参观的人群被关进比手肘还厚的大铁门内去。

在那个大铁柜的房间里，极轻极微号角般的音乐，低沉、缓慢又悠长地传过来。

全室没有灯光，只有专照着一座堆积如黄金小山的聚光灯，静静地向你交代一份无言的真理——黄金是唯一的光荣，美丽和幸福。

放出那层严密保护着金器的房间，再见天日时，刚刚的一幕宝藏之梦与窗外的人群再也连不上关系。

下楼时一位美国太太不断叹息着问我："难道你不想拥有它们

吗？哪怕是一部分也好！天啊，唉！天啊！"

其实它们是谁的又有什么不同？生命消逝，黄金永存。这些身外之物，能够有幸欣赏，就是福气了。真的拥有了它那才叫麻烦呢！

在中南美洲旅行，好似永远也逃不掉大教堂、美国烤鸡、意大利馅饼和中国饭店这几样东西。

对于大小教堂，虽说可以不看，完全意志自由，可是真的不进去，心中又有些觉得自己太过麻木与懒散，总是免不了去绕一圈，印证一下自己念过的建筑史，算做复习大学功课。

至于另外三种食的文化，在博各答这一站时，已经完全拒绝了。尤其是无孔不入的烤鸡、汉堡和麦克唐纳那个国家的食物和义化，是很难接受的。至于中国饭店，他们做的不能算中国菜。

在这儿，常常在看完了华丽的大教堂之后，站在它的墙外小摊边吃炸香蕉、芭蕉叶包着有如中国粽子的米饭和一支支烤玉米。

这些食物只能使人发胖而没有营养。

博各答虽是一个在高原上的城市，它的附近仍有山峰围绕。有的山顶竖了个大十字架，有的立了一个耶稣的圣像，更有一座小山顶上，立着一座修道院，山下看去，是纯白色的。

只想上那个白色修道院的山顶去。它叫"蒙色拉"，无论在哪一本参考书，甚至哥伦比亚自己印的旅游手册上，都一再地告诫旅客——如果想上"蒙色拉"去，千万乘坐吊缆车或小铁路的火车，不要爬上去，那附近是必抢的地区。

城里问路时，别人也说："坐计程车到吊缆车的入口才下车吧！不要走路经过那一区呀！"

我还是走去了，因为身上没有给人抢的东西。

到了山顶，已是海拔三千公尺以上了，不能好好地呼吸，更找不到修道院。山下看见的那座白色的建筑，是一个教堂。

那座教堂正在修建，神坛上吊着一个金色的十字架；神坛后面两边有楼梯走上去，在暗暗的烛光里，一个玻璃柜中放着有若人身一般大的耶稣雕像——一个背着十字架、流着血汗、跪倒在地上的耶稣，表情非常逼真。

在跌倒耶稣的面前，点着一地长长短短的红蜡烛，他的柜子边，放着许许多多蜡做的小人儿。有些刻着人的名字，扎着红丝带和一撮人发。

总觉得南美洲将天主教和他们早期的巫术混在一起了，看见那些代表各人身体的小蜡像，心中非常害怕。

再一抬头，就在自己上来的石阶两边的墙上，挂满了木制的拐杖，满满的、满满的拐杖，全是来此祈求，得了神迹疗治，从此放掉拐杖而能行走的病人拿来挂着做见证的。

幽暗的烛光下，那些挂着的拐杖非常可怕，墙上贴满了牌子，有名有姓有年代的人，感恩神迹，在此留牌纪念。

对于神迹，甚而巫术，在我的观念里，都是可以接受的，毕竟信心是最大的力量。

就在那么狭小的圣像前，跪着一地的人，其中一位中年人也是撑着拐杖来的，他燃了一支红烛，虔诚地仰望着跌倒在地的耶稣像，眼角渗出泪来。

那是个感应极强的地方，敏感的我，觉得明显的灵息就在空气里充满着。

我被四周的气氛压迫得喘不过气来，自己一无所求，而心中却好似有着莫大的委屈似的想在耶稣面前恸哭。

出了教堂，整个博各答城市便在脚下，景色辽阔而安静，我的喉咙却因想到朋友张拓芜和杏林子而哽住了——他们行走都不方便。

又回教堂里面去坐着，专心地仰望着圣像，没有向他说一句话，他当知道我心中切切祈求的几个名字。

也代求了欧阳子，不知圣灵在此，除了治疗不能行走的人之外，是不是也治眼睛。

走出圣堂的时候，我自己的右腿不知为何突然抽起筋来，疼痛不能行走。拖了几步，实在剧痛，便坐了下来。在使人行走的神迹教堂里，我却没有理由地跛了。那时我向神一直在心里抗议，问他又问他："你怎么反而扭了我的腿呢？如果这能使我的朋友们得到治疗，那么就换好了！"他不回答我，而腿好了。

代求了五个小十字架给朋友，不知带回台湾时，诚心求来的象征，朋友们肯不肯挂呢？

虽说身上没有任何东西可抢，可是走在博各答的街上，那份随时被抢的压迫感却是不能否认地存在着。

每天看见街上的警察就在路人里挑，将挑出来的人面对着墙，叫他们双手举着，搜查人的身体，有些就被关上警车了。

在这儿，我又觉得警察抓人时太粗暴了。

米夏在博各答一直没有用相机，偶尔一次带了相机出去，我便有些担心了。

那一日我坐在城市广场里晒太阳，同时在缝一件脱了线的衣服。米夏单独去旧区走走，说好四小时后回公园来会合。

一直等到夜间我已回旅馆去了，米夏仍未回来。我想定是被抢了相机。

那个下午，米夏两度被警察抓去搜身，关上警车，送去局内。

第一回莫名其妙地放了，才走了几条街，不同的警察又在搜人，米夏只带了护照影印本，不承认是证件，便又请入局一趟。

再放回来时已是夜间了。这种经历对米夏也没有什么不好，他回来时英雄似的得意。

这个城市不按牌理出牌，以后看见警察我亦躲得老远。

离开博各答的前两日，坐公车去附近的小城参观了另一个盐矿中挖出来的洞穴教堂，只因心脏一直不大舒服，洞中空气不洁，坐了一会儿便出来了，没有什么心得。

哥伦比亚的出境机场税，是三十块美金一个人，没有别的国家可以与它相比。

记录博各答生活点滴的现在，我已在厄瓜多尔一个安地斯山区中的小城住了下来。

飞机场领出哥伦比亚来的行李时，每一只包包都已打开，衣物乱翻，锁着的皮箱被刀割开大口，零碎东西失踪，都是博各答机场的工作人员留给我的临别纪念。

那是哥伦比亚，一个非常特殊的国家。

药师的孙女——前世

厄瓜多尔纪行之一

那时候,心湖的故事在这安地斯山脉的高原上,已经很少被传说了。

每天清晨,当我赤足穿过云雾走向那片如镜般平静的大湖去汲水的时候,还是会想起那段骇人的往事。

许多许多年前,这片土地并不属于印加帝国的一部分。自古以来便是自称加那基族的我们,因为拒绝向印加政府付税,他们强大的军队开来征服这儿,引起了一场战争。

那一场战役,死了三万个族人,包括我的曾祖父在内,全都被杀了。

死去的人,在印加祭司的吩咐下,给挖出了心脏,三万颗心,就那么丢弃在故乡的大湖里。

原先被称为银湖的那片美丽之水,从此改了名字,我们叫它"哈娃哥恰",就是心湖的意思。

那次的战役之后,加那基族便归属于印加帝国了,因为我们的山区偏向于城市基托，于是被划分到阿达华伯国王的领地里去。

那时候，印加帝国的沙巴老王已经过世了，这庞大的帝国被他的两个儿子所瓜分。

在秘鲁古斯各城的，是另一个王，叫做华斯加。

岁月一样地在这片湖水边流过去。

战争的寡妇们慢慢地也死了，新的一代被迫将收获的三分之二缴给帝国的军队和祭司，日子也因此更艰难起来。

再新的一代，例如我的父母亲，已经离开了故乡，被送去替印加帝王筑石头的大路，那条由古斯各通到基托的长路，筑死了许多人。而我的父母也从此没有了消息。

母亲离开的时候，我已经是个懂事而伶俐的孩子，知道汲水、喂羊，也懂得将晒干的骆马粪收积起来做燃料。

她将我留给外祖父，严厉地告诫我要做一个能干的妇人，照顾外祖父老年后的生活，然后她解下了长长一串彩色的珠子，围在我的脖子上，就转身随着父亲去了。

当时我哭着追了几步，因为母亲背走了亲爱的小弟弟。

那一年，我六岁。一个六岁的加那基的小女孩。

村子里的家庭，大半的人都走了，留下的老人和小孩，虽然很多，那片原先就是寂静的山区，仍然变得零落了。

外祖父是一个聪明而慈爱的人，长得不算高大，他带着我住在山坡上，对着大雪山和湖水，我们不住在村落里。

虽然只是两个人的家庭，日子还是忙碌的。我们种植玉米、豆子、马铃薯，放牧骆马和绵羊。

收获来的田产，自己只得三分之一，其他便要缴给公共仓库去了。

琼麻在我们的地上是野生的，高原的气候寒冷，麻织的东西不够御寒，总是动物的毛纺出来的料子比较暖和。

母亲离开之后，搓麻和纺纱的工作就轮到我来做了。

虽然我们辛勤工作，日子还是艰难，穿的衣服也只有那几件，长长的袍子一直拖到脚踝。

只因我觉得已是大人了，后来不像村中另外一些小女孩般地披头散发。

每天早晨，我汲完了水，在大石块上洗好了衣服，一定在湖边将自己的长发用骨头梳子理好，编成一条光洁的辫子才回来。

我们洗净的衣服，总是平铺在清洁的草地上，黄昏时收回去，必有太阳和青草的气味附在上面，那使我非常快乐，忍不住将整个的脸埋在衣服里。

在我们平静的日子里，偶尔有村里的人上来，要求外祖父快去，他去的时候，总是背着他大大的药袋。那时候，必是有人病了。

小时候不知外祖父是什么人，直到我一再地被人唤成药师的孙女，才知治疗病人的人叫做药师。

那和印加的大祭司又是不同，因为外祖父不会宗教似的作法医病，可是我们也是信神的。

外祖父是一个沉默的人,他不特别教导我有关草药的事情,有时候他去很远的地方找药,几日也不回来。家,便是我一个人照管了。

等我稍大一些时,自己也去高山中游荡了,我也懂得采些普通的香叶子回来,外祖父从来没有阻止过我。

小时候我没有玩伴,可是在祖父的身边也是快活的。

那些草药,在我们的观念里是不能种植在家里田地上的。

我问过外祖父,这些药为什么除了在野地生长之外,不能种植它们呢?

外祖父说这是一份上天秘密的礼物,采到了这种药,是病家的机缘,采不到,便只有顺其自然了。

十二岁的我,在当时已经非常著名了,如果祖父不在家,而村里的小羊泻了肚子,我便抱了草药去给喂。至于病的如果是人,就只有轮到外祖父去了。

也许我是一个没有母亲在身边长大的女孩,村中年长的妇女总是特别疼爱我,她们一样喊我药师的孙女,常常给我一些花头绳和零碎的珠子。

而我,在采药回来的时候,也会送给女人们香的尤加利叶子和野蜂蜜。

我们的族人是一种和平而安静的民族,世世代代散居在这片湖水的周围。

在这儿,青草丰盛,天空长蓝,空气永远稀薄而寒冷,平原的传染病上不了高地,虽然农作物在这儿长得辛苦而贫乏,可是骆马和绵羊在这儿是欢喜的。

印加帝国的政府,在收税和祭典的时候,会有他们的信差,拿着不同颜色和打着各样绳结的棍子,来传递我们当做的事和当缴的税,我们也总是顺服。

每当印加人来的时候,心湖的故事才会被老的一辈族人再说一遍。那时,去湖边汲水的村中女孩,总是要怕上好一阵。

外祖父和我,很少在夜间点灯,我们喜欢坐在小屋门口的石阶上,看湖水和雪山在寂静平和的黄昏里隐去,我们不说什么多余的话。

印加帝国敬畏太阳,族人也崇拜它,寒冷的高原上,太阳是一切大自然的象征和希望。

当然,雨季也是必需的。一年中,我们的雨水长过母羊怀孕的时间。

小羊及小骆马出生的时候,草原正好再绿,而湖水,也更阔了。

我一日一日地长大,像村中每一个妇女似的磨着玉米,烘出香甜的饼来供养外祖父。在故乡,我是快乐而安静的,也更喜欢接近那些草药了。

有一日,我从田上回来,发觉屋里的外祖父在嚼古柯叶子,这使我吃了一惊。

村子里的一些男人和女人常常嚼这种东西,有些人一生都在吃,使得他们嘴巴里面都凹了一块下去。这种叶子,吃了能够使人活泼而兴奋,是不好的草药。

外祖父见到了我，没有什么不好意思的表情，他淡淡地说："外祖父老了！只有这种叶子，帮助我的血液流畅——"

那时候，我才突然发觉，外祖父是越来越弱了。

没有等到再一个雨季的来临，外祖父在睡眠中静静地死了。

在他过世之前，常常去一座远远的小屋，与族人中一个年轻的猎人长坐。那个猎人的父母也是去给印加人筑路，就没有消息了。

回来的时候，外祖父总是已经非常累了，没有法子与我一同坐看黄昏和夜的来临，他摸一下我的头发，低低地喊一声："哈娃！"就去睡了。

在我的时代里，没有人喊我的名字，他们一向叫我药师的孙女。

而外祖父，是直到快死了，才轻轻地喊起我来。他叫我哈娃，也就是"心"的意思。

母亲也叫这个名字，她是外祖父唯一的女儿。

外祖父才叫了我几次，便放下我，将我变成了孤儿。

外祖父死了，我一个人住在小屋里。

我们的族人相信永远的生命，也深信转世和轮回，对于自然的死亡，我们安静地接受它。

虽然一个人过的日子，黄昏更寒冷了，而我依然坐在门前不变地看着我的故乡，那使我感到快乐。

那一年，那个叫做哈娃的女孩子，已经十五岁了。

外祖父死了没有多久,那个打猎的青年上到我的山坡来,他对我说:"哈娃,你外祖父要你住到我家去。"

我站在玉米田里直直地望着这个英俊的青年,他也像外祖父似的,伸手摸了一下我的头发,那时候,他的眼睛,在阳光下湖水也似的温柔起来。

我没有说一句话,进屋收拾了一包清洁的衣物,捆起了外祖父的药袋,拿了一串挂在墙上的绳索交给这个猎人。

于是我关上了小屋的门,两人拖着一群骆马和绵羊还有外祖父的一只老狗,向他的家走去。

我的丈夫,其实小时候就见过了,我们的狗几年前在山里打过架。

当时他在打猎,我一个人在找阜药,回家时因为狗被咬伤了,还向外祖父告过状。

外祖父听到是那个年轻人,只是慈爱而深意地看了我一眼,微笑着,不说什么。

没晓得在那时候,他已经悄悄安排了我的婚姻。

有了新的家之后,我成了更勤劳的女人,丈夫回来的时候,必有烤熟的玉米饼和煮熟的野味等着他。那幢朴素的小屋里,清清洁洁,不时还拿尤加利的树叶将房间熏得清香。

我们的族人大半是沉默而害羞的,并不说什么爱情。

黄昏来临时,我们一样坐在屋前,沉静地看月亮上升。而我知道,丈夫是极疼爱我的。

那时候，村里的药师已经由我来替代了。

如同外祖父一个作风，治疗病家是不能收任何报酬的，因为这份天赋来自上天，我们只是替神在做事而已。

虽是已婚的妇人了，丈夫仍然给我充分的自由，让我带了狗单独上山去摘草药。

只因我的心有了惦记，总是采不够药就想回家，万一看见家中已有丈夫的身影在张望，那么就是管不住脚步地向他飞奔而去。

那时印加帝国已经到了末期，两边的国王起了内战，村里的人一直担心战争会蔓延到这山区来。

虽然我们已成了印加人收服的一个村落，对于他们的祭司和军队，除了畏惧之外，并没有其他的认同，只希望付了税捐之后，不要再失去我们的男人。

战争在北面的沙拉萨各打了起来，那儿的人大半战死了。北部基托的阿达华伯国王赢了这场战役，华斯加王被杀死了。

也在内战结束不多久，丈夫抱了一只奇怪的动物回来，他说这叫做猪，是低原的人从白人手中买下来的。

我们用马铃薯来喂这只猪。当时并不知猪有什么用处。

三只骆马换回了这样的一只动物是划不来的。

村里偶尔也传进来了一些我们没有看过的种子。

我渴切地等待着青禾的生长，不知种出来的会是什么样的农作物。

有关白人的事情便如一阵风也似的飘过去了，他们没有来，只是动物和麦子来了。

平静的日子一样地过着,我由一个小女孩长成了一个妇人。我的外祖父、父亲、母亲都消失了,而我,正在等待着另一个生命的出世。

作为一个药师的孙女,当然知道生产的危险,村中许多妇人便是因此而死去的。

黄昏的时候,丈夫常常握住我的手,对我说:"哈娃!不要怕,小孩子来的时候,我一定在你身边的。"

我们辛勤地收集着羊毛,日日纺织着新料子,只希望婴儿来的时候,有更多柔软而暖和的东西包裹他。

那时候,我的产期近了,丈夫不再出门,一步不离地守住我。

他不再打猎,我们每餐只有玉米饼吃了。

那只猪,因为费了昂贵的代价换来的,舍不得杀它,再说我们对它也有了感情。

一天清晨,我醒来的时候,发觉门前的大镬里煮着几条新鲜的鱼。这使我大吃一惊,叫喊起丈夫来。

心湖里满是跳跃的银鱼,可是百年来,没有一个人敢去捉它们,毕竟那儿沉着我们祖先的身体啊!

丈夫从田上匆匆地跑回来,我痛责他捕鱼的事情,他说:"哈娃!你自己是药师的孙女,怀着孩子的妇人只吃玉米饼是不够的,从今以后吃鱼吧!"

丈夫每夜偷偷去湖里捉鱼的事情,慢慢地被族人发现了。他们说我们会遭到报应,可是我们不理会那些闲话。

只因跟着丈夫相依为命,生产的事情,约好了绝对不去请求村中的老妇人来帮忙。她们能做的不多,万一老妇人们来了,丈夫是必定被赶出去的,没有丈夫在身边,那是不好过的。

在一个寒冷的夜里,我开始疼痛。

悄悄起床煎好了草药才喊醒沉睡的丈夫。

起初两个人都有些惊慌,后来我叫丈夫扶着,包着毯子到门外的石阶上去坐了一会儿,这便心静了下来。

那是我最后一次看见月光下的雪山、湖水和故乡茫茫的草原。

挣扎了三个日出与日落,那个叫做哈娃的女人与她未出世的孩子一同死了。

在一汪油灯的旁边,跪着爱她如命的丈夫。他抱着哈娃的身体,直到已成冰冷,还不肯放下来。

那是后人的日历十六世纪初叶,一个被现今世界统称为南美印地安人的女子平凡的一生。

哈娃离世时十九岁。

银湖之滨——今生

厄瓜多尔纪行之二

挂完了电话,心中反倒松了口气。

朋友马各不在家,留下了口讯给他的父亲,总算是联络过了,见不见面倒在其次。

旅途的疲倦一日加深一日,虽然没有做什么劳苦的工作,光是每日走路的时间加起来便很可观,那双脚也老是水泡。

无论在什么时候,看见旅馆的床,碰到枕头,就能睡着。

万一真休息了,醒来又会自责,觉得自己太过疏懒,有时间怎么不在街上呢?

打完电话时正是炎热的午后,朦胧中阖了一下眼睛,柜台上的人来叫,说是楼下有客在等着。

我匆匆忙忙地跑下去,看见找不着的马各就站在大厅里。

多年不见,两人犹豫了一会儿,才向彼此跑过去。

"马各,我回来了!"我喊了起来。

"回来了?什么时候来过厄瓜多尔了?"他将我拉近,亲了一下面颊。

"忘了以前跟你讲的故事了?"

"还是坚持前生是印地安女人吗?"他友爱地又将我环抱起来,哈哈地笑着。

"而且不是秘鲁那边的,是你国家里的人,看我像不像?"我也笑吟吟地看着他。

马各双手插在长裤口袋里,静静地看了我几秒钟,也不说话,将我拉到沙发上去坐下来。

"还好吗?"他拍拍我的脸,有些无可奈何地看着我。

"活着!"我叹了口气,将眼光转开去,不敢看他。

马各是多年的朋友了,结婚时给寄过贺卡,我失了自己的家庭时,又给写过长信,后来他由法国去了黎巴嫩,又回到自己的国家来,彼此便不联络了。

我们沉默了一会儿,谁都不说话。

"说说在厄瓜多尔的计划吧!"

"上安地斯高原去,跟印地安人住半个月到二十天,沿途六个大小城镇要停留,然后从首都基托坐车下山,经过低地的另外两个城,再回到这儿来搭机去秘鲁,总共跑一千几百公里吧!"

当时我正住在厄瓜多尔最大的海港城娃雅基的旅馆里。

"先来我们家过了节再走,明天耶诞夜了!"

"我这种人,哪有什么节不节,谢谢你,不去了!"

"几号上高原去?"

"二十五号走,第一站七小时车程呢!"

"先去哪里?"

"里奥庞巴!"我又说了那个城附近的几个小村落的名字。

"你的地理不比我差,前世总是来过的啰!"马各笑着说。

"要去找一片湖水——"我说。

"湖应该在沃达华罗啊!弄错了没有,你?"

我知道没有错,那片湖水,不看详细地图找不着,可是它必是在的。

"Echo,可不可以等到二十七号,我开车回首都基托去上班,你和那位同事跟我沿途玩上去?那样不必坐长途公车了!"

最令人为难的就是朋友太过好意,接受别人的招待亦是于心难安的,以我这么紧张的个性来说,其实是单独行动比较轻松自在的。

坚持谢绝了马各,他怎么说,也是不肯改变心意。

约好二十日后两人都在基托时再联络,便分手了。

对于不认识的马各,米夏的兴趣比我还大,因为马各是社会学家,跟他谈话会有收获的。

听说有便车可搭,米夏巴不得跟了同去。这两个人语言不通,如果长途旅行尚得做他们的翻译,便是自讨苦吃了。

再说,我要去的印地安人村落仍是极封闭的地方,如果三个游客似的人拿了照相机进去,效果便很可能是相反地坏了。

厄瓜多尔二十八万平方公里的土地,简单地可分三个部分。

东部亚马逊丛林,至今仍是莽荒原始,一种被叫做"希哇洛斯·布拉浮"的野林人据说仍然吹箭猎头,他们不出来,别人也不进去。

厄瓜多尔的政府对于丛林内的部落至今完全没有法子控制，便两不相涉了。

中部的厄瓜多尔，一路上去便是安地斯山脉所造成的高原，两条山链一路延伸到哥伦比亚，中间大约六十五公里阔的大平原里，纯血的印地安人村落仍是多不胜数。他们的人口，占了六百万人中的百分之四十。

高原上除了几个小城之外，六十多万人口的首都基托，就建在海拔两千八百五十公尺的北部山区里，是世界第二高的首都。

南方的海岸部分，一般书中叫它做低原，那儿气候常年炎热，农产丰富，一座叫做"葛位托"的中型城市，更有另一个别名——中国城。

许多广东来的老华侨，在那儿已经安居三代了。那儿的"香蕉王"，便是一位中国老先生。

厄瓜多尔另有几个小岛，叫做"加拉巴哥斯"，泡在远远的太平洋里面。

渴切想去的地方，在我，当然是安地斯山脉。

其实山区里的高原人民，自有他们的语言和族称，只是当年哥伦布航海去找中国，到了古巴，以为安抵印度，便将当时美洲已住着的居民错称为"印度人"，便是而今美洲印地安人名称的由来了。

车子是中午在炎热的海港开出的，进入山区的时候，天气变了,雨水倾倒而下,车厢内空气浑浊不堪,我靠着窗户不知不觉地睡了过去。

当我被刺骨的微风冻醒时,伏盖着的安地斯苍苍茫茫的大草原,在雨后明净如洗的黄昏里将我整个拥抱起来。

眼前的景色,该是梦中来过千百次了,那份眼熟,令人有若回归,乡愁般的心境啊,怎么竟是这儿!

车子转了一个弯,大雪山"侵咆拉索"巨兽也似的扑面而来。

只因没有防备这座在高原上仍然拔地而起的大山是这么突然出现的,我往后一靠,仍是吃了一惊。

看见山的那一骇,我的灵魂冲了出去,飞过尤加利树梢,飞过田野,飞过草原,绕着那座冷冰积雪的山峰怎么也回不下来。

一时里,以为自己是车祸死了,心神才离开了身体,可是看看全车的人,都好好地坐着。

"唉!回来了!"我心里暗暗地叹息起来。

对于这种似曾相识的感应,没有人能数说,厄瓜多尔的高地,于我并不陌生的啊!

"阿平!阿平!"米夏一直在喊我,我无法回答他。

我定定地望着那座就似扑压在胸前的六千多公尺高的雪山,觉着它的寒冷和熟悉,整个人完全飘浮起来,又要飞出去了。

一时里,今生今世的种种历练,电影般快速地掠过,那些悲欢岁月,那些在世和去世的亲人,想起来竟然完全没有丝毫感觉,好似在看别人的事情一般。

大概死,便是这样明净如雪般的清朗和淡漠吧!

"哎呀！你的指甲和嘴唇都紫了！"米夏叫了起来。

我缓缓地问米夏："海拔多少了？"

"这一带，书上说超过三千两百公尺，下到里奥庞巴是两千六百五十。"

这时候我才看了一下自己的双手，怎么都肿起来了，呼吸也困难得很。

什么灵魂出窍的感应，根本是身体不适才弄出来的幻觉。

车子停在一个小站上，司机喊着："休息十分钟！"

我没有法子下车，这样的高度使人难以动弹。

就在车站电线杆那支幽暗的路灯下，两个老极了的印地安夫妇蹲坐在路边。

女人围着深色的长裙，披了好几层彩色厚厚的肩毯，梳着粗辫子，头上不可少地戴着旧呢帽。

两个人专心地蹲在那儿用手撕一块面包吃。

我注视着这些纯血的族人，心里禁不住涌出一阵认同的狂喜，他们长得多么好看啊！

"老妈妈啊！我已经去了一转又回来了，你怎么还蹲在这儿呢！"我默默地与车边的妇人在心里交谈起来。

有关自己前世是印地安人的那份猜测，又潮水似的涌上来。

这个小镇的几条街上，全是印地安人，平地人是看不到了。

暮色更浓了。街上人影幢幢，一切如梦如幻，真是不知身在何处。

方才下了里奥庞巴的公车站,一对欧洲模样的男女好似来接我们似的走了上来。

那时我的心脏已经很不舒服了,对他们笑笑,便想走开去,并不想说什么话。

他们拦住了我,一直请我们去住同一家旅馆,说是那间房间有五个床,位子不满,旅馆叫他们自己出来选人。

下车的人那么多,被人选中了,也算荣幸。

旅馆是出租铺位的,一个大房间,宿舍一般,非常清洁安静。

那对旅客是瑞士来的,两人从基托坐车来这小城,预备看次日星期六的印地安人大赶集。看上去正正派派的人,也不拒绝他们了。

进了旅舍,选了靠窗的一张铺位,将简单的小提包安置在床上,便去公用浴室刷牙了。

旅行了这一串国家,行李越来越多,可是大件的东西,必是寄存在抵达后的第一个旅舍里,以后的国内游走,便是小提包就上路了。

打开牙膏盖子,里面的牙膏哗一下喷了出来,这样的情形是突然上到高地来的压力所造成的,非常有趣而新鲜。

初上高原,不过近三千公尺吧,我已举步无力,晚饭亦不能吃,别人全都没有不适的感觉,偏是自己的心脏,细细针刺般的疼痛又发作起来。

没有敢去小城内逛街,早早睡下了。

因为睡的是大通铺,翻身都不敢,怕吵醒了同室的人,这样彻夜失眠到清晨四点多，窗外街道上赶集的印地安人已经喧哗地由四面八方进城来了。

里奥庞巴的星期六露天市集，真是世上仅存的几个惊喜。

一般来厄瓜多尔的游客，大半往著名的北部沃达华罗的市集跑，那儿的生意，全是印地安人对白人，货品迎合一般观光客的心理而供应，生活上的必需品，便不卖了。

这儿的市集，近一万个纯血的印地安人跑了来，他们不但卖手工艺，同时也贩菜蔬、羊毛、家畜、布料、食物、衣服、菜种、草药……

满城彩色的人，缤纷活泼了这原本寂静的地方。

他们自己之间的交易，比谁都要热闹兴旺。

九个分开的大广场上，分门别类的货品丰丰富富地堆着。缝衣机就在露天的地方给人现做衣服，卖掉了绵羊的妇人，赶来买下一块衣料，缝成长裙子，正好穿回家。

连绵不断的小食摊子，一只只"几内亚烤乳猪"已成了印地安人节日的点缀，卖的人用手撕肉，买的人抓一堆白饭，蹲在路边就吃起来。

但愿这市集永远躲在世界的一角，过他们自己的日子，游客永远不要知道的才好。

印地安人的衣着和打扮，经过西班牙人三四百年的统治之后，已经创出了不同的风格。

市集上的印地安男人沉静温柔而害羞。女人们将自己打扮得就像世上最初的女人，她们爱花珠子、爱颜色，虽然喧哗笑闹，却也比较懂得算计，招揽起生意来，和气又媚人。

那些长裙、披肩、腰带，和印加时代只有祭司和贵族才能用上的耳环，都成了此地印地安女子必有的装饰。

欧洲的呢帽，本是西班牙人登陆时的打扮，而今的印地安人，无论男女都是一顶，不会肯脱下来的。

沃达华罗那边的族人又是一种，那儿的女人用头巾，不戴帽子。她们穿阔花边的白衬衫。

虽说统称印地安人，其实各人的衣着打扮，甚而帽檐的宽狭，都因部落不同而有差异，细心的人，观察一会儿，便也能区分了。

在我眼中，印地安人是世上最美的人种，他们的装饰，只因无心设计，反倒自成风格。而那些脸谱，近乎亚洲蒙古人的脸，更令我看得痴狂。

高原地带的人大半生得矮小，那是大自然的成绩。这样的身材，使得血液循环得快些，呼吸也方便。起码书本中是如此解释的。

看了一整天的市集，没有买下什么，这份美丽，在于气氛的迷人，并不在于货品。

卖东西的印地安人，才是最耐看的对象。

坐在街边地上吃烤猪时，偷偷地细听此地人讲契川话，付账时，我亦学了别人的音节去问多少钱，那个胖胖的妇人因此大乐。

便因我肯学他们的话，卖烤猪的女人一面照顾她的猪，一面大声反复地教我。很疼爱我的样子。

教了十几句，我跑去别的摊子立即现用，居然被人听懂了。他们一直笑着，友善地用眼睛悄悄瞟着我。

黄昏来临之前，镇上拥挤的人潮方才散光，一座美丽的城镇，顿时死寂。

我爬上了城外小丘上的公园，坐在大教堂的前面，望着淡红色的云彩在一片平原和远山上慢慢变成鸽灰。

呼吸着稀薄而凉如薄荷的空气，回想白日的市集和印地安人，一场繁华落尽之后所特有的平静充满了胸怀。

再没有比坐看黄昏更使我欢喜的事情了。

次日早晨，当我抱着一件厚外套，拿着自己的牙刷出旅舍时，一辆旅行车和它的主人华盛顿，还有华盛顿的太太及一男一女的小孩，已在门外站着等了。

车子是前晚在小饭店内跟老板谈话之后去找到的，不肯只租车，说是要替人开去。

那位叫做华盛顿的先生本是推土机的机械师，星期天才肯出租车子。他的名字非常英国。

我要去的一群印地安人村落，大约需要几小时的车程在附近山区的泥沙路内打转。华盛顿说，他的家人从来没有深入过那儿，要求一同参加，我也一口答应了。

只有米夏知道，如果附近果然找到那片在我强烈感应中定会存在的湖水，我便留下来，住几日，几天后自会想法子回镇。

这一路来，米夏的兴趣偏向美洲殖民时代留下来的辉煌大建筑与教堂，还有数不清的博物馆，这一切在在使他迷惑惊叹。毕竟他来自一个文化背景尚浅的国家，过去自己看得也不够。

我因教堂及博物馆看得不但饱和，以前还选了建筑史，那几场考试不但至今难忘而且还有遗憾，不想再往这条线上去旅行。

向往的是在厄瓜多尔这块尚没有被游客污染的土地上，亲近一下这些纯血的印地安人，与他们同样地生活几天，便是满足了。

于是米夏选择了镇内的大教堂，我进入高原山区，讲好两人各自活动了。

这趟坐车去村落中，米夏自然跟去的，他独自跟车回来便是了。

这样开了车去山区，华盛顿尽责地找村落给我们看，那儿的印地安人，看见外人进来，便一哄而散了。

因为无法亲近他们，使我一路闷闷不乐。

眼看回程都来了，我仍然没有看见什么，一条没有经过的泥路横在面前，心中不知为何有些触动起来，一定要华盛顿开进去。

"这儿我没有来过，据说山谷内是块平原，还有一片湖水——"他说。

听见湖水，我反倒呆了，说不出话来。

我们又开了近四十分钟的山路。

那片草原和水啊，在明净的蓝天下，神秘地出现在眼前，世外的世外，为何看了只是觉得归乡。

"你们走，拜托，米夏不许再拍照了！"我下了车就赶他们，湖边没有车路了。

远处的炊烟和人家那么平静地四散着，没有注意到陌生人的来临。

这时华盛顿的太太才惊觉我要留下，坚决反对起来。

"我一个人进村去找地方住，如果找到了，出来跟你们讲，可以放心了吧！"

过了四十分钟不到，我狂跑过草原，拿起了自己的外套和牙刷，还有一盒化妆纸，便催他们走了。

"过几天我来接你！"米夏十分惊怕的样子，依依不舍地上车了。

他不敢跟我争，赢不了这场仗的。虽然他实在是不很放心。

车子走了，草原上留下一个看上去极渺小的我，在黄昏的天空下静静地站着。

在台湾的时候，曾经因为座谈会结束后的力瘁和空虚偷偷地哭泣，而今一个人站在旷野里，反倒没有那样深的寂寞。我慢慢地往村内走去，一面走一面回头看大湖。

误走误撞，一片梦景，竟然成真。

有时候我也被自己的预感弄得莫名其妙而且惧怕。

她叫做"吉儿"，印地安契川语发音叫做ㄐㄧㄦ (jiř)。

我先是在她的田地上看动物，那儿是一匹公牛、一匹乳牛、一只驴子和一群绵羊。

一站在那儿，牛羊就鸣叫起来了。

吉儿出门来看，并没有看我的人，眼睛直直地钉住我脖子上挂的一块银牌——一个印地安人和一只骆马的浮雕便在牌子上,骨董店内买来的小东西。

她也没问我什么地方来的,走上前便说:"你的牌子换什么?我想要它。"

她的西班牙语极零碎,拼着讲的。

我说留我住几日,给我吃,我帮忙一切的家务,几天后牌子给她,再给一千个"苏克列"——厄瓜多尔的钱币。她马上接受了。

我就那么自然地留了下来,太简单了,完全没有困难。

吉儿有一个丈夫和儿子,两间没有窗户只有大门的砖屋。

第一天晚上,她给了我一张席子,铺在干的玉米叶堆上,放了一个油灯,我要了一勺水,喝了便睡下了。隔着短木墙的板,一只咖啡色的瘦猪乖乖地同睡着,一点也不吵。

他们全家三人睡在另一间,这些人不问我任何问题,令人觉得奇怪。

这家人实在是好,能盖的东西,全部找出来给了我。在他们中间,没有害怕,只是觉得单纯而安全。

第二日清晨,便听见吉儿的声音在门外哇哇地赶着家畜,我也跟着起床了。

我跟她往湖边去,仍是很长的路,湖边泥泞一片,吉儿打赤脚,我用外套内带着的塑胶袋将鞋子包起来,也走到湖边去帮她汲水。

虽然这是一个村落,里面的房舍仍是稀落四散的,因为各人都有田庄。

一九七三年此地的政府有过一次土地改革,印地安人世居的土地属于自己的了,他们不再为大农场去做苦工。

印地安人村居的日子,我尽可能地帮忙做家事,这些工作包括放牛羊去湖边的草地上吃草,替吉儿的儿子接纺纱时断了的线,村附近去拾柴火,下午一起晒太阳穿玻璃珠子。

吉儿有一大口袋麦片,她将牛奶和麦片煮成稀薄的汤,另外用平底锅做玉米饼。

我们一日吃一顿,可是锅内的稀汤,却一直熬到火熄,那是随便吃几次的,吉儿有一只铝做的杯子。

我也逛去别人的家里,没有人逃我,没有人特别看重我,奇怪的是,居然有人问我是哪一族的——我明明穿着平地人的牛仔裤。

黄昏的时候,田里工作的男人回来了,大家一起坐在门口看湖水与雪山,他们之间也很少讲话,更没听见他们唱歌。

那片湖水,叫做"哈娃哥恰",便是心湖的意思。

玉米收获的季节已经过了,收获来的东西堆在我睡房的一角,里面一种全黑色的玉米,也跟那咖啡猪一样,都是没见过的东西。

黑玉米不是磨粉的,吉儿用它们煮汤,汤成了深紫色,加上一些砂糖,非常好喝。

这儿的田里,种着洋葱、马铃薯和新的玉米青禾。

湖里的鱼,没有人捞上来吃。

问他们为什么不吃鱼,吉儿也答不上来,只说向来不去捉的。

湖水是乡愁，月光下的那片平静之水，发着银子似的闪光，我心中便叫它银湖了。

村中的人睡得早，我常常去湖边走一圈才回来，夜间的高原，天寒地冻，而我的心思，在这儿，简化到零。

但愿永不回到世界上去，旅程便在银湖之滨做个了断，那个叫做三毛的人，从此消失吧！

别人问我叫什么，我说我叫"哈娃"。

村中的老妇人一样喜爱珠子，我去串门子的时候，她们便将唯一的珍宝拿出来放在我手中，给我看个够。我们不多说话。

岁月可以这样安静而单纯地流过去，而太阳仍旧一样升起。

也就是在那儿，我看到了小亚细亚地区游牧民族的女人佩戴的一种花彩石，那是一种上古时代的合成品，至今不能明白是什么东西造出来的。

它们如何会流传到南美洲的印地安人手中来实在很难猜测。

这种石头，在北非的市场上已经极昂贵而难得了。

妇人们不知这种宝石的价值，一直要拿来换我那块已经许给吉儿的银牌，不然换我的厚外套。

不忍欺负这群善良的人，没有交换任何彩石，只是切切地告诉他们，这种花石子是很贵很贵的宝贝，如果有一日"各林哥"进了村，想买这些老东西，必不可少于四十万苏克列，不然四百头绵羊交换也可以。

"各林哥"便是我们对白人的统称。

村里的人大半贫苦无知，连印加帝国的故事，听了也是漠不关心而茫然。

他们以为我是印加人。

最远的话题,讲到三百里外的沙拉萨加那边便停了。

我说沙拉萨加的男男女女只穿古怪的黑色,是因为四百年前一场战争之后的永久丧服,他们听了只是好笑,一点也不肯相信。

吉儿一直用马铃薯喂猪,我觉得可惜了,做了一次蛋薯饼给全家人吃,吉儿说好吃是好吃,可是太麻烦了。她不学。

银湖的日子天长地久。好似出生便在此地度过,一切的记忆,都让它随风而去。

望着那片牛羊成群的草原和高高的天空,总使我觉得自己实在是死去了,才落进这个地方来的。

"你把辫子打散,再替你缠一回!"

村中一间有着大镜子人家的男人,正在给我梳头,长长的红色布条,将辫子缠成驴尾巴似的拖在后面。

我松了头发,将头低下来,让这安静温和的朋友打扮我。那时我已在这个村落里七天了。

就在这个时候,听见细细的咔嚓一声。

室内非常安静,我马上抬起了头来。

那个米夏,长脚跨了进房,用英文叫着:"呀!一个印地安男人替你梳头——"

他的手中拿着相机,问也不问地又举起来要拍。

我的朋友沉静地呆站着,很局促的样子。

"有没有礼貌!你问过主人可以进来没有?"我大叫起来。

"对不起啊!"我赶紧用西班牙文跟那个人讲。

米夏也不出去,自自在在地在人家屋内东张西望,又用手去碰织布机。

"我们走吧!"我推了他一把。

我跑去村内找每一个人道别,突然要走,别人都呆掉了。

跑去找吉儿,她抱了一满怀的柴火,站在屋旁。

"牌子给你,还有钱!"我反手自己去解链条。

"不要了!哈娃,不要!"吉儿拼命推。

她丢下了柴,疾步跑回屋内去,端了一杯牛奶麦片汤出来,硬叫我喝下去。

"你跟各林哥去?"她指指米夏。

米夏要求我与吉儿拍照,吉儿听我的,也不逃相机,坐了下来。

消息传得很快,吉儿的先生和儿子都从田上跑回来了。

我抱起自己的外套,回头看了他们一眼,吉儿一定拒绝那块银牌子,不说一句话就跑掉了。

我塞了几张大票子给吉儿的丈夫,硬是放在他手里,便向远远那辆停在湖边入口处的旅行车跑去。

我爱的族人和银湖,那片青草连天的乐园,一生只能进来一次,然后永远等待来世,今生是不再回来了。

这儿是厄瓜多尔,一九八二年初所写的两篇故事。

索诺奇——雨原之一

秘鲁纪行之一

那个瘦人坐在暗暗的光线里吹笛子,一件灰紫色的衬衫下面是条带着流苏的破长裤。

棕色的头发黏成一条一条,额头绑着印地安人手编的花绳子,脖子挂着项链,左耳用了一只耳环。

吹的是秘鲁常见的木笛,不会弄,呜呜的成不了调子。

房间没有窗,只有对着天井的方向,开着一扇宽宽的木门。

房内两张双层床,无论上铺下铺都已成了一片零乱不堪的旧衣摊,就连地上,也满是半干的果皮、烟蒂和纸团。

我进房的时候,室外雨水滂沱,低头先用一把化妆纸擦净鞋底,再对吹笛的人道了日安。

那个人理也不理,站起来大步走到开着的门边去,用脚嘭一下踢上了房门。

"请问上铺的东西是你的吗?"我用西班牙文问他,他不理,又用英文问,也是不睬。

那支死笛子吹得要裂开了还不肯放手。

当时我跟米夏刚刚从首都利马乘飞机上到高原的古斯各来——印加帝国当年的都城。

下机时天空是晴朗的,海拔三千五百公尺的古城,在一片草原围绕的山丘上气派非凡。印加的石基叠建着西班牙殖民时代的大建筑,两种文化的交杂,竟也产生了另一种形式的美。

提着简单的行李一家一家问旅舍,因为雨季,陆空交通时停时开,滞留的客人常常走不掉,要找一家中级的旅馆安身便是难了。

问了十几个地方,全是客满,那不讲理的大雨,却是狂暴地倒了下来。

我知自己体质,初上高原,不能再捂着心脏乱走,眼看一家名为旅舍而气氛实在是不合适的地方,还是走了进去。

就连这样的小客栈,也只剩两张上铺了。

"上层被我租下了,请您将东西移开好吗?"又对那个吹笛人说话。

他反正是不理。

我将床上的一大堆乱东西仔细地给拿了下来,整齐地放好在那人的身边。

自己的小行李包没有打开,也不去占下面的任何一块空间,脱了鞋子,两只鞋带交互打了一个结,系在床尾的柱子上,行李包便挂在床头。

屋里空气浑浊不堪,一只暗暗的灯泡秃秃地从木板缝里吊下来,几面破墙上涂满了公共厕所里才写的那些脏话。

另一张双层床的情况不会比我这张好到哪里去,乱堆的脏衣服看不出是男人或是女人的。

米夏登记好旅馆,也进来了,看我坐在上铺,也动手去理起另一张床来。

"最好先别动它,这张床主不在,万一赖我们少了东西反而麻烦!"我用中文对他说,那样吹笛子的人八成听不懂。

又来了一个头发爆米花似的脏女孩子,鞋上全是泥泞,也不擦一下就踩进来了,地板上一只只湿印子。另一张下铺位子是她的。

"妈的!又住人进来了。"她自言自语地骂着,也是不打招呼的,讲的是英文。

米夏呆看着她,居然一声惊喜的呼唤:"你是美国人吗?"

妈的米夏,我被他气得发昏,这种低级混混也值得那么高兴碰到,况且她正在骂我们。

我知自己快发"索诺奇"了,快快地躺着,希望能够睡一下,给身体慢慢适应这样的高度。

再醒来时,房内一样昏昏暗暗,也不知是几点了。另一个铺位上躺着的不是米夏,是不认识的一男一女,下铺的笛声没有了,坐着蹲着另外四个脏脏的人,不太分得出性别。

第一个反应便是赶紧去摸自己后腰上的暗袋,那儿全是报社的经费和重要的证件,它们仍在原来的地方。

除了这个动作之外,惊觉自己竟不能移动一丝一毫了。

头痛得几乎要炸开来,随着怦怦狂击的心脏,额上的血管也快炸开了似的在狂跳。

呼吸太急促,喉头内干裂到剧痛。

这是高原病,契川话叫做"索诺奇"的那种鬼东西来了。

并不是每一个上高原的人都会发病的,只是敏感如我,是一定逃不掉的。

笛声是停了,代替着大声播放的音乐,打击乐器的声音,将我本已剧痛的头弄得发狂。

一伙家伙在抽大麻,本已不能好好呼吸,再加那个味道,喉咙痛得不想活。

只想一杯水喝,哪怕是洗手间里接来的生水都是好的,可是弱得不能移动自己。

"音乐小声一点可以吗?"我呻吟起来。

下铺没有人睬我,上铺的男女传着大麻烟,也是没有表情的。

我趴着挂在床沿,拍拍下面人的头发,他抬头看着我,我又说:"音乐小一点啊!拜托!"

"咦!我们在庆祝中国新年呢,什么小声一点。"他耸耸肩,嬉皮笑脸的。

再不喝水要渴死了,而米夏没有出现。

本是穿着毛衣长裤睡觉的,强忍着痛,滑下了床,撞到了一个人的肩上去,他乘机将我一抱,口里喊着:"哎呀!哎呀!"

我滑坐到地上去,慢慢地穿鞋,眼前一片金星乱冒,打个鞋带的结手指都不听话。

这种高原病没什么要紧,在厄瓜多尔的首都基托我也犯过,只需一两天便好了,只是这儿又比基托高了七百多公尺,便又惨了一些。

我摸到门边去,出了门,找到洗手间,低下头去饮水,那个浴室,脏得令人作呕,进去一次几个月也别想忘记。

铺位不是没有睡过,这些嬉痞的大本营却不是我当留下的地方了。

我撑到街上去,经过杂货店,趴在柜台边向他们买古柯叶子。

已是黄昏了。大雨仍是倾盆而下。老板娘看见我那么痛苦的样子,马上将我扶到椅子上去坐着,向后间喊起来:"爸爸,快拿滚水来,冲古柯给这位女士喝!"

"刚刚上来是不是?慢慢走,不要乱动,古柯茶喝了会好的。"她慈爱地拢了一下我的头发。

那双粗糙的手是基督给她的。

在店里靠了半天,喝了一般书中都说已经禁售了的古柯,可是没有什么效果。

古斯各并不是一个小城,十四万的人口加上四季不断的游客,旅舍不可能没有空位,只是我已力瘁,无法一家一家去找。

"武器广场"的附近便是一家四颗星、最豪华的饭店,也不知自己是如何飘过去的。

没问价格,也没再找米夏,旅舍的好人扶我上二楼,我谢了人家,回绝了旅馆要请医生的好意,扑在床上,便又睡了过去。

睡着下去时，觉着有妇人用毛巾替我擦全湿了的头发。

第二日清晨我醒来，一切的不适都已消失，下楼吃了一顿丰富的早餐，居然跑去柜台跟人讲起价来。

"啊！会动啦！"柜台后面的那位老先生和和气气地说。

我嘻地一笑，说起码要住半个月以上的古斯各，他一口答应给我打八折房钱——四十块美金一日。

那边铺位是三块半美金一个人。

经过广场，回到小客栈去，看见米夏尚在大睡，我禁不住纳闷起来，想也想不明白。

想呆了过去，米夏才醒。

"咦！那么早就起床了？"

失踪一整夜，这个福气的人居然不知道。

"我昨晚回来，看见你不在，想你跑出去看土产，所以先睡了。"他说。

那时房内的家伙们都已不在了，东西居然又摊到我的上铺，反正不住了，我把那些杂物哗一下扫到地上去。

在那样杂乱的环境里，米夏将身怀巨款的我丢在一群品行不端的陌生人中间睡觉，而没有守望，是他的失职，当然也是我自己的不是和大意。

也没告诉米夏自己已有了住处，昨日的高原病狂发一场，要杯水喝尚是没人理会，这个助理该罚一回。

陪米夏吃过了他的早餐，两人坐在大广场的长椅上，这个城市的本身和附近的山谷值得看的东西太多。

便是我们坐着的地方吧，一八一四年西班牙人还在这儿公开处决了企图复国的最后一个印加帝国的皇族杜巴克·阿玛鲁二世，他的全家和那些一同起义的族人。好一场屠杀啊！

过了十二年，秘鲁脱离西班牙的控制，宣布独立。又过了二十三年，秘鲁进口中国劳工，惨无人道地对待他们，直到公元一八七四年。

说着这些热爱而熟读的历史给米夏听，晒着寒冷空气中淡淡的阳光，计划着由这儿坐火车去"玛丘毕丘"——失落的印加城市，这旅程中最盼望一探的地方便在附近了。

广场上游客极多，三五成群地喧哗而过，不吵好似不行似的，看了令人讨厌。

便在旁边的另一张椅子上，坐着一个金发齐肩，穿着暗红棉外衣、蓝布长裤的女孩，身边放着一只小行李包。

只有她，是安静极了的。

雨，又稀稀落落地开始洒下来。我跟米夏说，该是买雨衣雨伞的时候了，这雨季是斗不过它的。

我们慢慢走开了，跑进广场四周有着一道道拱门的骑楼下去。

那个女孩，单独坐着的，竟然没有躲雨，干脆整个的人平躺到椅上去，双手紧紧地压着太阳穴。看上去极度的不适而苦痛。

我向她跑过去，跟她说："回旅馆躺下来，将脚垫高，叫他们冲最浓的古柯茶给你吃，会好过些的呀！"

她不会西班牙文，病得看也不能看我，可是一直用英文道谢。脸色很不好了，一片通红的。

"淋湿啦!"我说,改了英文。

"没有旅馆,都满了,刚下飞机。"她有气无力地说。

直觉地喜欢了这个朴朴素素的女孩。

"我在附近旅馆有一个房间,暂时先跟我分住好不好?分担一天二十块美金对你贵不贵呢?"我轻轻地讲,只怕声量太大头痛的人受不了。

那种索诺奇的痛,没有身受过的人,除非拿斧头去劈他的头,可能才会了解是怎么回事。

那女孩呻吟起来,强撑着说:"不贵,只是麻烦你,很对不起,我——"

"来,我的同事扶你,慢慢走,去旅馆有暖气,会好过的。"我提起了她的行李包。

米夏发觉我居然在四颗星的大旅馆中有了房间,骇了一大跳。

这是旅途中第一次没有与他公平分享物质上的事情,而我的良心十分平静安宁。

进了旅馆的房间,那个女孩扑到床上便阖上眼睛。

我将她的白球鞋脱掉,双脚垫高,盖上毛毯,奔下楼去药房买喜巴药厂出的"阿诺明那"——专治高原病的药片。我自己心脏不好,却是不能服的。

回旅舍时,那个女孩又呻吟起来:"替我叫医生,对不起——"眼看她是再也痛不下去了。

米夏奔下楼去找柜台要医生。

"这里有钱和证件,请你替我支配——"

女孩拉住我的手，摸到背后，她藏东西的暗袋，与我一个样子，同样地方，看了令人禁不住一阵莞尔。

绝对不是一个没有头脑的傻女孩，而她却将这些最重要的东西全交给了我——一个连姓名尚不知道的陌生人。

这份对我全然的信任，使我心中便认定了她，在她狂病的时候，一步也不肯离开了。

医生给打了针，开的便是我给买来的同样的药。

安妮沉沉地睡去，我站在窗口大把大把地嚼古柯叶子。

印地安人吃这种叶子是加石灰一起的，我没那个本事，而索诺奇到了下午，又找上了我。

我躺到另一张床上去，米夏跑去小客栈拿来了我的行李，这一回他不敢走了，守着两个一直要水喝的病人。

第二日早晨我醒来，发觉那张床上的女孩张着大眼睛望着我，没有什么表情地在发愣。

"还痛不痛，安妮？"

"你晓得我的名字？"

"替你登记旅馆，医药费二十五块美金也付掉了！东西还你！"

我将枕下的护照支票现款都交给了她，对她笑笑，便去梳洗了。

"你是——印地安人吗？"她躺在床上问我。

我噗的一下笑出来了，一路来老是被问这同样的问题，已将它当做是一份恭维。

做了八年多空中小姐的安妮,见识不能说不广,而她竟难猜测我的来处。

"相信人有前生和来世吗?我认识过你,不在今生。"安妮缓和低沉的声音令我一怔。

很少有人见面谈这些,她如何知道这是我十分寂寞的一环——其他人对这不感兴趣而且一说便要讥笑我的。

我笑看了她一眼,荷兰女孩子,初见便是投缘,衣着打扮,谈吐礼貌,生病的狂烈,甚而藏东西的地方,都差不多一个样子。

眼看安妮已经好转了,我不敢因此便自说自话地约她一同上街,当做个人的权利。

单独旅行的人,除了游山玩水之外,可能最需要的尚是一份安静。

留下她再睡一会儿,我悄悄地下楼用餐去了。

早餐两度碰到一个从利马上来看业务的青年,两人坐在一起喝茶,谈了一会儿我突然问他:"你房间分不分人住?"

他看着我,好友爱地说:"如果是你介绍的,可以接受,只是我可不懂英文呀!"

于是米夏处罚结束,也搬了过来。

那个愉快而明朗的秘鲁朋友叫做埃度阿托。

雨,仍是每日午后便狂暴地倾倒下来,不肯停歇。

去玛丘毕丘是每一个来到秘鲁的旅人最大的想望,那条唯一的铁路却是关闭了。

我每日早晨乘着阳光尚明，便去火车站跑一趟，他们总也说过一日就能通车，满怀盼望地淋着小雨回来，而次日再去，火车仍是没有的。

车站便在印地安市场的正对面，问完火车的事情，总也逛一下才回来。

那日看见菜场的鲜花开得灿烂，忍不住买下了满满一怀。

进旅馆的房间时，只怕吵醒了还在睡眠中的安妮，将门柄极轻极轻地转开。

门开了，她不在床上，背着我，靠在敞开的落地窗痛哭。

我骇了一跳，不敢招呼她，轻轻又将门带上，抱着一大把花，怔怔地坐在外面的走廊上。

她是不快乐的，这一点同住了几日可以感觉出来。可是这样独处时的哀哀痛哭，可能因为我的在场，已经忍住好多次了。

一个人，如果哭也没有地方哭，是多么苦痛的事情，这种滋味我难道没有尝过吗？

等了近两小时才敢去叩门。

"买了花，给我们的。"我微笑着说。

她啊了一声，安静地接了过去，将脸埋在花丛里，又对我笑了笑。

两人插好了一大瓶花，房中的气氛立即便是温馨，不像旅馆了。

那几日埃度阿托被雨所困，到不了玻利维亚的边境去继续做业务考察，长途公车中断了，短程的也不下乡。

我们四个人商量了一下，合租了一辆小车，轮流驾驶，四处参观去了。

星期天的小镇毕沙克便在古斯各九十多公里来回的地方，那儿每周一次的印地安人市集据说美丽多彩，而印地安人的弥撒崇拜亦是另有风味的。

我们四人是一车去的，到了目的地自然而然地分开，这样便省去了说话的累人；再说独处对我，在旅行中实在还是重要的。

不知别人在做什么，我进了那间泥砖的教堂，非常特别的一座。

印地安人用自己的绘画、花朵、诗歌、语言，在主日的时间诚诚心心地献上对神的爱。

破旧的教堂，贫苦的男女老幼，幽暗烛光里每一张虔诚的脸，使人不能不去爱他们。

去挤在人群里，一同跪了下去。

听不懂契川话，说阿门时，每一颗心却都是相同的。

弥撒散了，远远椅边一个人仍是跪着，仰着头，热泪如倾——那是安妮，不知何时进来的她。

我没有上去招呼，怔怔地坐在外边的石阶上那乱成一片的市场和人群，心里一阵黯然。

雨，意外地没有落下来，远山上烧出一串串高高的白烟，别人告诉我，这是河水暴涨时，印地安人求雨停止的一种宗教仪式。

再见安妮时，她戴上了太阳眼镜，在骨董摊子上看一只老别针，我帮忙上去讲价，等她买下了，才将自己的手掌摊开给她看——里面一只一色一样的。

然后我们又分开了,讲好一个小时以后车上见面。刚刚恸哭过的人,给她安静比较好。

山中人家租马给人骑,不是在什么马场里跑,而是满山遍野去骑的。

骑完了马,时间差不多了,我急着找安妮,想她一试。

悲伤的人,只有运动可能使她得到一点点暂时的释放,哪怕是几分钟也是好的。

世上的欢乐幸福,总结起来只有几种,而千行的眼泪,却有千种不同的疼痛,那打不开的泪结,只有交给时间去解。

我不问别人的故事,除非她自己愿意。

"来!那边有马骑,太好玩了!"我将安妮从摊子上拉出来。

我们向租马的人家走去,路上互看一眼,不说什么,其实都已了然——只有失落的人才要追寻,我们又找到了什么?

那几日的暴雨时歇时落,谁也去不了别的地方,古城内走走看看,只等玛丘毕丘的铁路通车,看过那个地方,便可以离开了。

安妮与我在这高原上,每天下午必然又要头痛,病中的人精神自然差一些,两人静静地躺着,几小时也不说一句话。

除了吃饭的时候四个同旅舍的人凑在一起之外,上街仍是各自披了雨衣散去。

合得来,又不特别安排缠在一块,实在是一件好事。

有时我上街去,买下了零零碎碎的一些小东西——玻璃弹珠,碎布做的印地安娃娃,一只木扣子,一对石刻小羊……回到房间顺手一放，便是漠然，并不能引起什么真正的欢喜。

这些类似的小玩意儿，安妮不巧也买几乎同样的回来，买来也是一丢，再也不去把玩它们。

有一日安妮与我说起美国这个国家，我说那儿只有一州，是我可能居住的地方。

"是缅因州吗？"她笑着说。

"你怎么晓得？"我看了她一眼。

"那个地方寒冷寂寞而荒凉，该是你我的居处。"

安妮，难道以前我们真真认识过，为什么彼此那么熟悉呢？

一日早晨我去看城市清晨的市场批卖菜蔬，回到旅馆时埃度阿托在用餐，他叫住我，说安妮早班飞机走了。

我跑回房间去，桌上一张信纸，一瓶鲜花插好了放在旁边。

Echo：

你我从来只爱说灵魂及另一个空间的话题，却不肯提一句彼此个人的身世和遭遇。

除了这十天的相处之外，我们之间一无所知，是一场空白。我们都是有过极大创伤的人，只是你的，已经融化到与它共生共存，而我的伤痕，却是在慢慢习惯，因为它毕竟还是新的。

也许你以为，只有我的悲愁被你看了出来，而你的一份，并没有人知晓，这实在是错了。

广场上一场索诺奇，被你认了过来，这是你的善心，也是我们注定的缘分。

彼此的故事,因为过分守礼,不愿别人平白分担,却都又不肯说了。

虽然我连你的姓都忘了问,但是对于我们这种坚信永生的人,前几世必然已经认识过,而以后再来的生命,相逢与否,便不可知了。

我走了,不留地址给你。我的黑眼珠的好朋友,要是在下一度的生命里,再看见一对这样的眼睛,我必知道,那是你——永远的你。

彼此祝福,快乐些吧!

安妮

看完了安妮流畅的英文信,我轻轻地抚那一朵一朵仍然带着水珠的鲜花,房内寂静无声,人去楼空。

这一封信,是安妮的教养逼她写下的,其实性情如我们,不留一字,才叫自然,安妮又何尝不明白那份相知呢!

窗外的雨,一过正午,又赴约似的倾倒了下来,远处的那片青山,烟雨濛濛中一样亘古不移,冷冷看尽这个老城中如逝如流的哀乐人间。

夜戏——雨原之二

秘鲁纪行之二

那个中午,阳光从厚厚的云层里透过,闷闷热热地照着这片广场。

我们还在古斯各,等待着去玛丘毕丘的火车。不看见那个地方是不肯离开秘鲁的。

无尽的等待,成了日常生活中的煎熬,就如那永不停歇的雨水,慢慢在身体里面聚成了一份全新而缓慢加重的压力。

旅程在这古老的城市中暂时中断了。

这个大广场是一切活动的中心,因为它的宽畅和清洁,便是每天坐在同一个地方望它,也是不厌的。

这一日我坐在大教堂最高石阶的上面,托着下巴静静地看人来人往,身边一只总是自己跑来找我的小白狗。

广场上兜售土产的人很多,大半全是印地安的妇女和小孩,男人便少见了。

"印地安人"这个字眼,在中文里没法另找代用字,可是这种称呼在他们中间是不可用的，那会被视为是极大的侮辱。

他的出现是平凡的：身上一件灰朴朴的旧西装，米色高领毛衣，剪得发根很短的老派头发，手中一只方硬公事包——却是个中年印地安人。

晒太阳的游客很多，三五成群地聚在广场上。

只因他手中不卖任何货品，却向一个个游客去探问，才引起了我的注意。

每见别人总是听不完话便对他摇头，他还是道谢才去，便使我的视线跟住他的脚踪不放了。

古斯各的人，在对人处事上，总带着一份说不出的谦卑和气，这种情形在厄瓜多尔也是一样的。只因他们全是安地斯山脉的子孙。

也是这份柔和安静而温顺的性格，使得当年印加帝国的版图由现今阿根廷、智利的北部、玻利维亚、秘鲁、厄瓜多尔的全境，延伸到哥伦比亚的南方才停止。

印加帝国用严厉手段统治了这一片高原不同的民族近四百年，直到十五世纪初叶，却被西班牙的征服者用一百八十个士兵便占了下来。

比较之下，印加帝国仍是又老实了一步。

广场上那个拿手提箱的人一直在被人拒绝着，一次一次又一次，他却不气馁，步子缓缓地又向另一个游客走上去。

看来不像讨钱的样子，每一回的失望，使我的心便跟着跳一下，恨不得在这已经几十次的探问里，有人对他点一下头。

雨，便在同样的正午，撒豆子似的开始落了。

广场上的人一哄而散，剩下远远的提着公事包的男人，茫茫然地站在空地上。

我坐的石阶背后是教堂的大木门，躲小雨是个好地方，再说，雨来的时候，便套上了橘红色的一大片塑胶布，又在教堂的门环上斜撑了伞。

这一来，坐着的地方即使在雨中，也是干的了。

也许是水中的那一块橘红色过分鲜明，远远的身影竟向我走了过来。

我盯住那人渐走渐近的步子，感觉到巨大的压力向我逼上来，这人到底在要什么？

还没有到能够讲话的距离，那张已经透着疲倦而淋着雨丝的棕色的脸，先强挤出了一个已经赔出过几十次卑微的笑容来。

我的心，看见他的表情，便已生出了怜悯。

"日安！"也不擦一下雨水，先对我鞠了一躬。

"坐一下吧！这里还是干的！"我挪了一下身体，拍拍身边的石阶。

他不敢坐，竟然吓住了似的望着我。

那只势利的小白狗，对着来人狂吠起来。

既然我已是他广场上最后的一个希望，就当在可能的范围里成全他了。

"请问你喜欢音乐和舞蹈吗？"他问。

我点点头，撑着的伞推开了一些。

"我们，是一个民族音乐舞蹈团，想不想看一场精彩的表演呢？"这几句话，也说得怪生涩害羞的。

"你也跳吗？"我问他。

"我吹'给诺'！"他非常高兴的样子，急急地回答着我。

给诺便是一种印地安人特有的七孔芦笛，声音极好听的。

"音乐家呀！"我笑着说。

想到这个可怜的人还站在越下越大的雨里，我不敢再多扯下去。

"多少钱一张票？"赶快问他。

"不多的，才合三块美金，两小时不中断的表演，可以拍照——"

他紧张起来，因为价格已说出来了，对我又是贵不贵呢？

"给我三张。"我站起来便掏口袋，里面的秘鲁零钱折算下来少了一千，也就是两块美金左右。

不愿意当人的面到背后暗袋中去提钱，我告诉他钱暂时没有了。

"那么你晚上来的时候再补给我好了。"他迁就地说，竟连已付的钞票都递上来还给我。

"这些当然先付了，晚上再补一千，好吗？"

眼看是个没有生意头脑也过分信任他人的艺术家，好不容易卖掉了三张票，怎么连钱都不知要先收下的。

"我们的地方，有一点难找，让我画张地图给您！"他打开公事包，找了白纸，蹲在雨中便要画。

"票上有地址就找得到。您淋湿了，快去吧，谢谢了！"

两个人彼此又谢了一回，他离去时我又喊："别忘了我欠您的钱呀！"

回到旅舍去找米夏和埃度阿托,他们都不在,我便下楼去看电视新闻去了。

看得专心,头上被雨伞柄剥地敲打了一下。

"做秘鲁人算啰!我们部长讲话,傻子听得像真的!"

我见是埃度阿托这么说,便笑了起来。

"晚上请你看民族舞蹈!"我摇摇手中的票子。

"请我?做秘鲁人一辈子了,还看骗游客的东西?再说晚上那种狂雨酷寒,谁愿去走路?"

"才三块美金一张吧!"我说。

旅行中,三块美金实在不能做什么,再说古斯各花钱的地方太多,一张大钞出去便花了。

"这个路要是再不修好,我们是被闷死,连观光客做的事情都会跑去了,民族舞蹈,唉——"埃度阿托又说,

"不去玛丘毕丘我是绝不走的。"

为了对那座失落迷城的痴心,一日一日在等待着雨歇。

旅馆内的早餐不包括在房租里,当然不敢再去吃了,外面便宜的吃饭地方太多了。

"票买了,到底去不去呢?"我又问。

"这算一个约会吗?"埃度阿托笑嘻嘻地说。

"神经病!"骂他一句,还是点头。

"好,晚上见!穿漂亮一点啊!"他走了。

虽然请旅馆傍晚六点钟一定唤我,又开了闹钟,又托了米夏,

可是还是不能睡午觉。

索诺奇这种东西,别人发过便好,可是我每天午后仍是要小发一场,不得不躺下。

"紧张什么嘛!就算去晚了,也不过少一场舞蹈!"米夏说。

"我想早些去,把欠钱补给人家,万一开场一乱,找不到人还钱,晚上回来又别想睡了!"

"他哪里会逃掉的,你头痛痛傻啦!"米夏说。

"那个人吹吹笛子会忘掉的!"我仍坚持着。

吵吵闹闹,黄昏已来了,而我的头痛并不肯好一些。

风雨那么大,高原气温到了夜间便是突降,埃度阿托说他要看电视转播足球,无论如何不肯出门,赖掉了。

"你要跟去的哦!是工作,要去拍照!"我威胁米夏,只怕他也不去。

那个市场地区白日也抢,晚间单身去走是不好的,舞蹈社的地方大致知道在那附近了。

多余的票白送给街上的行人,大家看了都说不要,好似我在害人似的。

也没吃晚饭,冒着大雨,冻得牙关打结,踏着几乎齐膝的泥浆,与米夏两人在风里走到裤管和鞋袜透湿。

其实我也是不想看这种观光表演的,谁叫欠了人的钱,失信于人这种事情实在做不出来。

到了地址的门牌,里面悄无声息,推开了铁门,一条长长的走廊,每一扇门内都有人探头出来。

"看跳舞吗？再往下走——"有人喊着。

经过一家一家的窗户，里面的人放下了煮菜的锅子，张大着眼睛，望着我们穿过。

难道看表演的人如此稀奇，也值得那么张望吗？他们每晚都在表演的啊！

弯弯曲曲地走到了底，一扇毛玻璃门被我轻轻推开，极大的剧场厅房竟然藏在黑冷的走廊尽头。

没有人开灯，近两百个全新的座位在幽暗中发着蓝灰色的寒光。

看看米夏的表正是六点三十分——票上写的开场时间，而里面是空的。

我们不知如何才好，进退两难。

回到走廊上去站着，这才看见白天的印地安人匆匆忙忙地进来了，看见我们，慌忙道歉，跑着去开了全场的灯。

"其他的客人还在吃晚饭，请你们稍稍等十五分钟，不然先去对面喝杯咖啡再来好吗？"

他的脸是那么的疲倦，那身旧西装已经全湿了，说话的口气尽可能愉快有礼，可是掩饰不住那份巨大的悲愁。

"早晨欠的另一千先给您！"我说。

"啊！谢谢，不忙的！"他弯了一下腰，双手来接钞票。

三个人难堪地对立着，大家都不知说什么才好！

"真的，我们的票，全卖给了一个旅行团，他们在吃饭，马上要来了——"

"我们去喝杯咖啡再回来，不急的。"我拉了米夏便往外走。

临行还是托了那人一声："第三排靠走道的位子请留下给我，别给人占去了呀！"

"不会的，一定给您，请放心！"他说着说着好似要哭出来了似的。

我快步踏到外面去。

对面哪儿有什么东西喝，一组电动玩具响得好热闹。

我们才在街上，便看见那个提着公事包男人又在大雨倾盆的街边，拦住了每一个匆匆而过的路人，想再售一张票。

"你想他是不是骗我们的？没有什么旅行团的客人了？"我问米夏，两人便往广场的方向走回去。

"不会吧！游客那么多！"

到了广场的走廊下，那儿的地摊边全是买土产的外国人，外面倾盆大雨，走道上仍是一片活泼。

那个可怜人，竟还在拼命销票，彼此几次又快碰到了，都躲开去，看也不敢再看。

已是七点半了，我们不得不再走回跳舞的地方去。

里面灯亮了，布幕的后面有人悄悄地偷看我们，一只辫子滑了出来，一双黑眼睛明丽如湖水。

我移坐到第一排去，米夏在我旁边。

这么深远的空虚，在静极了的大厅里，变成了一份看不见的压力重重压在我的双肩上。

除了我们，另外近两百张位子全空。

提着公事包的人匆匆赶回来，低着头，一手擦着脸上狼狈不堪的雨水,逃也似的推开通向舞台的小门,然后消失了。

"嗳呀!不要强撑了,退票算了吧!"我轻轻地捂住头,低低地喊起来。

便在那个时候,布幔缓缓地拉开来。

舞台的地竟是光滑的木板,正正式式的场地,在这样的老城里,实在难得了。

四个乐师坐在舞台后方凹进去的一块地方,抱着不同的乐器,其中那位销票的中年人,也在里面。

他们的服装,换了蹦裘外衣和本地人的白长裤,下面是有风味的凉鞋,只有匆忙赶回来那人的长裤没有换。

那时,其中一个大男孩站出来报幕,问候欢迎观众在先,介绍乐师在后,有板有眼。

我与米夏尽可能给他们最大的掌声,四个乐师欠了一下身算做回礼。

那样的掌声,将大厅回响得更是寒冷空洞而悲伤。

第一个表演不是舞蹈,合奏的音乐本是欢乐的节日曲,可是对着空空的台下,他们实在止也止不住地奏成了不同的心情。

特别细听那支芦笛,音色滚圆而深厚,不是乱来的。

一面听着音乐,一面紧张地期待着突然而来的大批游客,只要外边的走廊起了一点声响,我都以为是导游带人进来了。

不敢常常回头,怕台上的人分心,毕竟他们的演出,只是想承担那一份信,便是九块美金的收入,亦是不能失信于人的。

这样守信演出,是他们对观众的看重,便是这份心意,就当得起全力敬爱的回报。

给他们掌声吧！只要有一双手可拍，今夜哪怕是我一个人来，也必将全场弄热才甘休。

一曲终了，我喊了起来："好孩子！Bravo！"

这是西班牙文中看任何表演都可用的字——夸奖他们的演出。

台上的人，先是一愣，然后有了笑容。

我们狂烈的鼓掌不能使报幕的人继续，他站了一会儿等我们停，自己很不好意思地也笑了起来。

虽然场内的那份紧张已经消失，我深深的自责却不能释然，如果不是早晨自己的多事，这场演出也取消了。

哪一种情况更令台上的人难堪？是今夜不表演，还是对着只有两个观众的台下强撑着唱出舞出一场并不欢乐的夜来？

舞台的后帘一掀，六对打扮活泼美丽的印地安男女，唱着契川语，脸上荡着淡淡的笑容。眼光一溜一溜地偷看台下也是梳辫子、穿着蹦裘的我，载歌载舞地跳了起来。

我偷看米夏的表，已经八点钟了，还会有人进来吗？

还来得及的，他们只演两小场。

算了一下，台上的舞者，乐师加报幕的，一共十七个人。

九块美金十七个人能吃什么？

这么一算，什么也无法欣赏，盯住那坐着吹笛的人尚是透湿的裤管和鞋子，一直黯然。

表演出乎意料地紧凑和精彩，一场团舞之后，同样的舞者退去换衣。

那支笛子站出来独奏,悠长的笛声,安静了刚才的一场热闹,如泣如诉的笛,在那人站得笔直的腰脊上,吹出了一个没落印地安人悲凉的心声。

他们是骄傲的,他们不是丐者,这些艺人除了金钱之外,要的是真心诚意的共鸣。那么还等什么呢?尽可能地将这份心,化做喝彩,丢上去给他们吧!

"你的头还痛不痛了?"米夏问着。

"痛!"我简短地回答他,一面又向台上喊了起来,"Bravo! Bravo!"

这些舞者乐者,不是街上随便凑来的,举手投足之间,那深植在他们身体里的"艺骨",便算只是跳给观光客看的东西,仍然挡也挡不住地流露出来。

已是九点,台下冻得忍不住发抖,可是开场的空虚,却因米夏与我的热烈,慢慢融化消失。

虽说米夏与我的掌声再也填不满一室的空虚,可是那天夜里,只因存心回报,强大的内聚力海水似的送上舞台,定要台上和台下结合成一体。

他们感到的力量和共鸣,不该再是两个孤零零的观众,我,也不觉得身后完全是空的了。

歌舞的人沉醉到自己的韵律里去,那九块美金的辛酸,暂时消失。

"米夏,拍些照片吧!"我说。

这种舞蹈的照片其实是不好看的,可是闪光灯的加入,起码又起了一种气氛，虽然那游客似的趣味是我自己并不喜欢的。

米夏站起来去拍照，台上的一群人，对着台下唯一的我，那份好不容易才化去的悲凉，竟然因为一个人的离座，又一丝一丝地渗了回来。

我不再是唯一的，身后什么时候坐着一个漫不经心打着毛线的本地太太。

"快结束了才来？"我轻声问她。

"不，我是前面的住户，过来坐坐的！"

"这么好的场地又是谁的呢？"

"那个嘛！吹给诺的呀，田产全卖了，一生就想吹笛子给人听，知道没有人只肯听他独奏，又组了一个舞蹈团，太太小孩都快饿死了，他还在强撑，疯子啦！"

"这种事情，要贴大海报，每个旅馆内给佣金销票，再不然早晨不下雨的时候，全团的人先去广场游行宣传，然后当场开始卖票，绝对做得出来，水准又不算差的——"我说。

"艺术家嘛，哪里在想这些，再说他这几天内就要垮了，拖不了多久啦！"

说完这话，那位太太也不管台上正在演奏，大声地叹了好长一口气，站起来摇摇头，慢慢踱出去了。

骗人骗己的艺术家，还说票子全卖给了旅行团，真是有点疯了。

最后一场舞蹈是"抢婚"，一个个印地安姑娘被背进了后台，他们自己先就笑得要命，做起游戏来了似的孩子气。

幕落了，我松了口气，长长的一夜，终于结束，这场戏，大家都尽了全力。

静坐在那儿发愣，台上一片叽叽喳喳的声音，幕又打开了。

全体舞蹈的人奔下台来拉我，音乐又吹弹起来。

我笑着将米夏推给他们，女孩子们喊着："要你！要你！"

我上了台，四周的男女将我放在中间，他们围住我，手拉手，唱起最后告别的歌。

这一回，突然正面对着台下，那两百张空位子，静成一场无声无色的梦魇，空空洞洞地扑了上来。

面对这样的情景，方才明白了，台上两小时热烈的表演，他们付出了什么样的勇气和那份顽固的执著。

我不愿站在中间，拆开了一个手环，将自己交给他们，也参与进歌舞，成了其中的另一个印地安人。

大家笑着握手分别，我下台来，穿上蹦裘预备离去。

那吹笛的中年人，站在一角静静地看着我，被凝视到全身都凝固了，他方才走到后台去。

报幕的人衣服已换了，又跑上台来。

"各位观众，今天的节目本来到此已是终止，可是我们的团长说，他要加进另一场独奏，献给今天早晨在雨中广场上碰到的一位女士，这是他自己谱曲的一组作品，到目前为止，尚没有定标题——"

我的心狂跳起来——他要为我一个人演奏。

灯光转暗，后台舞蹈的一群，从边门一个一个溜出——竟连他们，也是先走了。

那个身体宽矮的印地安人，慢慢地走上了舞台，神情很安详，手中那支已经吹抚了千万次的芦笛，又被粗糙短胖的手指轻轻擦过。

灯光只照到他一个人，他的双手，缓缓地举了起来。

演奏的人，闭上了眼睛，将自己化为笛，化为曲，化为最初的世界，在那里面，一个神秘的音乐灵魂，低沉缓慢地狂流而出。

刚才的民族舞蹈和演奏再不存在，全室的饱满，是那支音色惊人浑厚的笛，交付出来的生命。

一只简单的笛子，表露了全部的情感和才华，这场演奏，是个人一生知音未得的尽情倾诉，而他竟将这份情怀，交给了一个广场上的陌生人。

奏啊奏啊，那个悲苦潦倒的印地安人全身奏出了光华，这时的他，在台上，是一个真正的君王。

我凝视着这个伟大的灵魂，不能瞬眼地将他看进永恒。

不死的凤凰，你怎么藏在这儿？

那只魔笛不知什么时候停止了，整个大厅仍然在它的笼罩下不能醒来。没有掌声，不能有掌声，雨中一场因缘，对方交付出的是一次完整的生命，我，没有法子回报。

舞台上的人不见了，我仍无法动弹。

灯熄了，我没有走。

后台的边门轻轻拉开。

那袭旧衣和一只公事包悄悄地又露了出来。

彼此没有再打招呼，他走了，空空洞洞的足音在长长的走廊里渐行渐远。

125

迷城——雨原之三

秘鲁纪行之三

那一日我拿了两张火车票,弯弯曲曲地在城内绕近路,冒着小雨,跑进伊莲娜的餐馆去。

午餐的时间尚早,食堂内没有人,推开边门走到大厨房里去。

伊莲娜和她的母亲坐着在剥一大篮蚕豆——我给订的今日客饭菜单。

"明天去玛丘毕丘!"说着跨坐在一张小板凳上,也动手帮忙起来。

住了十七八日的古斯各,吃饭已经在这家经济的小店包了下来,他们每天只做一种汤、一种菜算做定食,收费只是一块五毛美金一客——当然是没有肉的。

"那么快吗?"伊莲娜的母亲停了工作,很遗憾地看着我。

嬷嬷知道,看过玛丘毕丘便也是我永远离开古斯各的时候了。

这里一般人对老年些的妇人统称"妈妈"(音:ㄇㄚㄇㄚ,mǎmà),对我和伊莲娜这样的,便叫"妈咪达",也就是小妈妈的意思。

我喜欢将这印地安妈妈写成——孆孆,正如她的麻花辫子一般。

"总算通车了!"我叹了口气。

"去一天就回来吧!"伊莲娜说。

"不一定哦!如果喜欢,当天下玛丘毕丘,走一两公里路,去'热泉'找铺位睡,便不回来了——"

"还是回来吧!"孆孆说。

"那片废墟里有鬼——"伊莲娜冲口而出。

我听了笑了起来,还当是什么了不起的事情呢!原来是这个。

"就是找鬼去的呀!"我嚼嚼生豆子,怪怪地笑。

孆孆听我这么说,噜噜苏苏地念起契川话的经文来,又用手画了一个十字架。

其实孆孆和伊莲娜都没有去过玛丘毕丘,那是所谓游客去的地方。

只因这座在一九一一年方被美国人希兰姆·宾汉(Hiram Bingham)发现的废城至今考证不出它的居民何以一个也不存在,便罩上了"失落的印加城市"的名称,慢慢知名于世了。

孆孆和伊莲娜为着玛丘毕丘这两个契川字,热烈地争论着,一个说是"老城市"的意思,一个说该译成"老山峰"。

管它叫什么东西,反正那座山城内的居民一个也不剩下,挖出来的骨骸比例是十个女人对一个男子。

"处女城啊!"孆孆说。

"骨头只看得出是男是女,处不处女你怎么晓得?"伊莲娜又跟母亲辩起来。

"其实我们印加帝国的子孙,一直晓得那座废城是存在的,无意间带了个美国人去看,变成他发现的了——"嬷嬷说。

"你们又没有去告诉美国耶鲁大学!"我笑说。

"不告诉不是好一点,你看那些嬉痞年年涌来古斯各,不全是玛丘毕丘害的!"伊莲娜骂着。

我摇摇头,站了起来,出去走一圈再回来吃午餐,知道在我的那份客饭里一定又是多个荷包蛋。

"明天吃什么菜单?"嬷嬷追出来。

"乌埃酿合炒一炒,加绿蒜叶和白米饭!"我喊着。

"我不来吃呀!"回头加了一句。

"乌埃酿合"也是契川话——玉米粒发的芽,便是那好吃的东西。

长久的等待不止是在这十多天的雨季,童年时书上便看过的神秘迷城,终究也是要过去了。

那个夜间几乎彻夜未眠,清晨尚是一片黑暗,便去敲米夏和埃度阿托住着的房间了。

"祝你们旅途愉快!去了不要失望!"埃度阿托趴在枕上喊着。

"一定会失望的,哈哈——"他又恶作剧地笑起来。

"快走吧!不许吃早饭了。"我催着米夏。

清晨六点多的火车站一片人潮,看见那么多挤挤嚷嚷的各国游客,先就不耐。

"那么吵！"我慢慢地说。

"不吵不能表示开心嘛！"

"开什么心？"我反问米夏。

我们买的是二等车票，上了火车，找好位子，将雨具放在架上，我守着，米夏一定要下车去喝咖啡。

"去吃！去吃！车开了活该，不会再给你去了！"我说。

"饭也不给人吃？太严格了吧！"米夏喊起来。

"那就快去嘛！"

只七分钟便开车了，米夏匆匆忙忙与一群上车来的人乱挤，跑下去了。

那群嘈杂的人也是一阵忙乱找座位，对号的票，竟会坐在我对面和右边两排。

"咦！是她吧！"一个披着鲜绿发闪光夹克的青年人叫起来。

彼此照了个面，发觉竟是第一天上古斯各来时一同住铺位的那一伙家伙。

"喂！喂！印地安姑娘，你好吗？"

"笛子吹出调来了没有？"我似笑非笑地答着。

他们将我围住，恶作剧地戏笑起来，旁边两个他们一伙的女孩子，又是泥泞的鞋子就伸过来在我清洁的座位上一搁。

"这是我的座位！"我啪一下将一个人的脚推下去。

"妈的！"那个女孩瞪我一眼，移坐到另一边去。

这一团人不再找我，竟又围上了一个刚上车来卖玉米穗的极小印地安女孩嘘个不停。

那个小孩被一群金发陌生人吓得快哭了,一直挤不出去,涨红着脸拼命用篮子去抵挡。

"给她走好不好?"

用力扳开一个人的肩,拉过小孩子,叫她从另一边车厢下车,她提着重重的篮子逃掉了。

一场战争结束,双方成仇,面对面坐着都板着脸。

火车缓缓地开动了,这群人一阵鼓掌号叫,米夏匆匆赶过来,正好跳上车。

"咦!是他们——"米夏轻轻地说。

我叹了口气,不说什么。

这近四小时的车程想来是不可能安静了。

火车沿着"乌日庞巴河"慢慢地开,我坐在左边窗口,整个山谷中的农田、牛羊及花草看得清清楚楚。

昨日力争要左窗的票子,卖票的人奇怪地问我:"你去过了?怎么知道那一边风景好?"

这一着是算中了,其他全都不对,那群讨厌的人会在我四周坐着便是自己不灵。

这条乌日庞巴河与整个古斯各附近的山谷用了同一个名字,由高原一直进入亚马逊丛林,长长地奔流下去。

火车缓慢地开着,那条河紧跟不舍,水面汹汹滔滔地竟起着巨浪,一波一波地互撞着,冒起了一阵濛濛的雾花来。

天没有下雨,绿色的山谷和穿着自己服装的印地安人在田野里是那么的悦目而安然,一座座农舍的水准,比起厄瓜多尔那片同样的安地斯山高原来,又是好了很多。

河水越走越高,那边座位的人挤到这一半来看大水,一只手臂压到我肩上来。

"嗳唷!让开好不好?"我反身将人推开,又闹了一场。

米夏看见那份乱,拿了相机跑到两车连接的外面去,不再进来了。

我怕那伙人乘机占下米夏的空位,赶紧脱了鞋子,穿着干净的厚毛袜,平搁在他的一边。

另一些远排的游客将面对面位子中间的一块板撑了出来,开始打桥牌。

我从车窗内伸出头去数车厢,铁路绕着山、沿着河走,一目了然是五节车子。一节头等,四节二等,位子全满了,三百七十个游客。

一百多公里的路程,来回每人收二十美金,大概贵在火车太慢的理由上,一小时才走二十七八公里。

玛丘毕丘是一座不语的废城,去看它的旅客却是什么样的都有,说着世上各色各样的方言。

随车服务员客气地给我送来了一杯滚热的古柯茶,付钱时顺口问他:"那条外面的河,在平常也是起巨浪的吗?"

他想了一下,自己也有些犹豫:"好像没有,今天怪怪的!"

天空晴朗得令人感激,趴在窗口尽情地吸入一口口凉凉的新鲜空气,一面向下边站着修路基的工人摇手。

那条怒江，在有些地方咬上了铁轨，一波一波的浪，眼看将枕木下的泥沙洗了带去。

我挤到火车的门外去找站着吹风的米夏。

"看见一小段枕木下面是空的，水吃掉了下面的路基。"我有些忧心。

"不会怎么样的，天气那么好，说不定到了下午也不会有雨呢！"

我钉住远远山谷中一道印加时代便建着的石桥，火车开得极慢，总也绕不过它。

"刚刚的水位，在桥下第四块石基上，你看，现在涨了一块石头变成第三块泡在水里了！"

"你眼花啦！哪会这么快嘛！"米夏说。

我想自己是眼花了，一夜未睡，头晕得很，跑进自己的两个座位，将毛衣外套做了枕头，轻轻地侧躺下来。

那群旁边的人之中有一个犯了索诺奇，大声地抱住头在呻吟，我听了好高兴。

他的同伴们一样不给他安静，不知什么事情那么兴奋，一阵一阵哗笑吵翻了车厢。

"还不到吗？"我问经过的查票人，他说路基不好，慢慢开，雨季中要五小时才能到，平日三小时半。

这条去玛丘毕丘的山路，前半段是有公车可通的，后半段五十公里便只有靠铁路了。

这样著名的遗迹，如果去掉来回十小时的车程，最多只在它的青峰上逗留两小时，那是太匆忙了。

我决定看完了废城，下山住小村"热泉"，次日再上一次，傍晚才坐车回来。

除了雨具之外完全没有行李，所谓雨具，也不过是一方塑胶布而已，这样行路就省了许多麻烦。

那片即将来临的废城，在瑞士作家凡恩·登尼肯的书中亦有过介绍，偏说全城的人神秘失踪，不是当年弃城而去，是被外太空来的人接走了。

这我是不相信的，不知倪匡又怎么想？

信不信是一回事，偏在这条去见它的路上，想起许多热爱神秘事情的朋友来。

到了那儿，必要试试呼唤那些灵魂，看看他们来不来与我做一场宇宙大谜解。

想着想着，自己先就出神，慢慢在河水及火车有节奏的声中睡了过去。

睡眠中觉着脸上有雨水洒下来，哗一惊醒，发现是对面的人喝啤酒，竟沾湿了手指悄悄往我面孔上弹。

我慢慢地坐了起来，擦一下脸。

对方紧张地等我反应，偏偏一点也不理他，这下他真是窘住了。

近五小时缓慢的旅程，便在与正面那排人的对峙上累得不堪地打发掉。

火车上早已先买下了抵达时另上山的巴士票，别人还在下车挤票，我拉了米夏已经上了最先的一班。

玛丘毕丘尚在山的顶峰，车子成之字形开上去，这一段路，如果慢慢爬上去，沿途的奇花异草是够瞧的，只是我已失了气力。

"这段路只有铁轨，这些公车怎么飞过来的？"我趴在司机先生后面同他说着话。

"火车运来的嘛！"他笑笑。

"河呢？你们不用河运东西？"我反身望着山崖下仍在怒吼的乌日庞巴河，一片片河水还在翻腾。

"太危险了，不看见今天更是暴涨了吗？"

开了二十分钟左右的山路，车子停在一片广场上，同车的一位导游先生先下车，喊着："太阳旅行社的客人请跟我走，不要失散了！"

竟有人到了古斯各还不会自己来玛丘毕丘，实在太简单的事情了嘛！

旅行团的人一组一组地走了，除了那条在二千公尺的高山上尚能望见的山谷河水之外，没有见到废城，而我们，的确是在目的地了。

跟着游人慢慢走，一条山谷小径的地方设了关口，入场券分两种，外国人五块美金，秘鲁人一块多。

"怎么分国籍收费的呢？"我说。

"外国人有钱！"卖票的说。

"秘鲁人做这次旅行比较便宜，我们路费贵——"

"路费贵还会来，可见是有钱。"这是他的结论。

那一片迷城啊，在走出了卖票的地方，便呈现在山顶一片烟雨朦胧的平原上。

书本中、画片上看了几百回的石墙断垣，一旦亲身面对着它，还是有些说不出的激动。

曾经是我心中梦想过千万遍的一片神秘高原，真的在云雨中进入它时，一份沧桑之感却上心头，拂也拂不开。

"米夏，跟你分开了，不要来找我——"说着拿自己的那片雨布，便快步跑开去了。

大群的游客在身后挤上来，通向石城的泥路只有一条。

我滑下石砌的矮墙，走到当年此地居民开垦出来的梯田中去，那些田，而今成了一片芳草，湿湿地沾住了裤管。

快速地跑在游客前面，在尚没有被喧哗污染的石墙和没有屋顶的一间间小房子内绕了一圈。

整个废墟被碧绿的草坪包围着，那份绿色的寂寞，没有其他的颜色能够取代。

迷宫一般的小石径，转个弯便可能撞倒一个冒出来的旅人，不算气派大的建筑。

四十分钟不到，废墟跑完了，山顶的平原不多，如果再要摸下去，可能又回到了原来的地方。

书中的考证说，这个城市一直到十七世纪，都已证实是有人居住的，那么为何突然消失了呢？

平原后面一座青峰不长一棵树地峙立在那儿，守护着这被弃的一片荒凉。

高岗的上面三五个印地安人，才见到游人的头顶冒上石阶，便吹弹起他们的乐器来。

我弯身，在乐师脚前的一个空罐里轻轻放下小铜币，赶快走了。

同火车来的人全涌进了石墙内，导游拼命想管住他的客人，一直在狂喊："请走这边！请跟住我，时间有限——"

我离开了城，离开了人，一直往另一个小山峰上爬去。

在那一片雨水中，玛丘毕丘与我生了距离，便因不在那里面，它的美，方才全部呈现在眼前。

长长的旅程没有特别企盼看任何新奇的东西，只有秘鲁的玛丘毕丘与南面沙漠中纳斯加人留下的巨大鸟形和动物的图案，还是我比较希望一见的。

玛丘毕丘来了，旅程的高潮已到，这些地方，在几天内，也是如飞而逝。

没有一样东西是永远能够掌握在自己手中的，那么便让它们随风而去吧！

我坐在一块大石上，盘上了双脚。

这座失落的城市，在我的推测里，可能只是一座如同修道院一般的地方。

当年的印加帝国崇拜太阳，他们极少像现今墨西哥的古代阿斯塔人或马雅人，用活人献祭，可是族中最美最好的处女，仍然被选出来侍奉太阳神，关在隔离的地方。

如有重大的祭典和祈求，处女仍是要拿出来杀的。

这座城镇的空茫，也许是慢慢没有了后裔方才完全没落的。

印加帝国的星象、社会组织、道路与建筑虽是完整，只因他们当年所用的是精密的结绳记事，已有契川话而没有文字，一些生活细节便难以考查了。

那么唱游诗人呢?吟唱的人必是有的,这座迷城为何没有故事?

我深深地呼吸了几回,将自己安静下来,对着不语的自然,发出了呼唤。

另一度空间固执地沉默着,轻如叹息的微波都不肯回给我。

"阿木伊——阿木伊——"改用契川语的音节在心中呼叫着,"来吧,来吧!"

众神默默,群山不语。

云来了,雨飘过,脚下的废城在一阵白絮中隐去,没有痕迹。

"咦……哈啰!"那边一个也爬上来的人好愉快地在打招呼。

原来是伊莲娜餐室中合用过一张桌子的加拿大人。

"你也来了?"我笑着说。

"不能再等啰!这儿看完就去玻利维亚!"

"啊!这里好——"他在我身边坐了下来。

自己一分心,跟来人说了些话,那份专注的呼吸便放下了。

就因这份轻松,那边的空间不再因我个人强大内聚力的阻挡,微微地有了反应。

方要去捕捉那份异感,身边的青年又开始说话了。

"这里有鬼,你还是下去吧!"我拉拉披在身上的雨布,慢慢地说。

听了这话他大笑起来,脱下了外套抖着沾上的雨,一直有趣地看着我。

"怎么样，一同下去喝杯咖啡吧？"他问。

"不能——"我失礼地喊了出来。

"你先去，我一会儿便来，好吗？"又说。

"也好，这儿突然冷起来了，不要着凉啦！"

那人以为是推托他，悻然地走了。

细细碎碎的雨声洒在塑胶布上，四周除了我之外，再没有人迹。

有东西来了，围在我的身边。

空气转寒了，背后一阵凉意袭上来。

——不要哭，安息啊，不要再哭了！

啜泣和呜咽不停，他们初来不能交谈。

可怜的鬼魂，我的朋友，有什么委屈，倾诉出来吧，毕竟找你们、爱你们的人不多！

云雨中，除了那条河水愤怒的声音传到高地上来之外，一切看似空茫宁静而安详。

我将自己带入了另一个世界。

静坐了好久好久，雨雾过去了，淡淡的阳光破空而出。

听完最后几句话，不敢让那边空间的灵魂为我焦急，收起了雨布便往山下跑去。

游人早都去吃饭了，迷城中稀稀落落的几只骆马在吃草。

"米夏——"我叫喊起来。

"米夏——米夏——米夏——"山谷回答着我。

在那座废城内快速地找了一遍，只有吹奏音乐的印地安人躺在石块上。

"看见了我的同伴没有？"我问他们。

"你是一个人来的呀！"他们说。

我跑着离开迷城，背后一阵麻冷追着不放。

停下来再看了一眼阳光下绿野里的废墟，心里轻轻地说："再见了！"

"不要悲伤，再见了！"

我又静了一会儿——灵魂，我的朋友们散去，肩上也不再冷了。

米夏根本就好好地坐在山谷外边的餐厅里吃中饭。

"快吃！我们赶火车回古斯各去。"我推推他快吃光了的盘子，一直催着。

"不是今天去住'热泉'的吗？"

"现在突然改了！"

"才三点钟吧！"

"火车要早开的，不等人啦！"

"你怎么晓得？"

"不要问啦？反正就是晓得了——"

眼看最后两班巴士也要走了，我拉起米夏来就跑。

经过那个还在栏杆上靠着的加拿大人，我急问他："你不下去？"

"也许坐六点半的那班火车——"

"请你听我一次，这班就走，来嘛！"

我向他喊，他摇摇头，我又喊了一遍，他仍是不动。

"你神经了？跟你旅行实在太辛苦，行程怎么乱改的。"米夏跳上了公车，气喘喘地说。

"那个加拿大人没有走？"我回身张望。

"他的自由呀！"

"唉！傻瓜——"我叹了口气，这才靠了下来。

巴士停了，我跑去购票口要火车票，回程给我的，竟是来时同样的座号。

三点二十分，铁轨四周仍是围了一大群游客在买土产，不肯上车。

"上来吧！他们不通知开车的！"我对一组日本家庭似的游客叫着，他们带了两个孩子。

"还有二十分钟！"下面的人说。

"你急什么呢？"米夏不解地说。

便在这时候，火车慢慢地开动了，连笛声都不鸣一下就开动起来。

下面的人一片惊呼，抢着上车，好几个人追着火车跑，眼看是上不来了。

我趴在窗口怔忡地注视着河水，它们的浪花，在河床中冲得已比岸高。

"我睡一会儿，请不要走开！"

对米夏说完了这话，再回望了一眼青峰顶上的那片高地，靠在冷冷的窗边，我阖上了眼睛。

逃水——雨原之四

秘鲁纪行之四

这一回，对面来的是个妇人，坐稳了才惊天动地地喘气，先骂火车不守时间早开，再抱怨一路看见的印地安人脏，最后又干脆怪起玛丘毕丘来。

我闭着眼睛不张开，可是她说的是利马口音的西班牙文，不听也不行。

朦胧中开了一下眼，对座的脚，在厚毛袜外穿的竟然是一双高跟凉鞋，这种打扮上到玛丘毕丘去的实在不多。

"你说我讲得对不对？"雨伞柄敲敲我的膝盖，原来跟我在说话。

我抬起头来，对这短发方脸，涂着血红唇膏的妇人笑笑，伸了一下懒腰，也不回答什么。

她的旁边，一个亦是短发刘海的时髦女孩自顾自地在吃苏打饼干，不太理会看来是她母亲的人。

"累吗？"那个妇人友善地看着我，一副想找人讲话的样子。

"又累又饿!"我说。

"为了那一大堆烂石头跑上一天的路,实在划不来,我以为是什么了不起的东西,下次再也不上当了——"她的声浪高到半车都听得见。

"吃饼干吗?"那个女孩对我说。

我拿了一片,谢了她。

"你呢?"又去问米夏。

"啊!谢谢!"

四个大人排排坐着吃饼干,看上去有点幼稚园的气氛,我笑了,趴到窗口去看风景。

车子开了只短短一程便慢慢地停了下来。

"怎么了?"那个妇人最敏感,倒抽一口气,一片饼干咬了半边,也停了。

"会车!"我说。

"会什么车?这条铁路只有早上来的两班,晚上去的两班,你乱讲——"收短的雨伞又来敲我的膝盖。

"紧张什么嘛!"身边的女孩瞪了她一眼。

"是你母亲?"我笑着问。

"姑姑!歇斯底里——"她摇摇头。

因为车停了,一半的人乱冲下铁轨,举起照相机,对着那条已是巧克力色,咆哮而来的愤怒河水拍起照来。

"看那条河,不得了啦!"那个妇人指着窗外,脸色刷一下变了。

"整天只下了一点小雨，河能怎么样嘛！"她的侄女看也不看，又塞了一片饼干。

车下的人孩子似的高兴，左一张右一张地拍个不停，米夏也下车去了。

我经过一节一节车厢，走到火车头上去。

车停着，司机、列车长、随车警察和服务员全在那儿。

"怎么突然停了？"我微笑着说。

他们谁也不响，做错了事情一般地呆立着，那份老实，看了拿人没办法。

"是不是河水？"我又问。

也不置可否，脸上忧心忡忡的样子。

"三十多公里外的那道桥，可能已经漫水了。"

终于开口的是一位警察。

"开到那里再看嘛！"我说。

"这边路基根本也松了。"讷讷地答着，竟是骇得要死的表情。

车外一片河水喧哗的声音，游客红红绿绿的衣服，将四周衬得节日般地欢喜起来。

"预备将我们这三百多个乘客怎么办？"我对着他们问。

"不知道！"慢慢地答着，完全茫然了。

窗外的人，不知事情一般地跳上跳下，扳住车厢边的横柄做起游戏来。

"再等下去，这儿也可能上水！"一个警察说。

我抬头望了一眼左边的峭壁山脊和右边的河,再看看天色——只是四点不到,已经雾濛濛的了。

挤过头等车厢,那个身材高大的导游无聊地坐着抽烟,彼此瞄了一眼,不肯打招呼。

在玛丘毕丘山顶的时候,这位西语导游带着十几个客人在看一条印加时代运水的小沟,我从他正面走来,眼看石径太小,不好在他讲解的时候去挤乱那一团人,因此停了步子。

没想到这个人竟然也停了说话,瞪住我,脸上一片不乐:"有些人没有付钱参加旅行团,也想听讲解,是无耻的行为!"

"您挡在路中间,我怎么过去?"我大吃一惊,向他喊起来。

"那么请你先过,好吗?"他仍怒气冲天地对着我,态度很不好的。

"过不过,如何过,是我的自由。"说着我靠在墙上干脆不走了。

有了一次这样的过节,再见面彼此自然没有好感。

回到自己的车厢去,只有伊达,那个妇人,独坐着在咬指甲。

"你去问了?"她又先倒抽了一大口气,紧张万分地等我回答。

"河水有些太高,他们停一停再开。"我笑着说。不吓她,她其实也已先吓到了。

起码伊达比车下那些宝贝灵敏多了。

"我们怎么办?"她张大眼睛望着我。

"等一会儿再说了!"我也坐了下来。

等到六点左右，眼看对岸低地的牛羊与草房整个被水所吞掉，只是一些屋顶露在水面。

房舍里的人一个也没有看见。

本来尚是嬉笑的人群，沉静茫然地望着越压越重的天空，车内一片死寂。

忍不住又去了一次车头，穿过一节车厢，发觉有两个小孩子趴在父母的身上睡了。

头等车中白发高龄的外籍游客很多，他们听不懂话，焦急地拉住过往的人打探消息。

"我们现在在哪里？"指着火车头内贴着的一张旧地图问司机。

"才这儿。"他指指前面的一小段。

"接不上公路？"

"过桥再二十多公里就有路了。"

"慢慢开过去成不成？"

"除非很慢，还是危险的。"

"停在这儿地理情况不好，水涨了除非上火车顶，那边的峭壁是爬不上去的。"

"我跟列车长商量一下再说。"他擦了一下汗水，也紧张得很。

过了一会儿，车子极慢极慢地开动起来。

天色昏暗中，我们丢掉了泛滥的河，走到一片平原上去，车内的人一片欢呼，只有伊达与我仍是沉默着。

"还要再来的，那道桥——"她喃喃地说。

那道桥，在缓慢的行程里总也没有出现。

窗外什么时候已经全黑的，寒冷的雨丝刷刷地打着玻璃。

另一节车内一个小孩子哭闹的声音无止无休地持续着，做父亲的一排一排问着人："请问有没有阿斯匹灵，我的孩子发烧——"

没有人带什么药，大家漠然地摇着头，只听见那个声音一遍又一遍地向前车远去。

"桥来了！"我趴在窗口对伊达说。

她扑到窗边，看见那涌上桥基的洪水，呀地叫了一声，便躺在椅上不动了。

"停呀！！"全车惊叫的人群乱成一团。

那条长桥，只有桥墩与铁轨，四周没有铁栏杆，更没有再宽的空间。

先是火车头上去了，再是头等车厢，我们在的是第三节。

车子剧烈地抖动起来，晃得人站不稳，车速加快，窗外看不见铁路，只是水花和汹涌的浪在两旁怒吼。

我趴在窗外静静地回望，第四五节也上来了，火车整个压在桥上，车头永远走不到那边的岸。

"阿平——"米夏在我身后，两只手握上了我的肩。

我望了他一眼，脸色苍白的。

车头上了岸，这边拖着的车厢拔河般地在用反力，怎么也不肯快些被拖过去。

那一世纪长的等待，结束时竟没有人欢呼，一些太太们扑到先生的怀里去，死里逃生般地紧紧地抱着不肯松手。

峭壁，在昏暗的夜里有若一只只巨鸟作势扑来的黑影，那兽一般吼叫的声音，竟又出现在铁轨的左边。

穷追不舍的河，永远没法将它甩掉，而夜已浓了。

喘着气的火车，渐行渐慢，终于停了。

"怎么又停了！"

方才安静下来的伊达，拉拉毛衣外套，挣扎着坐直，茫茫然的脸上，好似再也承受不了任何惊吓，一下变成很老的样子。

铁轨边是一个小小的车站，就在河水上面一片凸出来的地方建着，对着车站的仍是不长树的峭壁荒山。

天空无星无月，只有车灯，照着前面一弯弧形的冰凉铁轨。

司机下了车，乘客也跟着下，向他拥上去。

"今晚一定要回古斯各去！"伊达一拍皮包，狠狠地说。

她的侄女兴致很高地爬上车回来，喊着："没希望了！前面山洪暴发，冲掉了路基，空悬着的铁轨怎么开呢！"

"都是你这小鬼，雨季里拖人上古斯各，好好地在利马舒舒服服过日子，不是你拼命拉，我会上来呀！"她哗哗地骂起侄女来。

二十二岁的贝蒂也不当姑姑的话是在骂她，伏身到我耳边来说："不走最好，我喜欢那个穿绿夹克的青年，快看，窗下那个绿的。"

我知道她在指谁，就是那一群同车来时对面位子上的嬉痞之一嘛！

"趣味不高！"我开她玩笑，摇摇头。

"你觉得他不好看?"追问我。

"脸是长得可以,那份举止打扮不合我意。"

"也好!我倒是少了个情敌。"她笑嘻嘻地半跪在椅子边。

"什么时候了你们还讲悄悄话!"姑姑又叫起来,一手放在胸前。

"九点半,晚上!"贝蒂耸耸肩,又下车去了。

"米夏,也下去听消息,拜托!"

米夏顺从地走了,好一阵没有回来。

"替你盖着吧?天冷了!"我拿出蹦袭来,坐到姑姑身畔去,一人一半罩在毯子下。

手电筒光照射下的人影,一个个慌张失措。

下面一阵叫喊,人们退了,有的跳上小月台,有的回了车厢。

"怎么了?"我问一个经过的人。

"水来了,一个浪就淹掉了这片地。"

身边的伊达闭上了眼睛,圣母马利亚耶稣地低喊,一直在祈祷。

米夏过了很久才上车,我翻他放照相机的袋子。

"明明早晨出门时塞了一板巧克力糖在你包包里的,怎么找不着呢?"低头在暗中一直摸。

"我吃掉了!"他说。

"什么时候吃的?"我停了摸索。

"刚刚,在月台上。"

"米夏,你早饭中饭都吃了,我——"

他很紧张地在黑暗中看着我,一只手慢慢放到后面去。

我一拉他,一只纸杯子露了出来,杯底荡着喝残的咖啡。

"这个时候,哪里有热的东西吃?"我惊问。

"月台旁边那家点蜡烛的小店开着在做生意——"

"怎么不知道自己先喝了,再买两杯来给伊达和我?"我摇着头,瞪了他一眼。

"再去买?"商量地问他。

"没有了!卖完了!"

"卖完了——"我重复着他的句子,自己跳下车去。

浅浅的水,漫过了铁道,四周一片人来人往,看不清什么东西,只有月台边的小店发着一丝烛光。

我抱着三杯咖啡,布包内放了一串香蕉、四支煮熟的玉米出了店门,月台下挤着那群嬉痞,贝蒂的身影也在一起靠着。

"贝蒂,过来拿你的一份!"我叫起来。

她踏着水过来接,脸上好开心的样子。

回到车上裤管当然湿了,分好了食物,却是有点吃不下,一直注视着渐涨渐高的水。

已是十点一刻了。

车站的人说,打了电话到古斯各去,要汽车开公路绕过来接人。

问他们由古斯各到这个车站要多久时间,说最快两小时,因为沿途也在淹水。

两小时以后,这儿的水是不是齐腰,而那公路的好几道桥,水位又如何了?

漫长的等待中,没有一个人说话,寒夜的冷,将人冻得发抖。

十一点半了,一点动静也没有。

不知在黑暗中坐了多久,下面一片骚乱,贝蒂狂叫着:"来了一辆卡车,姑姑快下!"

我推了伊达便跑,下了火车,她一脚踏进冷水中,又骇得不肯走了。

"跟住我,拉好伊达!"我对米夏丢下一句话,先狂奔而去。

许多人往那辆缓缓开来的卡车奔着,车灯前一片水花和喊叫。

"后面上!不要挤!"车上的司机叫着,后面运牛羊的栅栏嘭一下开启了。

人潮狂拥过去,先上的人在里面被挤得尖叫。

我根本不往后面跑,一溜烟上了司机旁边的座位,将右边的门锁锁上,这才想起伊达他们来。

米夏在一片混乱的黑暗中张望了几次,找不到我,跑到后面去了。

我不敢大叫,又溜下了位子,跑下去一把捉住他说:"上前面,伊达和我可以坐司机旁边!"

"噢!我不能坐卡车,一生没有坐过卡车啊!"伊达叫喊挣扎着。

"这时候了你还挑什么?"我用力将她往上推。

"贝蒂呢?贝蒂不在了!"又不肯上。

"她有人管,你先上!"我知她爬得慢,怕人抢位子,一下先滑进了司机位,才拉伊达。

"噢!噢!这种车我怕啊!"她的喊叫引来了疯狂往后面卡车上挤的人群。

锁住右边的玻璃拼命被人敲打着,我不理他们。

"我们是有小孩子的!"一个男人冲到司机一边来强拉我下去。

听见是有孩子的父亲,一句也不再争,乖乖地下来了。

那个外籍游客,推进了太太、小孩和他自己,司机用力关上后面挤得狂叫的木栅栏,跑上他的座位,喊着:"快走吧!公路的桥也撑不住啦!"

一阵巨响及水花里,那辆来去匆匆的卡车消失了。

"都是你,讨厌鬼!都是你!"贝蒂向姑姑丢了一个纸杯子,狂骂起来。

"孩子,你姑姑一生过的是好日子,哪里上得了那种车!"伊达站在水中擦泪。

"下一辆车再来,我们快跑,伊达不管她了!"我轻轻对米夏说。

"他们刚刚讲,就是有车来接,也是旅行团导游的车,铁路是不负责叫公车的,我们没有参加团体的人不许上——"米夏说。

"什么?什么?你听对了?"我问。

"不知对不对,好像是这么说的。"

黑暗中没有一个人再说话,一辆卡车的来临激起了人们的盼望,三百多个男女老幼,都不再回火车,泡在渐渐上涨的冷水中静静地等待着。

雨水，又在那个天寒地冻的高原上洒了一天一地。

我看了一下地势，除了火车顶和车站的平台上可以避水之外，那座大石山没有绳索是上不去的。

小店中的一家人，扛着成箱的货品，急急地踏水离去，那一小撮烛光也熄灭不见。

通往公路的那条泥路有些斜坡，水尚没有完全淹住它，再下去是什么情况完全不知道。

这便是所能看见的一切了！

河，在黑暗中看不见，可是膝下冰凉的水，明明一分一秒在狂涨。

已经上膝盖了。

远处有着不同于河水的声音，接着灯光也看见了，一辆小型的迷你巴士在人们开始狂奔向它的时候，停在斜坡上不肯下来。

"宇宙旅行社的客人，手拉手，跟着我，不要散开了——"一个说瑞典话的导游跳上了车，霸住车门不给挤过去的人上。

真是只有旅行团的人才能上？我便不信那个邪。

才上了十一个人，明明车厢内的灯光大亮着，后面的位子全空，那辆车撞下水，趁着人群惊叫散开的时候，快速地在铁轨上倒了车，一个急转弯，竟然只载着十一个客人跑了。

"喂！混账！"我追着去打车子，水中跑也跑不快，连腰上都已湿了。

"我不懂——"我擦擦脸上的水,不知要向谁去拼命。

大雨倾盆中,又来了一辆小巴士,一阵扭打哄乱,上去的竟又只是十几个游客,还是没有坐满,那辆车子根本没有停,是导游推着整团手拉手的游客追车上去的。

车上另有一位男车掌把门,他们居高临下,占了优势,下面的人要爬进去不太可能的。

听说一共来了四辆车,想不到都是小型的,更想不到他们竟然如此处理事情。

"再下一辆我要冲了,跟不住我就古斯各再见面,照相机在这种混乱的情形下要当心!"我对米夏说。

"Echo,我们一起的,我们在一起——"贝蒂跑上来站在我身边,伊达跄跄跌跌地也来了。

"等会儿车一来,如果我先上了,挡住车门时你就抢,知不知道!这些导游车掌都是婊子养的混账!"我说着。

已经十二点半了,水好似慢了些,铁路工作人员一个也没走,提着煤气灯出来给人照路。

"不是大家要抢,你们也得管管事情,刚才那种空车给他们跑掉,是你们太懦弱——"我对一个随车警察说。

一般的人都沉默着,可怜的另一对父母亲,背上怀里掮着两个孩子,也站在黑黑的水中。

车又来了,看见远远的灯光一闪,我便开始往斜坡上狂奔而去。

那群太阳旅行社的人串成一条链子,突然成了全部抢车的敌人，彼此挤成一片。

车掌开了门，导游跳上去了，有人抢着上，他便踢。

旅行团的人上了全部，才十四个，我紧紧挤在后面，车门尚未关。已经抓住了门边的横杠。

"你不是的，下去——"那个与我有过过节的导游惊见我已踏进了门，便用手来推。

我一把拉住他的前襟，也不往上挤了，死命拖他一起下车，车门外便是人群，人群后面那条疯狂的水。

"我们不走，你也别想走——"我大喊着，他怎么挣扎，都不放他的衣服，拼命拉他下水。

"要上来可以，先给五千块。"他吓住了，停了手，车子看见门关不上，也停了。

"要钱可以，先给人上——"我又去推他。

"下面的人还不去挡车子。"我叫起来。

人群涌向车头，导游一慌，我跑上了车。

他又跑去挡门，米夏扳住门把，上了一半。

"给他上来呀——"我冲去门边帮忙，将那人抵住米夏前胸的膝盖狠命往后一拉。

米夏上了车，我拼命地喘气，眼看前例已开，车头又被挡住了，这一回他们跑不了。

门边的伊达哭叫起来，她就是太细气，还没来得及上，车门砰一声关上了，一个坐在第一排的游客，马上把里面的那片锁啪一下扣住了。

"走——"导游催着司机,那辆王八蛋巴士,竟然往人群里真压过去。

"疯啦!"我脱下蹦裘,丢在一个空位子上,奔到司机座又去扭打。

"是不是人!上帝惩罚你们下地狱去!是不是基督徒——"我上去拍司机的肩,狂骂起来。

说起宗教,这些人还是被抽了一鞭,他们全是天主教徒——也就是我西语中的基督徒。

"太太,这是旅行团包的车,你不讲理——"

"我不讲理?车上全是空位,你们让下面的人泡在水里,眼看路要断了竟然不救,是谁不讲理?"

说着我一溜就跑到门边去开门扣,扣柄开了,门钮在司机旁边控制中,无法打开。

"开门!"我叫着。

"让你上来了还要吵,要怎么样?下去!"

导游真生气了,上来双手捉住我就往外推。

门开了,这次我拉不住他的衣襟,双臂被他铁钳般的大手掐得死死的。

眼看要被推下车了,下面的人抵住我,不给我倒下去。

"帮忙呀!"我喊了起来。

便在这时候,车内坐着的一个黑胡子跳了过来,两步便扳上了导游的肩。

"混账!放开她!"一把将我拉进车。

导游不敢动他的客人，呆在那里。那个大胡子门边站着，车又开动了。

"别开！"一声沉喝，车不敢动了。

"请不要挤！那边抱孩子的夫妇上来！老先生老太太，也请让路给他们先上！"他指挥着。

人潮让开了一条路，上来的夫妇放好两个小孩子在空位上，做母亲的狂亲孩子，细细地低泣着。

另一对白发老夫妇也被人送上来了。

伊达、贝蒂全没有上，我拼命在人群里搜索着她们，雨水中人影幢幢，只看见那件绿色的夹克。

"什么我多管闲事，这是闲事吗？你们秘鲁人有没有心肝——"那边那个大胡子推了导游一把，暴喝着。

"不要吵啦！快开车吧！"车上其他的客人叫着，没有同情下面的人，只想快快逃走。

"不许开！还可以站人。"我又往司机扑上去。

那时车门嘭的一下被关上了，车掌最后还踢了挂在门上一个人的前胸。

一个急转弯，车子丢开了乱打着车厢的人群，快速地往积水的公路上奔去。

我不闹了，呆在走道上，这时车内的灯也熄了。

"阿平，你坐下来——"米夏什么时候折好了我丢掉的蹦裘，轻轻地在拉我。

我深深地看了他一眼，他的目光很快移开了。

那边的大胡子走过来,在我面前的空位子上一靠,长叹口气,也不闹了。

掏出一包半湿的火柴来,发抖的手,怎么样也点不着烟。

"请问哪里来的?"前面的那人问我。

"中国,台湾,您呢?"我说。

"阿根廷。"他向我要了一支烟,又说,"讲得一口西班牙话嘛!"

"我先生是西班牙人。"

明明是过去的事情了,文法上却不知不觉地用现在式。

长长的旅途中,头一回与陌生人讲出这句话来,一阵辛酸卡上了喉头,便沉默不说了。

雨水哗哗地打着车厢,车内不再有任何声息,我们的车子过不了已经积水的公路桥,转往另一条小路向古斯各开去。

清晨四点钟方才到达古斯各。

一个一个游客下车,到了我和米夏,导游挡住了路:"一万块!"

"答应过你的,不会赖掉。"

在他手中放下了两张大钞。

"钱,不是人生的全部,这些话难道基督没有告诉过你吗?"我柔和地说。

他头一低,没敢说什么。

"回去好好休息吧!"米夏窘窘地说。

"什么休息,现在去警察局,不迫到他们派车子再去接人,我们能休息吗?"我拖着步子,往警局的方向走过去。

注：

那一日的大水，失踪六百个老百姓，尸体找到的只有三十五具。

掉在车站的那两百多个游客，终被警方载回了古斯各。

铁路中断，公路亦完全停了，那些留在玛丘毕丘山区中没有下来的旅人，在我已离开古斯各坐车下山去纳斯加的时候，尚是一点消息也没有。

高原的百合花

玻利维亚纪行

当飞机就要降落在世界最高的机场"埃·阿尔多"时,坐在我后面的一位欧洲旅客已经紧张得先向空中小姐要氧气了。

大家的注意力都集中在那个瘫在位子上的中年人,这时前面几排的一个日本人也开始不对劲,噢地叹了一口长气便不出声了。

两个空中小姐捧着氧气瓶给他们呼吸,弄得全机的旅客都有些惶惶然。

我将自己靠在前面的椅背上,脸色苍白,话也不能说,两手冰冷的。

旁边一位来过拉巴斯的日本老先生一直握住我的手,替我拿一本薄书打空气,口里温和地说:"不要怕!先不要就怕了嘛!"

其实我根本没有一丝惧怕,只是因为飞机下降,正在剧烈地晕机而已。

"到了之后慢慢走路,不要洗热水澡,不要吃太饱,更不可以喝酒,第二天就没有事了!"

"我不是——"

还没说完,那位日本先生又加了一句:"不许讲话,省氧气!"

听他那么吩咐,我先噗地笑了出来,便真的一句话也不讲了。

下机的时候,手提的东西全托给米夏,知道自己心脏不太好,便不逞强了。

海拔四千一百公尺的平原是我生平所面临最高的地势,在这儿,机场的跑道也比一般的长,因为空气的阻力不同了。

第一日上到这高原,尽可能一切放慢,我的步伐慢得如同散步,飞机边的警察看得笑了起来。

玻利维亚,这南美的西藏,过去想起它来,心里总多了一份神秘的向往。

便是只在机场吧,那苍苍茫茫的大草原已呈现了不凡而极静的美。

入境的人很多,一些没事似的去排队了,另一些大约如我,是第一次来,大半先坐着,不敢乱动。

对于一个旅客来说,一个国家的机场是否豪华其实并不是很重要的,查照和海关人员是不是办事快捷,态度亲不亲切,才是旅客对这国家最初步的印象。

玻利维亚的机场虽然不算太气派,可是无论在哪一方面,他们都给了旅客至诚的欢迎和周到的服务,使人宾至如归。

旅客服务中心交给我的资料对我们来说仍是有些太贵,旅馆的一长列名单上,没有低于四十美金一日的地方,有些更贵到一百美金左右一日了。

进城的公车说是没有的，计程车可以与人合并一辆，收费非常合理，一块五毛美金一个人。

坐上了计程车还不知要去哪家旅馆，这已习惯了，心中并不慌张，开车的司机先生是最好的顾问，他们会带的。

司机先生不但热心，同坐的三位玻利维亚人也是极好，他们替我们想出来的旅社，却因价格太低了，令人有些茫然。

"我可以付再高些的，最好有私人浴室。"我有些不好意思地说。

车子因为找旅馆，绕了好几个弯，结果停在旧区女巫市场斜斜的街道边。

一看那个地方风味如此浓烈的区域，先就喜欢了，下得旅馆来一看，又是好的，便留住了。

付车钱的时候，因为麻烦了司机，心中过意不去，多付了百分之三十的小费。没有多少钱，那位司机先生感激的态度，又一次使人觉得这个国家的淳朴和忠厚。

放下了行李，先去街上摊子买古柯叶子治将发的高原病，知道是逃不过的。

这些叶子在秘鲁的古斯各城其实还有一大包没有用完的，只因害怕放在行李中带过境，海关当做毒品，因此便留下了。

古柯叶事实上并不是什么毒品，可能一吨的叶子也提炼不出几公克的古柯因。

高原的居民将少数的几片拿来冲滚水喝，只是帮助呼吸而已。

旅馆的餐厅冲来了一大壶滚水，问他们多少钱，说是不收费的。

给送水的人一点点小账，换来的又是连声道谢，这样的民风令人受宠若惊，好似是来此受恩的一般叫人失措，不由得更加想回报他们。

这一路来，只要进入了掺杂着印地安人血液的国家，在我的经验中，总多了一份他们待人的忠厚善良。

厄瓜多尔亲如家人，秘鲁亦是一团和气，而今的玻利维亚，更是厚拙。

在这一百多万平方公里的高原大国里，只住着不到六百万的居民，这儿百分之七十是印地安人，百分之二十五是西班牙及本地人的混血，百分之五是欧洲移民来的白种人。

玻利维亚是南美洲两个没有海港的国家之一，它的西部是秘鲁与智利，东北部与巴西交界，南边有阿根廷及巴拉圭。

在一八七九年之前，玻利维亚原先的领土本是一直延伸到太平洋的，因为一场争占沙漠矿场的五年之战，那片沿海的土地被智利夺去，直到现在没能讨回来，虽然智利同意玻利维亚使用原先的一个海港，但是在意义和便利上便不相同了。

虽说拉巴斯是一般公认的世界最高的首都，事实上玻利维亚真正的首都却在另一个城市——苏克列。

只因外交使节团及政府部会都在拉巴斯办公，而苏克列只有最高法院仍在那儿开庭，普通都将拉巴斯当做了这个国家的都城。

初抵拉巴斯，除了呼吸不太顺畅之外，并没有过分的不适，加上以前在厄瓜多尔及秘鲁高原的经验，知道如何冲古柯茶并且服药，静躺两三小时休息之后，便没有事了。

女巫市场

没来玻利维亚之前，参考书中提到几次此地的巫术街，说是不能错过的。

没有想到自己的旅馆门外没有二十步便是那条著名的横街。

休息过了之后，赶快穿了厚衣服到街上去玩耍，高原的夏天，即使是正午，也穿一件薄毛衣，到了夜间便要再加一件了。

石板砌的街道斜斜地往城中心滑下去，那份欧式老城的情怀，却因当年西班牙人的进占南美远远地将这欧风一路建到另一个大洲来。

便在那些美丽的老建筑下面，放着一摊一摊的街头店铺，守摊子的嬷嬷们，披着丝质绣本色花拖着长流苏的披肩，穿着齐膝而多褶的大裙子，梳着双条粗辫子，一个个胖墩墩地在卖她们深信的巫术道具。

此地的印地安人，在衣着打扮上和厄瓜多尔及秘鲁又是不同，虽然粗看上去，那顶头上的呢帽不变，其实细细分别，他们又是另一种文化了。

即使是语言吧，此地除了契川话之外，又多了一种阿伊玛惹，听上去极为温和的调子。

当然，那些嬷嬷们都是能说西班牙文的。

嬷嬷们卖石刻的手、脚、动物,也卖各色奇特的种子,也有各色毛线,更有许多已经配好方的小瓶子,里面放着一些吉祥如意的象征。

为了嬷嬷不厌烦我,先买了一排小动物的石刻,说是保佑家畜平安的。

"这只干鸟呢?"我指着一只只干黑大眼睛的死动物问她们。

"不是鸟,是流产出来的小骆马——"卖东西的妇人笑了起来。

"治什么病?叫谁来爱?还是旅行平安的?"

"都不是那些事情用的——"那个妇人又笑。

"你买了去,建房子的时候将它埋了,运气会好。"她说。

"这些花花的毛线呢?"我又问。

"要配的,光毛线没有用。"

那边摊子的地下便是一盘一盘配好的像菜一样的好运的东西。

摊子的生意不错,总有当地人来买些什么。

"嬷嬷!这些东西灵吗?要不要找什么人给念一念咒呢?"我看看自己买下的一个小瓶子,里面用油泡着一大堆小东西,红红绿绿的,还有一条虫也在内。

"不必了,放在你左边的口袋里。好运就会来。"

这只是巫术嬷嬷讲的话,我不能相信这些,可是就是不敢将它放在右边口袋里去。

与其说这些五光十色的摊子是一份迷信,不如将它们视为一份珍贵的民俗和神话。

便在那个摊子上,我买下了一块石刻的老东西——此地人称她"班恰妈妈"的大地之母。

绕着"班恰妈妈"的是她的丈夫,一儿一女,一只山羊,一条蛇和一道道河流田园,都在一块汤碗般大的石块上活着。

据说这种大地之母的石刻,是应悄悄埋在家中土里的,每年她生日的那一日,将她请出来,在石刻上浇香油供拜,再埋回地里去,这样大地之母一定保佑田宅家畜的兴旺。

那样的摊子,每买一样小东西,都给人带来几分承诺,光是那份期许,付出的小钱也就值得了。

在那无数次的散步里,我的巫术嬷嬷卖了金钱、幸福、爱情、健康、平安的每一个代表给我。

她们在做生意,我买下了一个人平生所有的愿望,比较之下,赚的人应当是我。

对于有着极深信仰的我,巫术其实并无可求,只是那份游戏的心情,民俗的欢喜,都在这些小摊子上得到了满足。

中南美洲的巫术已不可求,只有在玻利维亚的市场上看见他们公开售卖,觉得新鲜。

此地极有趣的是,在一个博物馆内,亦陈列了一个房间的"巫术陈列室",里面的东西与街头售卖的相差无几,只是解释更清楚了些。

有关诅咒人的那些东西,博物馆内说得明白,至于我自己,与人没有那么大的仇恨,避之不及,也无心去探问如何害人的事了。

欧鲁鲁的魔鬼

嘉年华会的日子越来越近了。

在秘鲁古城古斯各的时候,交了一大群同为旅客的朋友们,他们的下一站大半都是由边界进入巴西,去参加里约·热内卢的嘉年华会狂欢。

几个旅行的人一再拉我去巴西,说是那样的盛会错过不得,终生要遗憾的。

我知那儿的嘉年华会必是疯狂灿烂,喝醉酒的人更不会少,旅馆也成问题,满城的狂人喧哗并不见得真能唤出旅人的快乐,便坚持不去了。

玻利维亚一样庆祝嘉年华会,只是有着任何国家所没有的另一种形式。

在一个叫做欧鲁鲁的矿工城内,他们跳一种完全民俗风味的舞蹈,算做嘉年华会的大典,那种舞,叫做——魔鬼舞。

魔鬼们有太太,太太们也会出来街上游行,鬼的太太叫做"China",与中国女人的称呼同音。

初到拉巴斯时,旅馆内住满了来此地参加嘉年华会的人,欧鲁鲁是一个距离拉巴斯两百公里的十一万人口的小城,那儿的嘉年华会却是玻利维亚最盛大的。

旅馆柜台的人一直向我销售一日来回旅行团组成的票,每张要五十美金。

我觉得如果自己能坐长途公车去,所见所闻必然胜于跟团一起去，便不肯参加。

旅馆的人跟我说，前一日才抵达的我们，是无论如何挤不到巴士票了。

虽然那么说，仍是爬了长长的斜坡，就是一家一家的巴士公司问过去。

票确是售完了，我不肯放弃，站在窗口向人说好话。

玻利维亚的人本身心肠便好，被我哀求了没有几次，羞羞涩涩地拿出一张退票来，也不加钱，答应卖给我。

一张票只有我去得了，米夏站在一旁当然不太开心，我知人家确是没有了，也不好无理取闹，先买下了这张。

又等了好一会儿，来了一位太太，说要退票，竟是同一班车的，于是两张位子都被我抢到了。

第二日的清晨，天尚是全黑的，叫起了米夏，在昏昏暗暗的街上喘着气往公车总站走。

地势那么高的地方，再往上坡走，头痛得不得了，拖了好几十步，实在走不动了，清晨的街头，有计程车将我们送到车站，又是亲切得令人感激的那种好人。

玻利维亚在一般的传闻中它是一个落后的国家，可是我们的公车，是对号的宾士牌大巴士，它不但准时、清洁、豪华，而且服务的态度是那么地诚恳——中南美洲数它最好。

车站的建设非常现代化，弄不错班车，挤不到人，一般乘客都是本地人，衣着不豪华可是绝对不寒酸，那份教养，那份和气，可能世上再找不着。

车子绕着公路往上爬,脚下的拉巴斯城在一片迷雾中淡去。

一望无际的草原在寒冷的空气里迎着朝阳苏醒,远天边冻结着的一排大雪山,便是粉红色的霞光也暖不了它们,那么明净的一片高原,洗净了人世间各样的悲欢情怀。

什么叫草原,什么叫真正的高山,是上了安地斯高地之后才得的领悟,如果说大地的风景也能感化一个人的心灵,那么我是得道了的一个。

云彩便在草地上平平地跟着我们的车子跑,如果下车,就能抓到一团;不能忘记自己是在四千多公尺的地方了。

欧鲁鲁城的魔鬼舞实在并不重要,只是这一路的风景,便是一次灵魂的洗涤,如果一个人,能死在如此干净雄伟的蓝天之下,也是一种幸福吧!

在美的极致下,我没有另一个念头,只想就此死去,将这一霎成为永恒。

远天有苍鹰在翱翔,草原上成群的牛羊和骆马,那些穿着民族风味的男女就在云的下面迎着青草地狂跑,这份景致在青海、西康,又是不是相同呢?

看风景看得几度出神,车子停在检查哨亭,一群美丽狭脸的印地安女人涌到车边来卖煮熟的玉米和羊酪。

这都是我极爱吃的食物,伸出手去付小钱,换来的又是一声声诚恳的道谢,这个国家如何能不爱它。

欧鲁鲁到了,长途车停在城外,又转城内的公车进市中心,车太挤了,我不会推人,站在下面大叫。

车掌看见我上不去,伸出手来用力拉我,将我塞安全了,一双手托住我,才叫开车。

这份人情,是玻利维亚的象征,每一个人,都是神的子女,他们没有羞耻了这个名字。

游行已经开始了,米夏急着找看台要上去,我却固执地定要先去买回程的车票,不然不能放心。

买好了回程的票,转在人山人海里找看台上的座位,一路被人用好烈的水枪狂射——那是生气不得的,被水射中的人算做好彩头,要带运气来的。这也是南美几国嘉年华会的风俗。

看台是当地的老百姓沿街自己搭出来的,一共五层,每个位子收五块美金,有权利坐看两天游行的节目,我们找到的两个在第四层上。

同台看舞的人什么样的都有,上层坐的是两个印地安老妈妈,我的厚毛衣挤得没有空隙放,她们马上接了上去给我保管。

舞蹈队共有四十五组,大半是欧鲁鲁城内人自己组成的。这个在平日勤劳采锡矿的苦城,今日一片狂欢,快乐得那么勇敢,便是一种智慧吧!

魔鬼群出场了,先是乐队打头阵,闹了好半天,在大家的掌声及叫声下,那一群群戴着面具的魔鬼载歌载舞而来。

本以为来的是一群披头散发、青面獠牙的鬼,结果看见了极似中国狮面、漆成红红绿绿、瞪着大眼球、披着绣龙绣凤披肩、胸前明明一只麒麟伏着的所谓魔鬼们的打扮。

"这是我们中国的老东西,你看那些龙凤——"我向旁边坐着的一个欧鲁鲁女孩叫了起来。

"怎么可能嘛！这个风俗是好久好久以前就传下来的，是玻利维亚的呀！"她坚持着。

"可是中国人比西班牙人又早来了南美洲，这已经有上千的证明了，你们哪里来的龙凤嘛！"

"不可能的。"另一个老先生也夹进来了。

"那为什么魔鬼的太太们要叫 China，不是与中国女人又同音了，是巧合吗？"我问。

"是巧合的，中国人没有来过这里！"老先生又说。

四周太嘈杂了，这种话题不能继续，而我的眼睛，几乎将那一群一群来不完的魔鬼吃下去。

他们实在是中国的，狮口里还含着一把宝刀，不正是台南安平一带许多老房子门上刻着避邪的图画吗？

据说，在欧鲁鲁城郊外的一片湖水旁边，仍然住着一群有着中国人脸谱的居民，在他们的语言中，依然带着与中国话相似的字眼，至于这群人实在的居所在哪儿，便不能考察了。

看到欧鲁鲁的魔鬼舞，使人深深地觉得，如果做一场长时期的追查，可能有希望查出南美印地安人及亚洲的关系。

虽说印地安人是由蒙古经过西伯利亚未化的冰原，再由阿拉斯加一路下到南美洲来，已是每一个人类博物馆内一致的说明，可是中国的文化当是后来流传过来的。

这些事情虽说茫无头绪，可是例如此地的一些村落的印地安人，在喝酒的时候，必先将一些酒洒在地上，便与中国古时祭过往鬼魂的风俗有相同之处，实在是有趣的事情。

这些欧鲁鲁著名的魔鬼，都给拍下了幻灯片，回台时大家一同欣赏吧！

沙嗲娘

来到拉巴斯的最后一个晚上，碰到了一位华侨小弟弟，大家一同去吃晚饭，沿街找餐馆时，只要是印地安人开的，他便直截了当地叫这种饭菜是——土人餐。

却不知玻利维亚的本地风味比起其他的南美国家来，真是另有文化及口味，实在是极好，一点也不土的。

如果说，一个国家的食物也算做是文明的一部分，那么玻利维亚的文明是值得称道的。

在这儿，观光旅馆中几十美金亦是一顿好菜，而街头、菜场和一般的平民小饭店中亦有不同而价廉物美的食物。

因为这个国家有着世界最高的大湖"第第各各"，鳟鱼在此并不算太名贵的东西。

他们的辣味鸡南美唯一，牛舌不输哥斯达黎加，便是餐馆做出来菜式的色香味，也绝对不是粗糙的。

许多人听说玻利维亚落后，来了之后才知传闻的不实在和可笑，明明是一个极好的国家。

在这儿，没有太差的食物，便是街头印地安妇人点着烛火摆的小摊,吃起来都是一流调味的。

特别爱吃的是一种本地风味的烤饺子,我喜欢将它译成"沙嗲娘",烤过的面粉外皮,里面包着多汁辣味的鸡肉、猪肉、马铃薯和洋葱,一只只放在温火烘着的玻璃柜子内,二毛五美金一只,小皮夹的大小。

这是一种最最平民化的食物,每天早晨,我出了旅馆,必在附近一家印地安人的小咖啡店中喝一杯新鲜牛奶,加两只"沙嗲娘"。

几乎每一个本地人进了咖啡馆,必吃一两只这样的东西当早饭,牛奶面包之类的欧式早餐也许是因为我太平民化,倒没见到有人吃。

在我吃早饭的那家小店内,每天批进一百只沙嗲娘,不到中午已经卖完。

这种当地风味的食物,一般的观光饭店内要吃便比较难了。

玻利维亚能吃到的东西很多,而且风味不同于其他南美国家。

据我所知,来玻利维亚的华人旅客仍是很多,如果能够放弃观光旅馆,到街头尝尝他们的食物,也未尝不是一种享受。

我个人,是吃了第三十六个沙嗲娘才依依不舍地离开了玻利维亚。

打水仗

我的冬天衣服原先带得便不够,总以为南美的夏天在一二月。

没有想到高原的地势即使夏日风景，也要毛衣御寒的。

秘鲁买了两件毛衣，哥伦比亚买了一件纯毛的蹦裘，却因一次大晕车，失落了整个的小提包，离开旅馆时，又掉了那件蹦裘。

身外之物，失去了反而轻松，再说到了拉巴斯，迫于情势非买新毛衣不可，这又使我高兴了好几分钟。

在拉巴斯时，每日就穿那件五彩手织的花毛衣，一直不换，因为没有第二件。

欧鲁鲁的嘉年华会被水枪喷得透湿，毛衣里面穿着的白衬衫在夜间脱下来时，全是各色水渍，这才发现新毛衣被印地安妈妈手染得太简单，会褪色的。

欧鲁鲁的嘉年华会是星期六，拉巴斯城内的星期天也开始用水洒人了。

这种泼水的风俗本是好玩的事情，农业社会时各村的青年男女彼此认识，洒洒水只有增进感情，实是无伤大雅的事。

拉巴斯是一个大城，每家都有阳台，许多人有汽车。

他们在星期日这一天，开了中型吉普车，上面盛满了水，街道上慢慢开车，看见路人便泼个透湿。

阳台下面不敢走人，随时会有水桶浇下来。

路边的小孩子买气球的皮，里面灌足了水，成为一只只胖水弹，经过的人便请吃一只。

我的毛线衣是褪色的，站在旅馆的玻璃门内不敢出去。

在秘鲁利马时已经吃了一只水弹，三楼丢下来的，正好打在头上,那边挨了一只之后便来玻利维亚了。

不敢出门便吃不到沙嗲娘,衡量了一下之后还是出门了。

这条窄窄的石街上,两边阳台都有人站着,我方走了几步,眼看一个穿西装的路人被一桶水洒得透湿透湿。

在这风俗下,怎么被淋也不能骂人的。

那个穿西装的人真生气了,捡起路边的小石块就去丢阳台上的人。

"打他!打他!好!"我在路边叫起来。

这种游戏不公平,居高临下的人全是干的。

明明自己在看好戏,一抬头,便在我站的阳台上,一桶水泼了下来。

"哎呀!毛衣褪色的呀!"我也不知逃开,便是站在那边狂叫哀求。

然后,我的头发到裤管全都湿了。

"跟你讲是褪色的,怎么还要浇呢?"我擦了一把脸上的水,向着阳台大喊。

这时另一勺水又淋了下来,我又没能躲开。

这一回我气了,死命拍人家楼下入口的门,要上楼去跟这家人对打。

"不要生气嘛!泼到了是好运气的呀!"上面笑得不得了。

这美丽的星期天错过可惜,虽说一定被弄湿的,还是与米夏在这古城内大街小巷地去走,躲躲闪闪的有如惊弓之鸟。

水是清洁的东西,阳光下打了无害。

再说我所接触的玻利维亚人实在是一群令人感动的好百姓，入境问俗的道理也应明白，不当见怪。

那一日吃了十几个水弹，背后一片透湿，别人没有恶意，自己一笑置之。

打水仗其实是一路挨泼，自己没有工具，这个特别的日子留在毛衣上，算做纪念。

和平之城

亲爱的市长先生：

那日分手的时候忘了告诉您，我的中文名字，与你们可爱的城市有着同样的意义，也叫做"和平"。

初到拉巴斯的时候，不知道会面临一个怎么样的城市和人民，心中是十分茫然的。

您已经知道了，我住的是旧城区的一家客栈，并不是拉巴斯那些豪华的观光旅馆，也正如您对我所说的："如你这样的人，应该更深入地观察我们的城镇村落人民和这块土地，不应只是在大饭店内消磨旅行的时光。"

市长先生，短短十八日的时间过去了，在这飞逝的时光里，我虽然利用玻利维亚便捷的火车和长途汽车跑了很长的路，去了不同的城镇，可是对于拉巴斯这一个特别的城市，还是加上了更深的感情。

您的城市,您的人民,在我逗留的时间里,对我付出了最真挚的爱和慷慨,使得异乡的旅人如我,宾至如归,舍不得离开。

我眼中所看到的拉巴斯,是一个和平之城。在这儿,街道清洁,公车快速,车厢全新。计程车司机和气,商店有礼,餐馆的服务无论大小贵廉都是亲切。

在市中心布满鸽子的广场上,即使坐满了人群,他们却不喧哗,一群安静而宽厚的好百姓。

你们的摩天大楼建在古式欧风的市中心,新旧交杂的建筑并没有破坏整个城市的风格,只有使人怡然。

在这儿,我的足迹由拉巴斯的好几个博物馆、老城、新区、大街、小巷一直走到花市、菜场,甚至动物园、美容院。

我所接触到的百姓,在这一片土地上,是快乐而安宁的。

特别要感谢拉巴斯给了我们那么多棵的大树和广场,你们爱护荫浓,却使旅人的脚步,在深夜里踏着落叶散步时,心中怅然不舍,因为期望再来。

在您的城市里,没有抢劫,没有暴行,没有不诚实的人,这使旅行的我在这城内觉得安全自在,没有异乡之感。

中南美洲的旅行,虽然处处是可爱的人,如画的风景,但是民风如玻利维亚,城市如拉巴斯,却是难得一见。

我是一个中国人,有自己的家,自己的国,照理说,在感情上,应当不会对另一个国家付出这样深的欣赏和爱。

但是我不得不写这样的信给您,请您转告拉巴斯——即使一个中国人,也是不能够不爱这片土地的。

理由其实很简单，因为玻利维亚先爱了我。

在我离去的时候，咖啡店中的小姐，路边卖大地之母石刻给我的嬷嬷，都湿了眼睛，一再地喊："妈咪达！快回来呀！"

市长先生，在这儿我被人称为："妈咪达！"已是你们中间的一个了，我不是外国人。

您问起过我，拉巴斯像什么，我想告诉您，拉巴斯是一朵永远的百合，开在高原的青草地上，它的芳香，我永不能忘怀。

只要见到世上的人，我乐意告诉他们，玻利维亚是什么样的国家，拉巴斯又是一个如何的城市。

听说您在今年初夏，可能访问台湾，我期望我的同胞，也能给您好印象，用同样的教养、热情来欢迎您。

与您分手的时候，并没有留下您的地址。

机场询问台的小姐热心地写下了市政府的名称给我。

这封信，如果只寄给您一个人，那么台湾便看不到拉巴斯的优美，因此发表在报上，算做一个中国人对于玻利维亚最大的感激和赞美吧！

敬祝

安康

            你的朋友

            Echo 敬上

离 去

这一路来,长辈们爱护我,各站旅行的地方都给我写了介绍的名片,要我到了一地便与当地台湾的驻外机构联络,寻求旅行的资料和帮助。

我的性情最是孤僻,见到生人更是拘束,这一点外表也许看不出来,可是内心实在是那样的。

如果说到了一地便联络驻外机构,那会使我觉得羞愧。

中南美洲一路都说西班牙文,行路上没有困难,因此那些名片再也不肯拿出来用,也绝不肯因为我的抵达,使得办公的人忙上加忙。毕竟只是来旅行的,没有什么大事。

离开玻利维亚的前两日,终于跟"使馆"打了电话,那边是张文雄先生在讲话,他听见我到了,立即要我过去吃晚饭,同时尚有外客的一次晚餐。

我因夏天的衣服尚有,冬天的毛衣只有一件,因此坚持谢绝了张先生的诚意,说是第二天去"使馆",也是拜望也是再见了。

那日去之前又去手工艺市场买了一件新毛衣,换了穿上,算是对"使馆"的尊敬,可是下面仍穿着蓝布长裤。

米夏的鞋子拍照时跌进第第各各湖边的水塘里去,全湿了,在那样的气候下只有穿了一双凉鞋去"使馆"。

"你我衣冠不够美,还是我进去,穿凉鞋的等在外面的广场上,二十分钟一定出来了!"我对米夏说。他听说不必进去,很开心地晃走了。

玻利维亚的秘书小姐有礼地请我进"使馆",我说来拜望张文雄先生的,穿过两张大书桌,脸上微微笑着,跟着秘书往内间走。

看见一位中国妇女,我仍是微微笑着,不停步子,对她点点头。

"哎呀!你——"那个妇人喊了起来。

"来找一位张先生。"我笑着说。

"你不是三毛吗?叫人好等呀!"那个妇人跑上来抓住我的手,欢喜得不能形容。

"我是你滋荷表姐的老同学,叫你大姑妈——姆妈的那个丁虹啊!"

我见她如此相认,心中欢喜,便唤了一声"丁姐姐"。

一时便被她拉住了,张先生的办公室也去不了。

"来看看'大使',进来嘛!夫人恰好也在呢!"她不由分说地便将我往一个办公室内拖。

本来也是要拜望"大使"的,只求张先生给介绍,没想丁姐姐就这么给拉进了办公室。

"'大使',我行李中是有介绍名片带来的,可是——"我讷讷地说。

"来了怎么不先通知,我们欢喜还来不及呢!不用名片了——""大使"那么亲切地握住我的手。

"大使"夫人梁宜玲女士马上拉了我坐下,嘘寒问暖,这时工人将一杯古柯茶也送上来了。

丁姐姐最是高兴,马上去拿了照相机进来,东一张西一张地拍。

听说我次日便要离开了，吴妈妈——也就是吴祖禹"大使"的夫人，便说中饭要带了出去吃。

我心中急得很，眼看他们要来爱护我了，这使我非常不安，觉得给人招了麻烦，浪费了别人宝贝的时间。

"外面还有一个同事等着。"不得已说了出来。

"什么样子的？我去找！"丁姐姐那份率真令人拒绝不得。

"穿凉鞋毛线衣的高个子。"我说。

这一来，米夏也被拉了进来。

其实"大使"夫人吴妈妈的照片已经在此地最大的报纸上看过了，一共两张，是宴请玻利维亚总统夫人及各首长夫人茶会时刊登的。

我在街上买的报纸，除了看照片中的人物之外，一直在细看桌上丰盛的点心是些什么好东西，后来才知，这些中国点心都是"大使"夫人亲手做的。

"我这里有一张请帖，是此地军校校长邀请的，下午参加他们的嘉年华会庆祝，不是太正式的场合，你们要不要一起参加？"吴妈妈很客气地问着米夏与我。

"那我们先离开，吃完中饭再来了一起去。"我说。

"吃饭当然跟我们去了！"

长辈如此诚意，却之不恭，勉强接受了，心中还是不安得很。

那一日是周末，"大使"请他司机回去休息，自己开车，带着米夏与我回到他们住宅区的家中去。

"大使"的家，坐落在高级住宅区里面，四周是一个大院落，种满了花草果树，建筑是欧式的，不但气派而又有一种保守的深度，墙上爬满了常春藤的叶子。

"这个房子在搬来的时候花园完全荒芜了，弄了近两年，才有这样的规模。"吴妈妈指着眼前的一片欣欣向荣，快乐地说。

那个喷水池，车道所用的石块，是"大使"周末上雪山上抬回来的，这时才知为何我们的"大使"在下班时间有一辆吉普车的道理了。

我的性格是深爱吉普车的，看见"大使"也有一辆，心中不由地喜欢了他。

"进屋来看房子。"吴妈妈亲切地引我入室。

报上茶会中的布置便尽入眼前了。

吴妈妈喜欢收集古董，墙上尽是安地斯高原的居民所用的银器，满满地挂着。

"大使"特别送给我玻利维亚的诗和神话书籍，他最爱书，自己的收藏亦是丰富。

这儿的报纸，曾经写过长长的一篇文章介绍我们的吴"大使"，题目叫做《一个亲近印地安人的"大使"》。

五年的时光在这个国家度过，"大使"夫妇被选为此地一个古风犹存的印地安村落"达日阿布哥"的教父教母，这份百姓对他们的爱，是民间亲近台湾最好的象征。

我是一个怕生而敏感的人，如果对方对我有些矜持和距离，不必再留几分钟，一定有理由可以逃掉。

在"大使"夫妇的家中,却因看不完的珍藏和花草,以及他们对待小辈的那份儒者的亲和,一直如沐春风,舍不得离开。

"坐吉普车出去好不好?""大使"换下了西装,一件夹克便下楼了,笑吟吟地问我。

他的手中拿了好大一顶西部牛仔式米色的帽子,上车自自然然地往头上一戴。

"今天嘉年华会!""大使"笑着说,那份怡然自得的态度,便是他的好风采。

我看这一对"大使"夫妇,喜爱的不是书籍便是石头,收集的东西,民俗古物偏重,花园内的果实累累,下班开的竟是一辆吉普车。

这位"大使"先生喜爱大自然,星期天海拔五千多公尺的大雪山一个人爬上去,躺在冰雪中休息,说是灵魂的更新。

说他是高人雅士当然不错,事实上也是个怪人。

"吃本地菜好吗?"吴妈妈问我。

最喜入境问俗,当然喜爱本地菜。

爬上了那辆情趣充足的吉普车,心中十分快乐。

车子在市郊一带开着,处处好风景。

"大使"说话淡淡、低沉的调子,冷不防一句幽默滑出来,别人笑,他不笑,没事似的。

那是一幢被鲜花和果树包围着的餐厅,里面布置脱俗雅致,一派乡村风味。

也只有懂得生活情趣的人,才找得到如此的好地方。

那一顿饭吃得热闹，其他桌上的人、餐馆的工作人员，个个与"大使"夫妇亲密友好，招呼不断。

看得出那些人不是在应酬，因为他们没有必要。

这是一位广受欢迎的"大使"，便是在小小的地方也看得出来。

他的夫人功不可没——吴妈妈是甜蜜的。

走出餐馆时，花径旁落着一只好大的梨，"大使"拾了起来，追着前面两个本地小女孩便喊：

"小女孩，你的梨掉啦！回来拿吧！"

那个大眼睛的孩子回过头来，果然抱了满怀的梨子。

"送给你啰——"她甜甜地望着"大使"一笑，转身又走了。

"送给我可以，也让我谢谢你一个亲吻吧！""大使"回答她。

小家伙仰起了头，"大使"弯下了腰。

那只梨，他恭恭敬敬地谢了孩子，带上车来。

这份亲子的赤子之心，被我悄悄地看了下来，藏在心里。

一个对小孩子也付出尊敬的人，我又如何能不敬他？

"有没有去过月谷？""大使"问着。

"还没有，因为距离近，计划是今天下午坐公共汽车去的。"我说。

"那么现在就开你们去吧！"吴妈妈说。

"嘉年华会呢？"我问。

"再晚些去也可以，他们开始得晚！"

我实是怕累了长辈，心中不安得很，不能去风景区打一个转就走,好给他们周末安静休息,可是以后尚有嘉年华会在等着呢!

一路上"大使"风趣不断,迷人的谈吐却偏是一副淡然的样子,与吴妈妈的另一份活泼,恰好是一个对比。

美丽的月谷拍完照片,又去了高尔夫球场。

"这是世界最高的球场,拍一张照片吧!""大使"说。

"在这儿打球,阻力也是少的。"

听见"大使"这么说,我笑了起来,好多天在这片高原上,事实已不太喘,常常忘了自己的位置。

那辆潇潇洒洒的小吉普车,终于开到军校里去,校长为了这个嘉年华会,特别在请帖之外又附了一封信给"大使",非来不可的。

那时候,我悄悄地看"大使",怕他觉得累,已经是下午五点半钟了。

进入礼堂内,主人当然在,另有此地的内政部长、省长、市长、将军和一大群带了眷属的人,气氛很轻松,衣着也随便,因是嘉年华会。

吴妈妈十二分地活跃而有人缘,马上被省长拉了去跳舞,她的步伐轻、身体灵活,是全场视线的中心。

"大使"在此朋友多,看得出过去五年来在"外交"上所付出的努力。

虽然我知"大使"夫妇陪着我们一下午,实在也累了,可是场中两人的好风采一样怡然,那些玻利维亚的友人又是多么地爱他们。

"做这种工作太辛苦了,平日国家大事已经够重了,周末不能在家休息,还得来这儿联络感情,唉——"我望着场中跳舞的吴妈妈叹了口气。

当然这句话是用中文跟米夏说的,旁边坐着的内政部长听不懂。

"他们合适,不看大家如何地欢迎你的'大使'夫妇——"米夏笑着说。

这时拉巴斯的市长走了过来,我放下米夏的谈话,与市长说起他的城市来,将这份欣赏不保留地倾诉给他。

市长听了我的谈话,一再问我何时离去,我说次日便要走了。

不知他回去却给我安排了电台的访问。

夜来了,"大使"带着我们想离去,吴妈妈却被主人硬留下来,不肯我们没有吃晚饭便走。

那是一顿丰盛的玻利维亚菜和美酒。四周的人,对我亲切自然,一家人似的没有距离。

回去时夜已深了,我们走过深蓝天空下的军校操场,眼看别离又临,对于这一对长者更加付出了一份亲密,那时凉凉的青草地上已经沾满了夜露。

一日与"大使"夫妇的相处,学到的东西并不能诉诸笔墨,那是一种无形的感化和熏染,是一个人的风度言谈里自然流露出来的学问,亲近这股汩汩的气质,是不可能空手而回的。

次日早晨又与吴妈妈打了电话才上街去,回来时两本忘在吉普车上的书籍放在旅舍柜台上,必是"大使"来过了。

接受了电台的访问之后已是午后,匆匆跑去"使馆",再见丁虹姐姐一面。

丁姐姐一个人在玻利维亚，想来亦是寂寞，可是她是那种懂得安排生活的人，并不太需要别人多余的挂心。

丁姐姐坚持要带米夏与我去吃最后一顿饭，又找了一个十三岁的中国小朋友作陪。

"不跟你客气，要去中国饭店内吃豆腐。"我说。

丁姐姐只要我肯吃，哪有不答应的，饭店内叫了一大堆菜，也算是份难忘的回忆吧！

夜间的拉巴斯是那么地宁静平和，在那多树的街道上谈话，散步，呼吸着完全没有污染的空气，走过一幢一幢透着灯火的小楼，我禁不住为自己的离去，留下了深深的怅然。

第二日早晨离去之前，与张文雄先生通了电话："张先生，不与你说再见是不能走的，再见了，谢谢一切！希望很快再见！"

旅馆看柜台的男孩子追了出来，喊了一声："快回来，一定要快回来！"便呆住了，好似要哭似的。

玻利维亚，我深爱的国家，在这儿，我得了自己同胞的情分，也得了你们珍贵的友谊，但愿再回来，重温一次如此的温馨和爱。

我的小读者们，玻利维亚的时光太匆忙，你们要求的座谈会来不及安排，亦是使我难过。

中国的好孩子，虽然身在异国，但是中文永远不要放下，这份美丽的文化，将是终身的享受和珍宝。天涯海角，我们彼此鼓励纪念吧！

智利五日

智利纪行

出了智利的海关，找不到旅客服务中心的柜台，我等了一会儿，看见海关的官员有一个已经不忙了，便请问他询问处的所在。

"别问我，我又不是的。"

一句冷冷淡淡的回答并没有将我吓到，厚着脸皮又问："请您告诉我在哪儿好吗？"

"外面！"

外面左边还是右边他没说，我道谢了便出来了。

许多计程车在揽生意，拿出参考书中的几家旅舍地址来问司机先生们，其中的一位不耐烦地说："你去旅客服务中心好了！我们又不是导游。"

我又道谢了，往旅客中心跑去。

那时太阳已经偏西，柜台内的小姐位子正好西晒，一副无精打采的表情。

"请给我看看旅馆名单好吗？"

她的手臂下便压着一张，略略移了几行，都是百元美金以上一日的。

"再低价一些的有吗？"

手臂又移下了些，露出六十元美金以上的一排。

"我可以付到四十美金一日。"我说。

她很特别地看了我一眼，那张纸一丢丢了过来，还是不说一句话。

"请问哪里可以换钱？"我再问。

"关了！"

"进城的公车有吗？"

"没有换钱怎么坐？"她说。

"可不可以——"

"不可以。"

我根本没有问完，她就说不可以，别再自讨没趣了，道谢离开。

在这儿，智利的首都圣地牙哥，不敢如同在哥斯达黎加的机场一样伸手向人讨零钱，因为感觉不同，也知道得不着什么的。

抵达秘鲁的那一站是深夜四点，身上没有当地钱，也没有旅馆，可是巴士司机热心服务，一直将我们转到有了安身之处才肯离去，那份照顾，回想起来便是感激。

因为旅程拖了好几个月了，体力渐渐不支，每一次的飞行，必然大晕呕吐，下机便很累了，很想快快躺下休息。

没有公车坐计程车也是可以的，挑了一家三十八元美金的旅馆，已是最便宜的了。

上了车，也没跟司机生气，他先发制人了。

"你的同胞在智利越来越多了。"

"是吗？我倒不晓得呢！"

"都是小气鬼，一毛不拔的。"

"中国人，是勤劳刻苦又和平的民族，我们不扰乱社会的。"我慢吞吞地说，心中对司机便不能有好感了。

"死要钱，赚那么多有什么用，不知享受生命的！"

"那只是你的看法而已！"我不想再说什么，心中计算着到了旅馆要多给这位偏见的人小账，免得他又骂中国人。

旅馆坐落在一条没有通路的死巷中，车子进不去，我先下车去看有没有空房间，为着跑快一些，手中一个放着全部旅行支票、现款美金、护照及机票的皮包便交给了米夏。

"拿好了！我先下车。"说完我便走了。

跑了没几步，一回头发觉米夏竟然也下车了，跟在我后面，双手完全空的。

"你——"我吃了一惊，眼光马上转向那辆车子。

那辆车没有停住，居然慢慢在跑开。

因为那条街是单行道，车子一时挤不上线，半个车身已经开出去了。

我来不及喊，反身就追，司机回头看了我一眼，仍要闯出去，我一下拍上了他的肩。

"你做什么？"我的脸大约也煞白了。

他的表情极冷极冷,眼看跑不掉,便停了。

"我们这儿下车吧!请您开行李厢。"

米夏这时也跟了过来,两人拿下行李,司机冷眼在一旁看。

"您的车钱,十三块美金,一共给您十六块,请数一下。"我的声音也僵硬了。

"谁说的,是二十五块。"他居然还有脸加。

"上车说好的。"我说。

"谁跟你说好的?二十五块!"

我看了这人一眼,也狠了下来,提起东西便往旅馆走,根本一块也不付。

他一直跟到旅馆内,我也不再理,要了房间,只对柜台说了一句:"请先替我付公定的价格给司机先生,一会儿再下来跟你们换钱。"

司机不敢拦我,只是喃喃地骂。

初抵智利,这一场惊吓固然是自己的粗心,可是那份委屈,却是机场便受了下来的。

放好行李已是夜间了,跟旅馆换了一点钱,带了米夏上街找饭吃。

在市中心一家生意好得不堪的餐厅里挤到一张桌子,吃完时一对父母带了三个小孩,就站在我们桌边等。

我看别人等得辛苦,拿起了桌上已经放着的账单便站了起来,好把位子让给别人。

这时收账的小姐不知哪里闯了过来,高声嚷着:"你为什么不坐着付账？如果每个顾客都像你，我们别开店了！"

"你的小账已经留在桌上了！"我慢慢地说。

这人仍是气冲冲的，瞪了我一眼，刷一下将钱收走，脸上绝对不会笑的。

"智利人好奇怪的。"米夏说。

"这是巧合，不能那么说。"我没趣地走出了餐馆，心中实在是有些不舒服。

圣地牙哥的市中心全是装潢极豪华的商店，车辆不能进入，商业区中许多长椅，坐满了人。

好不容易找到一个只有一位小姐独坐的长椅，我向她道了歉，在她身旁坐下来。

要是在别的国家吧，那个坐在正当中的人一定会挪开一点，叫米夏与我都坐得下，说不定还交谈两句，可是这位小姐就是不让。

"别坐了，难道还一左一右地坐她两边当保镖吗？"我对米夏说。

走了好大一圈，大都市内车水马龙，每一个人都很匆忙，衣着极考究，相对地神情也冷漠了。

看见复活岛的图片放在一家旅行社内，忍不住进去问问旅费，这个岛虽是智利的版图，却在来回大约八千公里的太平洋中。

旅行社的小姐根本不说多少钱，又是跟人不开心的样子，简简单单地说："很贵的。"

"有多贵呢？"我问。

"你要去吗?"她看了我一眼。

"可是有多贵呢?"我又问。

"这些游客没事做,专门来问,问了多半去不起。"这位小姐似笑非笑地跟她同事讲,也不看我。

我真是委屈了,也不回什么坏话,推开玻璃门走了出去。

没踏上智利的土地三小时,不愉快的人大概都碰全了。

回到旅馆时碰到打扫的妇人,跟她打招呼时我说:"智利的人好冷淡的,我的衣服干了就要走,这儿不欢迎我们,走了倒好!"

抵达旅馆时将牛仔裤都泡了水,衬衫也洗出来了,晾在浴室里。

"别那么说啊!可别一来就泄气嘛!"那个妇人急着说。

"你是智利人吗?"我笑了。

"百分之百啊!不要快走,明天旅馆买水果你吃!"

"衣服干了还是马上要走。"我固执地说。

那个妇人听了什么也不说,转身去她的工作房里拿了一盘水蜜桃和大串葡萄来,在我手中一放:"只有先给你吃了!"

这一来我不由得笑了。

圣地牙哥是南美第四大城,占地一百平方公里,人口近四百万,怎么能因为几次不通顺的接触便误解了它呢!

那一夜切切地想念秘鲁和玻利维亚,那儿的百姓手足似的亲密,住了一个多月也没不愉快,没有印地安人的地方便是不同了。

智利虽说在印加帝国时代,它的北边也入版图,可是今日的它，都市内印地安人看不见，西班牙、法国、德国及英国人来此移民的结果，使这狭长地形的国家成了几乎白人的土地。圣地牙哥首都更是一派欧化。

虽说这个七十五万六千多平方公里的国家确实不小，它的居民也只有一千一百万人。

这条如彩虹一般横在安地斯山脉和太平洋之间的土地，全长四千两百公里，而它最阔的地方只有一百八十公里。

圣地牙哥是一个在一五四一年便建造的城市，旧城气派，新城摩登，完善的都市计划，使得它的公园、大道、广场和树木整整齐齐，不但地面上交通方便，就是地下车，也是南美旅行各大城市中所没有的。

置身在一个如此的大城市里，生活指数当然增加，可是观察的方向与目的也就与安地斯山区不同，一样能够得益的。

这儿的男女可说是南美一路看下来衣着最讲究的，极年轻的孩子，一样穿西装打领带，少女不太穿平底鞋，大半高跟凉鞋，上面一件美丽的衣裙。民族风味不浓，而都市的气氛，实在如同置身欧洲，好似不再拉丁味了。

智利的葡萄酒在哥伦比亚时便已尝过，他们的水蜜桃世界第一，市场丰丰盛盛，街头看不见贫穷的人。

就是乞丐吧，少数几个奏乐乞钱的街头乐师里，竟然看到两个穿着全套西装，手戴日本表，甚而用电子琴在路边讨生活的。

事实上将音乐带上街头的人并不能算完全的乞者，他们的付出，欢乐了都市的人群，所得也是应当的。

每一家餐馆拿旅行的经验来说，实在比其他国家昂贵了很多，可是生意好到那个样子，令人不知它们报上的经济不景气是在说什么。

这些观念，在广场坐着时与一个青年人说起，他完全不同意我。

"你看见的智利是表象的！"

"才来三天，只能看见你们的市面和人民，就算是表面的，也要露得出来，其他的国家民风不说，经济的不景气、贫富的不均衡便是游客也瞒不住的。"我说。

"没有政治自由。"他说。

我手上恰好买了当天的报纸，翻出一段来，指着大标题笑问这人："你们明指自己的总统政治谋杀，却拿不出证据，这家报纸明天照样出刊，是不是一种自由？"

说起政治，这个在玻利维亚碰也不敢碰的话题，便是非常起劲了。

那位青年大学程度，在一家银行做事，听我如此解释自由，几乎被我气死。

智利在一九六四年到一九七〇年时本是一位左派思想的弗来伊总统当政，一九七〇年之后阿亦安得总统又走社会主义的路线。

那几年，政治技术和现实社会的不能配合，使得智利民不聊生。

一九七三年毕诺却将军接过了智利，成立军人政府，一直到现在。

选举，在这个国家要到一九八八年才被允许。

这是智利比较特殊的一种国情，与它的百姓，尤其是青年知识分子交谈时，躲不掉的话题。

切切地想去复活岛，可是路费太贵，一直犹豫，到了智利才知自己的血压太低，因此才会那么剧烈地晕车、晕机，甚而在电梯内上下也要昏眩。

药房的人非常好，免费量血压、开药，又翻了我的眼睑，说我可能贫血，也给了带铁质的维他命，什么都服下了，而昏眩的感觉不肯退，牙龈却开始灌脓发炎了。

米夏最怕我沿途闹小毛病，复活岛如果撑着去，先就增加米夏的心理压力，加上两个人的路费实该考虑，便放弃了这原先也不在计划中的一站。

智利的"自然历史博物馆"里有一样著名的东西，那是安地斯山脉中一个冰冻印地安小孩，是在距离圣地牙哥四十公里左右的埃·布罗莫的山巅发现的。

据说当年这个孩子是在一场对神的献祭里付出了生命，尸体因为长年埋在雪堆里，几百年后找出来时仍是完好的。坐了公车去博物馆，只有看见照片，没有看见小孩。

"请问冰冻孩子呢？"我问馆内的人。

"在修。"

"在哪里修？我远路来的，很想看看他。"

"同样的温度冻着呢！四月底会放出来展览的，现在不能看。"

有时候，我觉得自己也实在缠人，每入一个博物馆时，不去则已,去了问题特多。

不敢再找智利人讨厌,走了一圈博物馆便出来了。这儿的人像医生,不肯多讲话。

智利的博物馆不及墨西哥、哥斯达黎加、秘鲁,也不及玻利维亚,他们没有爱护这一份文化遗产。

公平地说,圣地牙哥实在是一极美又受到照顾的城市。

马波秋河由东到西贯穿全城,河边林荫大道,绿草如茵,都市中的人,沿河散步,那份大城的压力在同样的城内得到舒展。

除了市中心之外,它的住宅区内全是落叶老树,深夜里跟米夏跑过桥,到它没有人迹的空巷中去走,那时家家户户都已安睡了,只有树和幽暗的街灯照着寂静的空城,夏季快过去了,圣地牙哥的夜,一片秋凉。

因为一直头晕,口腔发炎,量了两次血压也没因服药而升高,我知道这是秘鲁和玻利维亚的剧烈奔波积下来的累,智利这站不敢跑远,计划一周之后便去阿根廷了。

智利也是带着介绍名片来的,当然不敢用。

最后两日的黄昏,在街上走着,背后不知何时有人一直用中文追着喊:"三毛,三毛!"

我转身,看见一个戴眼镜的中国青年很斯文地站在那儿。

原来是台湾来的,在这儿做生意的好孩子。

交谈之下,这位青年一再邀我和米夏去家中晚餐,我坚持不肯,觉得已经受恩太多,每到一处,只要碰到中国同胞,必是被接待得太好，这份情，还不完，积在心中要罪过的。

"我父亲很想看看你，吃饭不重要，大家谈谈话才是主要的，好吗？"那位同胞又说。

听见他提出父亲来，我倒为难了，毕竟长辈在中国还是为大，他想看我，怎能拒绝呢？

"我叫王铠男，这是我的片子。"他递上来，又说，"我的妹妹叫王铠珠。"

这回该我喊了："铠珠不是我马德里的女友吗？"

原来是女友的哥哥，还有父亲、嫂嫂都在智利，这顿饭便不推却了。

"过一小时来。"我说。不敢贸然便跟去吃饭吓人，还是请铠男先回去说的好。

"找得到吗？"

"有地址就好找！一会儿见！"我说。

"你看，有同胞就有饭吃，做中国人好不好？"我笑着对米夏说。

米夏最爱吃中国菜，这一路在食物上我没有委屈，他却常常要吃中国饭店，一般南美菜不合心意的。

女友的父亲当然要尊称一声王伯伯，见面时上车便喊，王伯伯非常欢喜，虽然他看上去实在是太年轻了。

铠男的太太延莲是韩国华侨，那一日，吃到许多好菜，最中意的却是她做的韩国泡菜。

他乡遇同胞，喝了许多葡萄酒，谈到深夜才散。

"林享能主任那边去了没有呀？"王伯伯问。

林先生是台湾派驻智利贸易中心的代表，我的行李中便放了介绍名片，可是他那么忙碌的人，不敢打扰，当然没有脸去麻烦他。

"不敢去。"我说。

"明天我跟你联络。"王伯伯说。

联络了便马上必有爱护，这令人急不急？

已经债台高筑了，一路便是同胞的爱，他们慷慨付出，我又如何平白受恩？

次日走路去王伯伯的商店拿《联合报》，并不知中午又有饭吃，结果王伯伯说我们已经被"新闻局"的代表曾茂川先生请了去吃饭。

听说台湾"奥运会主席"沈家铭伯伯也来了智利，中午会见到他，我看自己穿的是一条工装蓝布裤，便要赶回旅舍去换。

"沈伯伯一生为体育辛劳，我换一条布长裙子去，也算是对他的尊敬。"说着便往旅舍跑，米夏也跟着跑。

已是正午了，跑得满身大汗回去，换了衣服便叫计程车，下车又到王伯伯的地方，米夏突然很难堪地说，临时交给他拿的那一小口袋支票和现款完全忘在旅馆他房间的桌上了。

王伯伯听了紧张，车子又开入市中心去挤，拿到那个小口袋出来，时间已是不早了。

曾先生在住宅区的入口处接我们，舒适的房子，能干的太太，一屋子的客人，一大桌的菜都在等我们。

在那儿，不但认识了沈伯伯，还有林主任夫妇、李寒镜先生、魏先生与他美丽的太太，更大的惊喜是秘鲁才分别的王允昌主任，我的西班牙学长，竟然又在智利见面，看见他，高兴得叫了起来，真想念那边的一群朋友，急着问安。

吃饭时我一直在对自己说，那些负担全部放下吧！如果同胞们乐于照顾我，不如从此坦然接受，安不安心都是要受宠爱的，何必跟自己那么过不去呢？

讲了很多遍，还是没有什么效果，麻烦别人总使我羞愧难安。

王伯伯周末并没有休息，陪着我们又去林主任的家，在那儿，黄贵美老师——文化大学的同学那么称呼林夫人，又给了我们最热忱、亲切的欢迎和接待。

林家三个孩子国外长大，《联合报》来了一样抢着看，中文一直没有荒废。

夜间李寒镜先生家中宴客，请沈家铭伯伯、王允昌先生、许许多多智利的来宾，也一定要米夏与我参加。

当大家都在尽力为台湾做事的时候，我这无用的旅人便是夹在里面吃。

中国的太太个个是能干的，那一夜不知多少客人，菜就没有吃完过，全是主妇幕后的功劳。

本以为一日的骚扰已是饱和，恨不能自己快快消失，省了别人的累。我自己也被那份歉疚的心情弄得快折死。

第二日，曾茂川先生全家，还有王伯伯、米夏与我，又开长途车去海边了。

这都是路上被王铠男一喊喊出来的一场大乱,总是怪三毛了!

海边回来,文化大学在此的学弟陈吉明夫妇前一日已转请黄贵美老师约了,要我去外面晚饭。文化的同学便有这份团结友爱,太客气了。

旅馆下楼来,我的读者朋友,另一对年轻的夫妇打听到旅舍,便是要相见!

"时间太匆忙,不能说话,明早上飞机前再去你们的商店拜望。"我匆匆忙忙地说。

丢下了才到旅馆的读者,心中过意不去,拿了名片便分手了,次日当然去一趟。

那个夜晚,林主任、黄老师、曾先生、陈吉明、廖玉瑟和我又抢时间聚了一次,到了深夜才回去。

智利的最后两日,同胞的温情潮水而来。

上机前曾先生夫妇陪去吃饭的中国饭店的主人钱维国叔叔又是不肯收钱。

钱叔叔在梨山的农场是天文、天心他们常去的,后来说是钱叔叔全家出国,去了玻利维亚的。

曾先生无意间说起有家中国饭店内的北方面食好,我一猜便是朱西甯先生的那位好友,定要见面相问,结果却是猜中了。

曾先生是极谈得来的理想青年,曾太太性格跟我相近,他们诚意陪伴,我心中只有感谢接受。

时间很紧凑,与曾先生在车子内还在拼命计划如何宣传台湾,那时黄贵美老师也上了车,一路开到机场,不让她送是没办法的,只有感谢。

眼看自己又一次劳师动众,深恨自己的麻烦,这份情感的债,不是挥挥手便能忘却,永远深植在心中,有机会时报答在另一个同胞的身上吧!

情人

阿根廷纪行

载着我们的大巴士在开过了整个早晨时光的大平原之后，终于转入一条古木参天的林荫大道上去。

进口处没有木栅，看不到人迹。

一棵古树上钉着块小木牌，上面写着"**恬睡牧场**"。

夏日晴空下的草原散落着看似玩具的牛羊，地平线的尽头一幢幢淡成骨灰色的小屋冒着青烟，树林边无缰的骏马成群，一只快乐的黑狗在草地上追逐，而那条贯穿牧场的小溪，丝带般地系住了这一片梦土。

路的最底端，扬起了沙尘，几匹骏骑迎着我们狂奔而来。

车上的游客一阵骚动，都趴出窗口去摇手，长途的累一霎间已消失了。

我的窗口什么时候已经有了骑马的人，那些马匹肌肉的美令人炫目。

牧场的名字便如眼前的景色一般地甜美而不真实，人间哪里可能还有这样的乐土？

面对着已经进来的牧场，我仍是不信，望着那些有血有肉的"高裘"，怎能明白他们也是如我一般的人呢！

一时里，我的心被一阵巨大柔软的欢乐淹过，生命的美，又一次向我证明呈现。

别人急着下车，我的双手托住下颚，动也不敢动，只怕一瞬眼，自己要流下泪来。

一生里梦想的日子，不就是明白放在这儿吗？

骑在马背上的一个人，就在注意地看我，那么锐利的目光，便是在树荫下也是灼人。

"下来啊！还在睡觉吗？小姑娘！"导游在草地上喊着。

我的样子在外国人的眼里确是一个工装裤梳辫子的小姑娘，谁又知道我心里在想什么呢！

理理衣服，最后下了车，骑马的那个人一勒缰绳，弯下腰来扶我，我的手从他手中滑过，对他笑了一笑。

参加旅行团出来做一日的游览，在这四个半月的长程旅行中尚是第一次。

阿根廷这一站只想看牧场，私人没有门路，不得已请旅行社给安排，说好必要有马骑的地方才去。

买票的时候我一再地问，是不是行动受制的，如果非得跟着导游走，那么便不参加了。

"只要吃午饭的时候你回来，其他表演如果不想看，可以自由，不拘束你啦！"

导游小姐见我下车,立刻又对我表明了一次,态度非常和气又愉快的。

下了车,早有一群"高裘"弹着吉他,在一大排炭火烤着的牛排、羔羊、香肠的架子边高唱起草原之歌来。

远远的树林里站着上好鞍的骏马,正午的阳光并不炎热,一团一团铜板似的洒落在静静吃草的马群身上。

周围的一大批游客,包括米夏在内,大都进入了一个草棚,去喝冰冻的葡萄酒和柠檬汁去了。

我不急于去骑马,注视着"高裘"们的服装,目不转睛地看着他们。

"高裘"是阿根廷草原上一种特别的居民,早先这个字的意思,等于是"没有父亲的孩子。"

一五八〇年时,西班牙人阿里亚斯在南美阿根廷这片近三百万平方公里的土地上移进了牛群。

当时因为管理的困难,牛群四散蔓延生长,终于变成了上万的野牛。

那时候,一种居所不定的人,叫做"高裘"的,开始跟着野牛一同生活,不放牧,不占土地,逐水草而生。他们的生活方式演变到今天,已成了大牧场中牛仔生活的代称。

"高裘"们到现在仍穿着古式黑色的上衣,同色的灯笼长裤,腰扎缀满银币的阔皮带,脚蹬牛皮靴,背后插得一把手肘般长银鞘刀,右臂圈着牛筋绳索,头上一顶呢帽及脖上系着的手绢永远跟着。

那块厚料子中挖一个洞,套头穿下的"蹦裘"在冬天是外衣,在寒流的原野,也是睡觉的毯子。

除了这些东西之外,大草原中讨生活的他们,一匹骏马之外,可能也只有一把吉他了。

过去的高裘没有家庭,没有固定的女人,到处留情的结果,又产生了一群没有父亲的孩子。

我喝了两大杯紫红色的好酒,便问米夏去不去骑马。

"太阳晒,再说骑了马明天要酸痛死的!"

"先享受再说嘛!不痛也没有快乐了,是不是?"

"不去!"他说。

"那我去了啊!一会儿你来替马和我照相噢!"

我离开了人群,向那些马儿跑过去。

寂寂的草原上听不见自己的足音,马儿们见我去了,起了轻微的骚动。

"不要怕,好宝贝,来,来——"我轻轻地靠上去,贴着一匹棕色的马低低说话。

"不怕,不怕,乖!"试着用手慢慢抚过马鼻,它不动了。

双手环上去亲吻马,它贴着我好舒服的样子,大眼睛温柔地一溜一溜偷看着我。

"我们去玩,你带我,好不好?"我问。

马儿不说话,又贴近了我一点,我解下了系着的马缰,爬到铁栏杆上,再扳住马鞍,一下子跨上去了。

"走吧!好孩子!"我拍拍马,两个便在阳光下小跑起来。

那匹马并不知有几岁了,也许因为天气对它仍是太热,跑得不烈,最后干脆慢吞吞地在那一大片蓝天下散起步来。

不勉强马儿载着我快跑,坐直了身子,让草原的轻风畅快地吹拂着,一颗心,在这儿飞扬起来。

四周什么也不见,苍鹰在高高无云的天空打转。

那个人奔驰而来的时候先在草原上带起了一阵轻烟,他的领巾在风里抖动得如同一只跟着飞翔的白鸟,马蹄狂翻的声音远远便能听见,直直地往我追上来。

眼看又是下车时钉住我看的那个"高裘",我一掉头,便不看他了。

那匹大马哗一下冲过我,手中高举的鞭子呼地打在我背后,结结实实一鞭。

他打我的马。

马吃了鞭子,嘶叫了一声,我一拉紧缰绳,它干脆站立起来,这时我也狂叫了。

前面的人听见我喊,勒住了马,见我并没有跌下来,一转身又跑,我的马疯狂地追了上去。

追逐的马怎么也收不回,任着它奔腾,不知自己在什么时候会滚下马背。

前面那匹马跑进了树林,我见那些低垂的枝桠越来越近,一低头抱住了马的脖子。

"呀——救命——"

那人就在我冲进去的地方站着,伸手一够我的马缰,马硬刹住了,蹬着蹄子呼呼喘气。

"我不会骑马的,你怎么开这样的玩笑?"

吓得全身发抖,要哭了似的叫着。

那个高裘勒马过来,递上一条手帕,我啪一下打开了他,滑下马背,抱住一棵树咳个不停。

"对不起!"

"你故意的,走开!滚开!"

他凝视了我好一会儿,脸上丝丝地笑着,也不再说话,拎起尚在挣扎的我,往那匹空马上一丢,自己悠然地出了林子,头都不再回一下。

吃中饭的时候我坐在长桌最边上的一个,高裘们开始弄吉他,气氛非常热烈,葡萄美酒大壶大壶地传上来。牧场里的宴会,粗粗犷犷的大盘牛排带血地放满了长桌。

"今天第一首阿根廷的民歌,是我们中间的一个高裘,特别指定送给一位中国女孩子的,向她献上最真诚的欢迎——"

听见吉他手那么说,也没抬头,不知他是指的谁,四周便响起了掌声。

"中国女孩,就是你嘛!"导游西维亚指着我叫。

我放下了刀叉,站起来举举双手,算做答谢,那首情歌便在空空朗朗的草原上荡着飘下去,也不知谁送来的。

远远大树下一张小方桌特别铺了白桌布,一张椅子等着人来,不是游客的位子。

那个打我马的人，大家都没注意的时候在那单独的桌子前坐了。立刻有烤肉的茶房拿了一份酒和牛排上去。

我看了那人一眼，远远地他向我悄悄举了一下酒杯，轻微得只有我们两人知晓。

这一顿长长的午餐便是再也不肯看他了。

其实，那是一个非常神气的人。

马术表演热热闹闹地在草原里展开，满场狂奔的马匹又引来了一群无鞍的马，不知何处冲来那么多条猎狗，跟着这场喧哗吠叫。

我坐在一只木箱上，远远地离开了观众，身后几十棵巨大的尤加利树，密密地落下一片荫凉。

那匹穿饰得特别华丽的马并不在表演。

我悄悄地一回头，又看见他骑在马上，站在林荫深处，望着我出神。

我们对视了很久，谁都不肯动。

他轻轻一策马，移到我身边来。

马蹄再移一步便要踩上我了，我站起来，靠到树干上去，瞪了他一眼。

四周的喧哗突然听不见了，树林里静得只有沙沙风吹的声音。

"上来吧！"他轻轻地说。

我犹豫了一会儿，又接触到他的眼光。

我不说什么，将木箱竖直了，站在它上面，也不动也不求他。

他弯腰下来一提,我上了他的马背。

这个人乘势亲了一下我的头发。

"抱住我。"他说。

我顺从地做了。

那匹马踏着小跑步,绕过树林,慢慢地离开了看表演的人群。

"喜欢牧场吗?"

"太喜欢了!"我叹了口气。

"喜欢高裘们吗?"

"你算一个真正的高裘吗?"

"当然,孩子,一生都是的啊!"

"我却不是孩子。"我说。

那人勒住了马,转过身来,握住我的手,静静地看着我,深深地看进我的眼里去。

"你这种女人,对马说话的样子,天生该是一个'高恰',孩子,我一直在观察你呢!"

"没有高恰的,只有牧场男人叫高裘,女人没有的。"我笑了起来。

"哪里学的西班牙文?"他问。

"马德里。"

"你知道,在阿根廷,一般如我们的乡下人怎么叫自己的太太吗?"

"China。"我说,想到玻利维亚魔鬼们的太太也发这个音,不禁笑了。

"你愿做一个 China 吗？"

"本来就是一个中国女人嘛！"

他玩文字游戏，便不好讲下去了。

"带我去看牛。"我拍拍马，马小跑起来。

"带你去一个地方——"

"树林不去的。"我说。

"不是——"

这人纵马跑着，不再说话。

跑到河边他不停步，进入完全密封了的大柳树，穿过花花的流水，涉了过去。

是不是每星期一次的旅行团来，在他的马背上必有一个不同国籍的女人呢？

想到自己可能只是别人收集的一个数目，就想下马走路算了，一时里非常后悔自己的轻浮。

"这个地方平日没有人来，就连牧场上的人也不过来的。"他说。

又跑了许多路，一幢维多利亚时代建筑的大房子巨人般地呈现在寂寂的草原上。

他停住了马，远远地站着。

那幢楼房不能否认的是一个人间的梦魅，静静地立在地平线上，四周的百叶窗全下着，午后的阳光下，一份凝固的死寂。

"喜欢吗？"

"很喜欢，非常喜欢。"

我快要哭起来了,这一切,于我都是平日生活里不可能看见的幸福!

"我们走近去看!"他慢慢骑过去。

这个人萍水相逢,可是他知道我,知道我心中要的是什么。

"是不是每周一次的游客参观你都加这么个节目?"我说。

他停了马,转过身子,微微笑了一下。

"孩子,我对你特殊,你怎么反而轻看自己了?"

"这幢房子是谁的?"我问。

"牧场主人,连带这一千公顷的土地和牛羊,我们不是靠游客吃饭的——"

"谁是牧场的主人?"

"贾莫拉先生。"

"不住这房子里了?"

"太太死了,孩子散了,他一个人什么地方也能住,房子,是不必了。"

"那干脆走掉算了,什么也不带。"

"牧场是他的生命,你懂吗?"

怎能不懂呢!高裘失了草原,还算是高裘吗?高裘不骑马,难道去城内坐公共汽车吗?

他们是特殊的一种人,离开了马匹、牛群和天空便活不下去了吧!

"这个牧场,来过很多的旅行团参观,他们要看的,只是那些表演,对于土地的爱和感动,没有几个人——"他说。

"我——"

"你不是的,因此带你上了马背,还不明白吗?"

我沉默着,靠在他的背上,马儿将我载着越走越近那幢房子。

"做一个高裘,是快乐的,虽然别人眼中的这种旷野生活,以为艰苦。"

"我喜欢。"

"知道你喜欢,住下来,三五年便离不开了。下来吧!"他下了马,将我接下地。

"看房子去吗?"我有些吃惊。

那人也不说话,掏出一大串钥匙来。

"你怎么能有钥匙?我是不进去的。"

"不想看吗?"他淡淡地问。

"主人不在。"我坚持不进去。

"也好!"他是索然了,可是掩饰得好。

"想看什么?"

"牛群。"我说。

"很远的。"

"没关系。"

他轻轻打了一鞭子马,载着我往天边奔去。

一路上我们没有再说话。

"累了,放我下来!"看过了牛群已不知离开烤肉的地方有好远了。

"那边,竖着一个直木干的地方,有一口活井,喝些水来便不会累了,我在这儿等你。"

说着他下了马,将脚环给我调整到踏得稳的高度。

"我一个人骑?"

"试试看,不要怕,你会喜欢的。"

他轻轻一打马,我便向黄昏草原那颗血红的太阳里奔了进去。

这是他引诱女人的一种方式,绝对不要上当,有的女人不能这种方法,对我,却是完全猜中。

斜挂着的太阳怎么也追不到,我呵叱着那匹骏马,也不喝水,尽情地在旷野里奔驰。

恬睡牧场,你是你,我是我,两不相涉,除非我坠马,从此躺在这片土地上,不然便不要来弄乱我平静的心吧!

马跑得累了,转身去找它的主人,无云的天空下只有马蹄的声音重沉沉地响着。

距离尚很远,他的目光是绳子,一步一步将我收过去。

我的头发散了,趴在马背上不能动弹。

"来——"他伸出了手臂。

"骑得好,怕不怕?"将我托下了地。

我摇摇头,走到一片草上去,扑在它上面默然不语。

"孩子,你会回来吗?"身后有人问我。

我摇摇头。

"这是适合你的一种生活,来做一个马上的高恰吧!"一只手温柔地替我梳理头发,扎头绳。

我再摇头。

"跟住我,住在牧场上,肯吗?"

"你不知我是谁。"

"我知道你会成为一个好高恰,想一想!嗯!"

不能想,这个牛仔疯了。

"我们回去吧!"我说。

他先抱我上马,上了一半,又在我发际亲了一下。

"你住布埃诺斯·埃宜勒斯的哪一家旅馆?"

"佛罗里达之家,很小的一间旅馆。"我说。

"什么时候走?"

"五天以后去乌拉圭。"

"明天晚上七点我来找你,一起开车去兜风好吗?"

我犹豫了一会儿,才说:"好的。"

"给我五天的时间,留住你——"

"留住了又怎么样?"我说。

"牧场是你的。"

这个人是疯子还是谁?

我不说什么,任着他将我带,双手环在他的腰上,一直跑到来着的那群人里去。

"失踪的人回来啦!以为绑架走了呢!"

导游喊着跑过来,我靠在那人的背上不语。

"再绕一圈就下,好吗?"那人问我。

我方一点头,他狂鞭一下马,口里一阵长啸,这一回拉紧了马缰,那匹马直直人站起来,一次不够,又拉一次,再一次不够,又拉一次,马嘶叫得壮烈,人群也惊叫退后了。

然后他一低身体,对我喊:"抱紧了,我们跑呀!"

牧场上的人影远了,马背上只听见呼呼的风声,双手紧紧抱住前面的人,他一面狂驰,一面喊叫着,好似这一午后的情怀便要在这飞翻的马蹄里踏出一个答案来——

"爱我吗?"他问,风里的叫声如吼。

"不爱——"我喊着。

他又鞭了一下马,我吓得狂喊不停。

那一个世纪长的奔驰,我一直抱着他。

回到游览车旁,他终于慢下了马,我问他:"能不能下来了?"

他一跳下马,伸手将我一拉,当着众人紧紧地抱住我,不肯放手。

"明天在旅馆等我?"

"你当真?"

"你不当真?"

我看着他,慢慢地又说:"你连我是谁都不知道,别再开这种玩笑了。"

如果我认真,他又如何?他根本知道要受拒的。

"爱的是这种生活和环境,不是你。"我说。

"我知道,我又是谁呢?"他轻轻地说,环着我的双臂松了。

"你是贾莫拉,这个牧场的主人,一个到处留情的骗子。"

他听见我喊出了他的名字,微微一愣,歪着头苦涩地笑了。

"不如说是一个寂寞的老头子吧!"

"年纪不是问题,如果愿意,我会留下的。"

我急了,喊了起来。

他不说什么,拉着马踱开去。

导游西维亚什么时候靠过来了。望着那个背影说:"贾莫拉先生今天发疯了。平日的他根本不理游客的,很孤独的一个高裘!"

我讶异地看着她。

"真的,他对你很特殊,连吃饭都在我们旁边加了桌子。便是要在你身旁——"

"平常——"

"什么平常?来了好多回了。他来看一看就走。还有带人去骑马的事吗?"

我听了这话便去追他,这时候他戴上了眼镜,一下显得苍老了。

"我来跟你说再见!"

"再陪我走一段?"

"好——"

"下次你再回来,我不知活不活了。"

"人是永生的,不要这么说。"

说着我忍不住亲了他一下面颊。

"你叫什么名字?也好以后常常在心里唤你。"

这个高裘真是疯狂,我却没有一丝怪责。

"我叫China！"我说。

巴士车发动了，一群群高裘骑在马上相送，跟着慢慢开出牧场的车子挥手狂跑。

那时的贾莫拉先生又在马上了。

黄昏的草原在他身后无尽地铺展下去，那副昂然挺伸的身躯在夕阳西下的霞光里成了一个不动的小点。

你从哪里来

闹学记之一

当我站在注册组的柜台前翻阅那厚厚一大沓课程表格时,已经差不多知道自己那种贪心的欲望为何而来了。

我尽可能不再去细看有关历史和美术的课程,怕这一头栽下去不能自拔。

当当心心地只往"英语课"里面去挑,看见有一堂给排在中午十二点十五分,一次两小时,每周三次。学费九十六块美金一季。老师是位女士,叫做艾琳。至于她的姓,我还不会发音。

"好,我注这一门。"我对学校里的职员说。

她讲:"那你赶快注册,现在是十二点差一刻,缴了费马上去教室。"

"现在就去上?"我大吃一惊,看住那人不动。

"人家已经开学十几天了,你今天去不是可以快些赶上吗?"那位职员说。

"我还没有心理准备。"我说。

"上学还要心理准备！不是你自己要来的吗？"那人说。

这时，我看了一下手表，开始填入学卡，飞快地跑到另一个柜台去缴费，再跑回注册组把收据送上。听见那人对我说："D幢二〇四教室就对了。"

我站在校园里举目望去，一个好大的D字挂在一幢三层楼的墙外。于是，在西雅图冬季的微雨里，往那方向奔去。

找到了二〇二，也找到了二〇六，就是没有二〇四。抓了好几个美国学生问，他们也匆忙，都说不晓得。

好不容易才发觉，原来我的教室躲在一个回字形的墙里面，那回字里的小口，就是了。

教室没有窗，两个门并排入口，一张椭圆形的大木桌占据了三分之二的地方，四周十几张各色椅子围着。墙上挂了一整面咖啡色的写字板，就是一切。那不是黑板。

在空荡无人的教室里，我选了靠门的地方坐下，把门对面，我心目中的"上位"留给同学。

同学们三三两两地进来了，很熟悉地各就各位。就在那时候，来了一位东方女生，她看见我时，轻微地顿了那么十分之一秒，我立即知道——是我，坐了她的老位子。

我挪了一下椅子，她马上说："不要紧，我坐你隔壁。"她的英文标准，身体语言却明显地流露出她祖国的教养，是个日本人。

那时候，老师还没有来。同学们脱帽子、挂大衣、放书本、拖椅子，一切都安顿了，就盯住我看个不停。

坐在桌子前端的一位女同学盯得我特别锐利。她向我用英文叫过来："你从哪里来？"我说:"中国。"她说:"哪个地方？"我说:"台湾。"她说:"台湾什么地方？"我说:"台北。"她说:"台北什么地方？"我说:"南京东路四段。"

这时，那个女同学，短发、刘海、深眼窝、薄嘴唇的，站起来，一拍手，向我大步走来。我开始笑个不停。她必是个台北人。

她把那个日本同学推开，拉了一把椅子挤在我们中间，突然用国语说:"你像一个人。可是——怎么会突然出现在我们这种小学校里呢？大概不是。我看不是——"

"随便你想了。"我又笑说，"等一下我们才讲中文，你先坐回去。"她不回去，她直接对着我的脸，不动。

这时候同学们大半到齐了，十二三个左右，女多男少。大家仍然盯住我很好奇地一句又一句:"你是谁？你从哪里来？中国人？纯中国人？为什么现在才来……"

这全班都会讲英语，也不知还来上什么英语课。人种嘛，相当丰富。却是东方人占了大半，当然伊朗应该算东方。只个棕色皮肤的男生说是南美洲，巴西上来的。还有一个东欧人。

那时，老师进来了。

她的身体语言就是个老师样子。进门大喊一声:"嗨！"开始脱她的外套。这一看见我，又提高了声音，再叫一声——"嗨！"这一声是叫给我的。我不习惯这种招呼法，回了一句:"你好吗？"

全班人这一听，稀里哗啦笑得前俯后仰。

"哦——我们来了新同学。"老师说着又看了我一眼。她特别给了我一个鼓励的微笑。

那时，我也在看她。她——

银白色齐耳直发、打刘海、妹妹头、小花枣红底衬衫、灰蓝背心、牛仔过膝裙，不瘦不胖不化妆。那眼神，透出一种忠厚的顽皮和童心。温暖、亲切、美国文化、十分的人味。

我们交换眼光的那一霎间，其实已经接受了彼此。那种微妙，很难说。

"好！不要笑啦！大家把书摊出来呀——"老师看一下手表喊着。我也看一下手表，都十二点半了。

我的日本女同学看我没有书，自动凑过来，把书往我一推，两个人一起读。

一本文法书，封面写着："经由会话方式，学习英文文法。"书名：《肩靠肩》。我猜另有一本更浅的必叫《手牵手》。

"好——现在我们来看看大家的作业——双字动词的用法。那六十条做完没有？"老师说。

一看那本书，我松了一口大气；程度很浅，就不再害怕了。

"好——我们把这些填空念出来，谁要念第一条？"

"我。"我喊了第一声。

这时大半的人都在喊："我、我、我……"

"好——新来的同学先念。"老师说。

正要开始呢，教室的门被谁那么砰的一声推开了，还没回头看，就听见一个大嗓门在说："救命——又迟到了，真对不起，这个他妈的雨……"

说着说着,面对老师正面桌子的方向涌出来一大团颜色和一个活动大面积。她,不是胖。厚厚的大外套、双手抱着两大包牛皮纸口袋、肩上一个好大的粗绳篮子,手上挂着另外一个披风一样的布料,臂下夹着半合的雨伞。她一面安置自己的全身披挂,一面说:"在我们以色列,哪有这种鬼天气。我才考上驾驶执照,雨里面开车简直怕死了。前几天下雪,我惨——"

我们全班肃静,等待这个头上打了好大一个蝴蝶结的女人沉淀自己。

她的出现,这才合了风云际会这四个字。

那个女人又弄出很多种声音出来。等她哗叹了一口气,把自己跌进椅子里去时,我才有机会看见跟在她身后的另一个女人。

那第二个,黑色短发大眼睛,淡红色慢跑装,手上一个简单的布口袋,早已安静得如同睡鸟似的悄悄坐下了。她是犹太人,看得出——由她的鼻子。

"好——我们现在来看看双字动词——"老师朝我一点头。

我正又要开始念,那个头发卷成一团胡萝卜色又扎了一个大黑缎子蝴蝶结的女人,她往我的方向一看,突然把身体往桌上哗地一扑,大喊一声:"咦——"接着高声说:"你从哪里来的?"

那时,坐在我对面始终没有表情的一位老先生,领先呀的一声冲出来。他的声音沙哑,好似水鸭似的。这时全班就像得了传染病的联合国一般,哈哈哈哈……哈哈哈哈……哈哈哈哈……

"好——不要再笑了。"老师喊。

我发觉,我们的老师有一句口头语,在任何情况之下,她都只用一个方法来制止或开头,那就是大喊一声:"好——"

老师一指我,说:"好——你来做第一题。"一听到那个好字又出来了,我瞪住书本咯咯吱吱地抖得快抽筋。这时笑气再度扩散,原先憋在全班同学胸口的那股气,乘机爆发出来。

大家东倒西歪,教室里一片大乱。

"好——今天我们那么开心,课就先不上了。"

老师想必很怕热,她把那件背心像用扇子似的一开一合地扇。这时大家喊:"不要上啦!不要上啦!"

"好——我们来自我介绍,新同学来一遍。"老师说。

我说:"不行,这么一来你们认识了我,我又不认识你们。"

"好——"老师说,"全体旧同学再来一遍自我介绍,向这位新同学。然后,这位新同学再向大家介绍她自己。行不行?"

全班听了,纷纷把文法课本啪啪地乱合起来,又弄出好大的声音。

以前在开学第一天自我介绍过了的人,好似向我做报告似的讲得精简。等到那个不大肯有表情的米黄毛衣老先生讲话时,全班才真正安静了下来。

"我叫阿敏,是伊朗人,以前是老国王时代的军官,后来政变了,我逃来美国,依靠儿子生活。"另外两个伊朗同学开始插嘴:"老王好、老王好。"

对于伊朗问题,大家突然很感兴趣,七嘴八舌地冲着阿敏一句一句问个不停。阿敏虽然是军官,英文毕竟不足应战,我我我地答不上话来。

那个伊朗女同学突然说:"我们还有一个坏邻居——伊拉克,大混账……"

全班三个伊朗人突然用自己的语言激烈地交谈起来。一个先开始哭,第二个接着哭,第三个是男的阿敏,开始擤鼻涕。

我说:"我们中国以前也有一个坏邻居,就是——"我一想到正在借读邻居的文法书,这就打住了。

老师听着听着,说:"好——现在不要谈政治。新同学自我介绍,大家安静。"

"我嘛——"我正要说呢,对面那个还在哭的女同学一面擦眼睛一面对我说:"你站起来讲。"

我说:"大家都坐着讲的,为什么只有我要站起来?"

她说:"我是想看看你那条长裙子的剪裁。"

全班乘机大乐,开始拍手。

我站起来,有人说:"转一圈、转一圈。"我推开椅子,转一圈。老师突然像在看西班牙斗牛似的,喊了一声:"哦类!"

我一听,愣住了,不再打转,问老师:"艾琳,你在讲西班牙文?"这时候,一个日本女同学正蹲在地上扯我的裙子看那斜裁功夫,还问:"哪里买的?哪里买的?"

老师好得意,笑说:"我的妈妈是英国移民,我的爸爸是墨西哥移民,美国第一个墨西哥民航飞机驾驶师就是他。"我对地上那个同学说:"没得买,我自己乱做的啦!"

"什么鬼?你做裙子,过来看看——"那个红头发的女人砰一推椅子,向我走上来——她口中其实叫我——你过来看看。

"好——大家不要开始另一个话题。我们请这位新同学介绍自己。"老师说。

"站到桌子上去讲。"那个还在研究裁缝的同学轻轻说。我回了她一句日文:"请多指教。"

"好——"我说,"在自我介绍之前,想请教艾琳一个重要问题。"我坐了下来,坐在椅子上。

"好——你请问。"老师说。

"我问,这个班考不考试?"我说。

老师沉吟了一下,问说:"你是想考试还是不想考试呢?"她这句反问,使我联想到高阳的小说对话。

"我不想考试。如果你想考我试,那我就说再见,不必介绍了。"我说。

这一说,全班开始叫:"不必啦!不必啦!"

那个蝴蝶结正在啃指甲,听到什么考不考的,惊跳起来,喊说:"什么考试!开学那天艾琳你可没说要考试——"

艾琳摊一摊手,说:"好——不考试。"

这一说,那个巴西男孩立即站起来,说:"不考?不考?那我怎么拿证书?我千辛万苦存了钱来美国,就是要张语文证书。不然,不然我做事的旅馆要开除我了——"

蝴蝶结说:"不要哭,你一个人考,我们全部签字证明你及格。"

巴西男孩不过二十二岁,他自己说的。老师走过去用手从后面将他抱了一抱,说:"好!你放心,老师给你证书。"

这才开始我的自我介绍了。教室突然寂静得落一根针都能听见。

我走上咖啡板,挑出一支黄色短粉笔,把笔横躺着画,写下了好大的名字,宽宽的。

我说,在我进入美国移民局的当时,那位移民官问我:"你做什么来美国?"我跟他说:"我来等待华盛顿州的春天。"那个移民官笑了一笑,说:"现在正是隆冬。"我笑说:"所以我用了等待两字。"他又说:"在等待的这四个月里,你做什么?"我说:"我看电视。"

说到这儿,艾琳急着说:"你的入境,跟英国作家王尔德有着异曲同工之妙。美国税务官问王尔德有什么东西要报关,王尔德说:除了我的才华之外,什么也没有。"这时几个同学向老师喊:"不要插嘴,给她讲下去呀!"

老师又挤进来一句:"他报才华,你等春天。"

大家就嘘老师,艾琳说:"好——对不起。"

"好——"我说,"我不是来美国看电视等春天的吗?我真的开始看电视。我从下午两点钟一直看到深夜、清晨。我发觉——春天的脚步真是太慢了。"

我看看四周,同学们聚精会神的。

"我去超级市场——没有人跟我讲话。我去服装店——没有人跟我讲话。我去公寓里公共的洗衣烘衣房——有人,可是没有人跟我讲话。我去邮局寄信,我想跟卖邮票的人讲话,他朝我身后看,叫——下一位。我没有人讲话,回到公寓里,打开电视机,那个《朝代》里的琼考琳丝突然出现,向我尖叫——你给我闭嘴!"

同学们开始说了:"真的,美国人大半都不爱讲话,在我们的国家呀——"

老师拍拍手,喊:"好——给她讲下去呀!"

我说:"于是我想,要找朋友还是要去某些团体,例如说教堂呀什么的。可是华盛顿州太美了,大自然就是神的殿堂,我去一幢建筑物里面做什么。于是我又想——那我可以去学校呀!那时候,我东挑西选,就来到了各位以及我的这座社区学院。"

一个同学问我:"那你来西雅图几天了?"

我说:"九天。"

蝴蝶结慢慢说:"才九天英文就那么会说了!不得了。"

这时候,大家听得入港,谁插嘴就去嘘谁。我只得讲了些含糊的身世等等。

"你什么职业?""无业。"

"你什么情况?""我什么情况?""你的情况呀!""我的经济情况?""不是啦!""我的健康情况?""不是、不是,你的情——况?"

"哦——我的情况。我结过婚,先生过世了。"

还不等别人礼貌上那句:"我很遗憾。"讲出来,我大喊一声:"好——现在大家都认识我了吗?"

老师深深地看了我一眼,说:"各位同学看到了,我们得到了多么有趣的一位新同学。"她吸一口气,说:"好——我们现在把书翻开来,今天要讲——虚拟式。"

这时候那个台北人月凤一打桌子,叫道:"艾琳、艾琳,Echo是个作家,她在我们的地方出了好多书——"

老师不翻书了,说:"真的吗?"

"真的、真的。"月凤喊。

我说:"我不过是写字,不是她口中那样的。"

这时候,那个坐在对面极美的日本女同窗向我用手一指,说:"对啦——我在《读者文摘》上看过你抱着一只羊的照片。老天爷,就是你,你换了衣服。"

老师忘掉了她的"虚拟式",问说:"你为什么抱羊?在什么地方抱羊?"

我答:"有一次,还打了一只羊的耳光呢。"

教室里突然出现一片羊声,大家开始说羊。说到后来起了争论,是澳洲的羊好,还是纽西兰的羊毛多。

老师说:"好——现在休息十分钟再上课。"

这一休息,我一推椅子,向月凤使了一个眼色,她立刻会意,两个人一同跑到走廊上去。我拉了她一把,说:"我们去楼下买书。快,只有十分钟。"

那下一小时,并没有上课,包括老师在内都不肯进入文法。就听见:"那你的国家是比美国热情啰?""那你没有永久居留怎么躲?""那你原来还是顿顿吃日本菜呀?""那你一回去不是就要被杀掉了吗?""那你先生在瑞士,你留在这里做什么?""那你靠什么过日子?""那你现在为什么不转美术课?""那跟你同居的美国朋友讲不讲什么时候跟你结婚?""那这样子怎么成?""那不如算了!""那——"

下课时间到了,大家噼里啪啦推椅子,还在说个没完。下楼梯时又喊又叫又挥手:"后天见!后天见!"

我站在走廊上决不定回不回公寓。这时,老师艾琳走过我,她说:"你刚才说不会发音我的姓,那没关系。我除了丈夫的姓之外,还有一个本姓,叫做 VELA。这是西班牙文。"

我笑看着她,用英文说:"帆。帆船。"

"好——对了,我是一面帆。"她说,"亲爱的,因为你的到来,为我们的班上,吹来了贸易风。"

我说:"好——那么我们一起乘风破浪地来航它一场冬季班吧!"

回到寂静的公寓,我摊开信纸,对父母写家书。写着写着,发觉信上居然出现了这样的句子:"我发现,在国际同学的班级里,同舟共济的心情彼此呼应,我们是一群满怀寂寞的类型——在这星条旗下。我自信,这将会是一场好玩的学校生活。至于读英文嘛,那又不是我的唯一目标,课程简单,可以应付有余。我的老师,是一个充满爱心又有幽默感的女士,在她给我的第一印象里,我确信她不会体罚我。这一点,对于我的安全感,有着极大的安抚作用。"

想了一会儿,提笔再写:"我的计划可能会有改变。念完冬季班,那个春天来临的时候,我想留下来,跟着老师进入校园的春花。你们放心,我从今日开始,是一个极快乐的美国居民。最重要的是，老师说——不必考试，只需游戏读书。竞争一不存在，我的心，充满了对于生命的感激和喜悦。注意，我夏天才回来啦！"

又写了一段："这儿的生活简单，开销比台北那种人情来往省了太多。一季的学费，比不上台北任何英文补习班。经济实惠，钱一下多出来了。勿念。"

我去邮局寄信，那位扶拐杖卖邮票的先生，突然说："出了一套新邮票，都是花的。我给你小额的，贴满芳香，寄去你的国家好吗？"

这是一个美国人在西雅图的卫星小城，第一次主动地对我讲了一串话。我投邮，出了邮局，看见飘动的星条旗，竟然感到，那些星星，即使在白天，怎么那么顺眼又明亮呢。

如果教室像游乐场

闹学记之二

当我的车子开进校园中去找停车位时,同学阿敏的身影正在一棵树下掠过。我把车子锁好,发足狂奔,开始追人,口里叫着他的名字。追到阿敏时,啪地打他一下,这才一同往教室的方向走去。

上学不过三五次,对于这种学校生活已经着了迷。初上课时以为功课简单,抱着轻敌的自在而去。每周几堂课事实上算不得什么,老师艾琳也是个不逼人的好家伙。可是课后的作业留得那么多,几十页的习题加上一个短篇小说分析,那不上课的日子就有得忙了。

我觉得,自己还是个很实心的人,文法填充每一条都好好写,小说里的单字也是查得完全了解才去教室。这样认真地念书,虽然什么目的也没有,还是当它一回事似的在做,做得像真的一样,比较好玩。

我在教室里挂外套、放书籍,再把一大盘各色糖果放在桌上,这才对阿敏说:"刚才停车场边的那只松鼠又出来了,看到没有?"

阿敏听不懂松鼠这个英文字,我就形容给他听:"是一种树林里的小动物,有着长——长——毛——毛的尾巴,它吃东西时,像这样……"说着丢了一颗糖给六十岁的阿敏,接着自己剥一颗,做松鼠吃东西的样子。阿敏就懂了。

这时第三个同学走进教室,必然是我们这三个最早到。伊朗女同学一进来就喊:"快点,拿来抄。"我把习题向她一推,她不讲话,口里咬着水果糖,哗哗抄我的作业。

在我们教室的玻璃门上,学校贴了一张醒目的告示,严重警告:"在这个区域里,绝对禁止食物、饮料,更不许抽烟。"

上学的第一天,大家都做到了,除了那个头发上打大蝴蝶结的以色列同学阿雅拉。

阿雅拉念书时含含糊糊的,我问她:"你怎么了?"她把舌头向我一伸,上面一块糖果。我们的老师艾琳在第二节课时,开始斜坐在大家的椭圆形桌子上,手里一罐"七喜汽水"。

当我发现老师的饮料时,心里十分兴奋,从此以后,每次上课都带一大盘糖果。

彩色的东西一进教室,大家都变成了小孩子,在里面挑挑拣拣的,玩得像真的一样。老师对于糖果也有偏爱,上课上到一半,会停,走上来剥一颗红白相间的薄荷糖,再上。于是我们全班念书时口里都是含含糊糊的,可是大家都能懂。

在这个班上,日本女同学是客气的,我供应每天三块美金的甜蜜,她们就来加茶水和纸杯子。这一来教室里每个人都有了各自的茶叶包。老师特别告诉我们,在走廊转角处有个饮水机——热水。就这样,我们在那"绝对不许"的告示下做文盲,包括老师。

在我们的班上,还是有小圈圈的。坐在长桌两端的人,各自讲话。同国籍的,不肯用英文。害羞的根本很安静。男生只有三个,都是女生主动去照顾他们,不然男生不敢吃东西。

我的座位就在桌子的中间,所以左边、右边、对面、旁边的同学,都可以去四面八方地讲话。下了课,在走廊上抽烟时,往往只拉了艾琳,那种时刻,讲的内容就不同。什么亨利·詹姆斯,费滋杰罗,福克纳,海明威……这些作家的东西,只有跟老师谈谈,心里才舒畅。

上课的情形是这样的:先讲十分钟闲话,同时彼此观赏当日衣着,那日穿得特美的同学,就得站起来转一圈,这时大家赞叹一番。衣服看过了,就去弄茶水,如果当日老师又烘了个"香蕉蛋糕"来,还得分纸盘子。等到大家终于把心安定时,才开始轮流做文法句子。万一有一个同学不懂,全班集中精神教这一个。等到好不容易都懂了,已经可以下课。

第二堂必有一张漫画,影印好了的,分给同学。画是这种的:画着一个人躺在地上死了,旁边警察在交谈。其中一个警察的手枪还在冒烟。开枪的警察说:"什么,一个游客?我以为是个恐怖分子呢。"

游客和恐怖分子这两个字发音很接近,就给误打死了,背景是影射苏俄的那种俄式建筑。

同学们看了这张漫画,都会笑一阵。不笑的属于英文特糟的两三个,大家又去把他们教成会笑,这二十分钟又过去了。

接下来一同读个短篇小说。

我在这短篇小说上占了大便宜,是因为老师拿来给我们念的故事,我全部念过。虽然如此,绝对不会杀风景,把结局给讲出来,甚而不告诉他人——这种故事我早就看过了。

看故事时大家像演广播剧,每一小段由同学自动读,每个人的了解程度和文学修养在这时一目了然。碰到精彩的小说时,教室里一片肃静。

这些故事,大半悲剧结束。我们不甘心,要救故事主角。老师说:"文学的结局都是悲的居多,大家不要难过。"

有一天,我们又念着一个故事:书中一对结婚六十年的老夫妇,突然妻子先死了。那个丈夫发了疯,每天在田野里呼叫太太的名字。这样,那老人在乡村与乡村之间流浪了三年,白天吃着他人施舍的食物,晚上睡在稻草堆里。直到一个夜晚,老人清清楚楚看见他的太太站在一棵开满梨花的树下,向他招手。他扑了上去。第二天,村人发现老人跌死在悬崖下。那上面,一树的花,静静地开着。

当我们读完这篇二千字左右的故事时,全班有好一会儿不想讲话。老师等了一下,才说:"悲伤。"我们也不吃糖、也不响、也不回答,各自出神。那十几分钟后,有个同学把书一合,说:"太悲了。不要上了。我回家去。"

"别走。"我说,"我们可以来修改结局。"

我开始讲:"那村庄里同时住着一个守寡多年的孀妇,大家却仍叫她马波小姐。这个马波小姐每天晚上在炉火边给她的侄儿打毛衣。在寂静的夜晚,除了风的声音之外,就听见那个疯老头一声一声凄惨的呼唤——马利亚——马利亚——你在哪里呀——这种呼叫持续了一整年。那马波小姐听着听着叹了口气,突然放下编织的毛衣袖子,打开大门,直直地向疯老头走去,上去一把拎住他的耳朵,大声说:'我在这里,不要再叫了,快去洗澡吃饭——你这亲爱的老头,是回家的时候了。'"

说完这故事,对面一个女同学丢上来一支铅笔,笑喊着:"坏蛋!坏蛋!你把阿嘉莎·克莉丝蒂里面的马波小姐配给这篇故事的男人了。"

这以后,每念一个故事,我的工作就是:修改结局。老师突然说:"喂!你可以出一本书,把全世界文学名著的结局都改掉。"

以后教室中再没有了悲伤,全是喜剧结尾。下课时,彼此在雨中挥手,脸上挂着微笑。

没多久,中国新年来了,老师一进教室就喊:"各位,各位,我们来过年吧!"

"什么年哦——我们在美国。"我说。

"你们逃不过的。说说看,要做什么活动送给全班?"老师对着月凤和我。

"给你们吃一盘炒面。"我说。

大家不同意,月凤也加了菜,大家还是不肯。最后,我说:

"那我要演讲,月凤跟我一同讲,把中国的年俗讲给大家听。"

"什么啰——你——"月凤向我大喊,全班鼓掌送给她,她脸红红的不语了。

那一个下午,月凤和我坐在学校的咖啡馆里,对着一张白纸。上面只写了一个英文——祖宗。

"怎么讲?"月凤说。"从送灶神讲起。"我说。

"灶神英文怎么讲?"月凤说。"叫他们夫妻两个厨房神好了。"我说:"不对、不对,还是从中国的社会结构讲起——才给过年。"

两个人说来说去,发觉中国真是个有趣而充满幻想的民族。这一来,不怕了,只担心两小时的课,不够讲到元宵花灯日呢。

好,那第三天,我们跑到教室去过中国年。艾琳非常得意拥有月凤和我这种学生,居然到处去宣传——那学校中的老师们全来啦!

我跑上写字板上,先把那片海棠叶子给画得清楚,那朵海棠花——台湾,当然特别画得大一点。

在挤满了陌生人的教室里,我拍一拍月凤的肩膀,两人很从容地笑着站起来。

开场白是中国古老的农业社会:春耕、夏耘、秋收、冬藏——大地休息。好啦!中国人忙完了一年,开始过节。年,是一种怪兽……

在听众满眼元宵灯火的神往中,我们的中国新年告一段落。那十二生肖趴在写字板上。同学拼命问问题:"我属猪,跟谁好一点?""那属蛇的呢?属蛇的又跟哪种动物要好?"

那些来听讲的老师们有些上来跟月凤和我握手,说我们讲活了一个古老的文明。

艾琳简直陶醉,她好似也是个中国人似的骄傲着。她把我用力一抱,用中文说:"恭喜!恭喜!"我在她耳边用西班牙文说:"这是小意思啦!"

月凤跟我,在这几班国际学生课程里,成了名人。那些老师都去他们的班上为我们宣传。这种事情,实在很小家气。土啦。

从月凤和我的演讲之后,班上又加了一种读书方法——演说。人人争着说。

我们打招呼、看衣服、读文法、涂漫画、改小说、吃糖果、切蛋糕、泡茶水,然后一国一国的文化开始上演。

那教室,像极了一座流动的旋转马。每一个人骑在一匹响着音乐的马上,高高低低地旋转不停。我快乐得要疯了过去。

"各位,昨天我去看了一场电影——《远离非洲》。大家一定要去看,太棒了。"我一进教室就在乱喊。跑到墙上把电影院广告和街名都给用大头钉钉在那儿。又说:"午场便宜一块钱。"

那天的话题变成电影了。

艾琳进门时,我又讲。艾琳问我哭了没有,我说哭了好几场,还要再去看。

这一天下午,我们教室里给吵来了一台电视机和录放影机。以后,我们的课,又加了一种方式——看电影。

在这时候,我已经跑图书馆了,把《远离非洲》这本书给看了一遍,不好,是电影给改好的。我的课外时间,有了满满的填空。吞书去了。

我开始每天去学校。

没有课的日子,我在图书馆里挑电影带子看,看中国纪录片。图书馆内有小房间,一个人一间,看完了不必收拾,自有职员来换带子。我快乐得又要昏过去。

我每天下午在学校里游戏,饿了就上咖啡馆,不到天黑不回家。于是,我又有了咖啡座的一群。

学校生活开始蔓延到外面去。那阿雅拉首先忍不住,下了课偷偷喊我,去参加她家的犹太人节庆。日本同学下了课,偷偷喊我,去吃生鱼片。伊朗同学下了课,偷偷喊我,来家里尝尝伊朗菜。南斯拉夫同学下了课,偷偷喊我,回家去聊天。巴西同学下了课,偷偷喊我——来喝巴西咖啡。月凤下了课,偷偷喊我,给我五个糯米粿。

艾琳下了课,偷偷喊我——又来一本好书。

咖啡馆的那一群散了会,偷偷喊我——我们今晚去华盛顿大学听印度音乐再去小酒店。

我变成了一个偷偷摸摸的人,在西雅图这陌生的城郊。

"我觉得自己好像一个贼。"在艾琳的办公室门口,我捧着一杯咖啡对她说。艾琳笑看了我一眼,说:"哦,我在美国土生土长了一辈子,只有一个朋友。你才来一个多月,就忙不过来。"

"你也快要忙不过来,因为我来了。"我上去抱一下艾琳,对她说,"亲爱的。"说完赶快跑。情人节快到了,要吓她一次,叫她终生难忘我们这一班。

"哗,那么美丽的卡片!"班上同学叫了起来。

"每人写一句话,送给艾琳过情人节。"我说。

那张卡片尺寸好大,写着——送给一个特别的人。全张都是花朵。夸张的。

"这种事情呀,看起来很无聊,可是做老师的收到这类的东西,都会深——受感动。"

"你怎么知道?"有人问。

"我自己也当过老师呀!有一年,全班同学给了我一张卡片,我看着那一排排名字,都哭吧!"我说。

大家上课时悄悄地写,写好了推给隔壁的。我们很费心,画了好多甜心给老师,还有好多个吻。这种事,在中国,打死不会去做。

等到第二节上课时,一盒心形的巧克力糖加一张卡片,放在桌子前端艾琳的地方。

艾琳照例拿着一罐汽水走进来。

当她发现那卡片时,咦了一声,打开来看,哗的一下好似触电了一般。

"注意!艾琳就要下雨了。"我小声说。

同学们静静地等待老师的表情,都板着脸。

那老师,那《读者文摘》一般的老师,念着我们写的一句又一句话,眼泪哗哗地流下来。

"哦——艾琳哭了。"我们开始欢呼。

另一班的老师听见这边那么吵,探身进来轻问:"发生了什么事吗?"

当她发现艾琳在站着哭时,立即说一声:"对不起。"把门给关上了。她以为我们在整人。

这一回,艾琳和我们再度一同欢呼,大家叫着:"情人节快乐!情人节快乐!"

于是我们推开书本,唱向每一个同学,大家轻轻一抱,教室里乒乒乓乓的都是撞椅子的声音。抱到月凤时,我们两个中国人尖叫。

在咖啡馆的落地大玻璃外,艾琳走过,我向她挥挥手,吹一个飞吻给她。她笑着,吹一个飞吻给我,走了。我下课也赖在学校,不走。

"那是我的好老师呦。"我对一位同桌的人说。他也是位老师,不过不教我的。我们同喝咖啡。

"你们这班很亲爱啊。"这位老师说。

"特别亲爱,不错。"我说。

"我听说,有另外一个英文老师,教美国文学的,比你现在的课深,要不要下学季再去修一门?"这位物理老师说。

"她人怎么样?"我小心翼翼地问。

"人怎么样?现在就去看看她,很有学问的。"这位老师一推椅子就要走。

"等等,让我想一想。"我喊着,可是手臂被那老师轻轻拉了一下,说,"不要怕,你有实力。"

我们就这样冲进了一间办公室。

那房间里坐着一位特美的女老师——我只是说她的五官。

"珍，我向你介绍一位同学，她对文学的见解很深，你跟她谈谈一定会吃了一惊的。"我的朋友，这位物理老师弯着腰，跟那坐着不动不微笑的人说。我对这位介绍人产生了一种抱歉。

那位珍冷淡地答了一声："是吗？"

我立即不喜欢这个女人。

"你，大概看过奥·亨利之类的短篇小说吧？"她很轻视人地拿出这位作家来，我开始气也气不出来了。

"美国文学不是简单的。"珍也不再看我们两个站在她面前的人，低头去写字。

"可是，她特别地优秀，不信你考她，没有一个好作家是她不知道的。"那个男老师还要自找没趣。

珍看了我一眼，突然说："我可不是你们那位艾琳，我——是深刻的。我的班，也是深刻的。如果你要来上课，可得早些去预排名单，不然——"

"不然算了，谢谢你。"我也不等那另一个傻在一边的物理老师，把门哗一拉，走了。

在无人的停车场里，我把汽车玻璃后窗的积雪用手铺铺平，慢慢倒下一包咖啡馆里拿来的白糖，把雪拌成台湾的清冰来吃。

那位物理老师追出来，我也不讲什么深刻，捧了一把雪给他，说："快吃，甜的。"

"你不要生气，珍是傲慢了一点。"他说。

我回答他:"没受伤。"把那捧甜雪往他脖子里一塞,跳进车里开走了。开的时候故意按了好长一声喇叭。我就要无礼。

回到公寓里,外面的薄雪停了。我跑到阳台上把雪捏捏紧,做了三个小小的雪人。远远看去,倒像三只鸭子。

我打开航空信纸开始例行地写家书。

写着:"幸好我的运气不错,得了艾琳这样有人性又其实深刻的一位好老师,虽然她外表上看去不那么深。不然我可惨啰!下学季还是选她的游乐场当教室,再加一堂艺术欣赏。不必动手画的,只是欣赏欣赏。下星期我们要看一堂有关南斯拉夫的民俗采风幻灯片,怎么样,这种课有深度吧?再下一堂,是希特勒屠杀犹太人的纪录电影。对呀!我们是在上英文呀!下雪了,很好吃。再见!情人节快快乐乐。"

春天不是读书天

闹学记之三

我早就认识了他,早在一个飘雪的午后。

那天我们安静地在教室里读一篇托尔斯泰的短篇,阿雅拉拿起一颗水果糖从桌子右方弹向我的心脏部位。中弹之后,用眼神向她打过去一个问号,她用手指指教室的玻璃门。我们在二楼。

我用双手扳住桌沿,椅子向后倒,人半仰下去望着走廊,细碎的雪花漫天飞舞着,这在西雅图并不多见。

"很美。"我轻轻对阿雅拉说。

艾琳老师听见了,走向玻璃,张望了一下,对全班说:"外面下雪了,真是很美。"

于是我们放下托尔斯泰,一同静静观雪。

下课时,我跑到走廊上去,阿雅拉笑吟吟地跟出来,两个人靠在栏杆上。

"亲爱的,我刚才并不是叫你看雪。"她说。

又说:"刚才经过一个男老师,我是要你看他。"

"我知道你讲的是谁。索忍尼辛一样的那个。"

"对不对?他嘛——你也注意到了。"

我们的心灵,在那一霎间,又做了一次不必言传的交流。阿雅拉太精彩,不愧是个画家。

阿雅拉顺手又剥一颗糖,很得意地说:"在班上,只我们两个特别喜欢观察人。"

那个被我们看中的男老师,此刻正穿过校园朝我的方向走来。

我并不动,静立在一棵花树下已经好久了。

等他快走向另一条小径时,我大声喊出来:"哈啰!PAPER MAN。"

这个被我喊成"纸人"的人这才发现原来我在树底下。他微微一笑,大步走上来,说:"嗨!你好吗?"

"好得不能再好。"我笑说的同时,把头发拉拉,给他看,"注意,头上肩上都是樱花瓣,风吹下来的。"

"真的吔!"这位美国大胡子这才赞叹起来。

"这种事情,你是视而不见的。"我说。

"你知道,我是只看印刷的——"他打打自己的头,对我挤了一下眼睛,笑着。

他又要讲话,我嘘了他一声,这时微风拂过,又一阵花雨斜斜地飘下来。

我沉浸在一种宁静的巨大幸福里。

"这使你联想到什么?"这位朋友问我。

"你说呢？"我的表情严肃起来。

"莫非在想你的前半生吧？"

"不是。"

我们一同走了开去，往另一丛樱花林。

"这使我，想起了我目前居住的美国。"我接着说，"我住在华盛顿州。"又说："这又使我想起你们的国父——华盛顿以及他的少年时期。"

"春天，跟国父有关吗？"他说。

"跟他有关的是一棵樱桃树、一把锯子，还有，在他锯掉了那棵树之后，那个没有追着国父用棍子打的爸爸。"我一面走一面再说，"至于跟我有关的是——我很想问问你，如果说，在现代的美国，如果又有一个人——女人，也去锯掉一棵樱花树——"

我们已经走到了那更大的一片樱树林里，我指着那第一棵花树，说："譬如说——这一棵——"

我身边守法的人大吃一惊，喊："耶稣基督，原来——"

"原来我不是在花下想我的——新——愁——旧——恨——"我的英文不好，只有常用中国意思直译过去，这样反而产生一种奇异的语文效果，不同。

在春日的校园里，一个中年人笑得颠三倒四地走开，他的背后有我的声音在追着——"华盛顿根本没有砍过什么树，是你们一个叫 WEEN 的人给编出来的——"

当我冲进教室里去的时候，同学们非常热烈地彼此招呼。十几天苦闷假期终于结束，春季班的开始，使人说不出有多么地欢喜。

"你哦,好像很快乐的样子。"同学中的一位说。

"我不是好像很快乐。"我把外套脱下,挂在椅背上,"我是真的、真的好快乐。"

"为什么?"

"春来了、花开了、人又相逢,学校再度开放,你说该不该?"

"Echo 讲出这几句话来好像一首歌词。"同学们笑起来。

"而且押韵——注意喔。"我唱了起来。

这一生,没有一个学校、一个班级、一位老师,曾经带给我如此明显的喜悦,想不到,却在美国这第四次再来的经验里,得到了这份意外的礼物。

是老师艾琳的功劳。

想到艾琳她就进来了。

全新的发型、小耳环、新背心、脸上春花般的笑,使得我的老师成了世上最美的人。

我从不去管人的年龄。艾琳几岁,到底?

她一进来,先嗨来嗨去地看学生,接着急急地说:"各位,等下放学绝对不要快回家,你们别忘了到那些杏花、李花树下去睡个午觉再走。"

果然是我的好老师,懂得书本以外时时刻刻的生活教育。她从来没有强迫我们读书。

却因为如此,两个日本同学换了另一班。

她们说:"那个隔班的英文老师严格。"

我不要严的那位，我是艾琳这一派的。再说，她留下那么重的作业我们也全做的，不须督促。

新来的学期带来了新的同学和消息，艾琳说："各位，学校给了我们这一班一个好漂亮的大教室，可以各有书桌，还有大窗，不过那在校分部，去不去呀？"

大家愣了一下，接着全体反对起来。

"我们围着这张大会议桌上课，可以面对面讲话，如果变成一排一排的，只看到同学的背后，气氛就不亲密了。"我说。

"校分部只是建筑新，不像学校，倒像个学店。"

"说起商店，校分部只有自动贩卖机，没有人味的。"

"有大窗吧。"老师说。

"有了窗不会专心读书，都去东张西望了。"

艾琳沉吟了一会儿，说："好——那我们留在这个小房间里。"

"对了——"全班齐声说。

对了，班上去了几个旧同学，来了两个新同学，这一走马换将，那句："你哪里来的？"又开始冒泡泡。

当然，为着礼貌，再重新来一次自我介绍。

来的还是东方人，一男一女。

男的是刘杰克，夫妇两个一起从台湾来的，太太做事，杰克开创电脑公司，他一个人来上个没有压力的英文课。

我观察这位刘同学，立即喜欢了他。

我看一眼阿雅拉，她对我点一个头。我们显然接受这位和蔼可亲又朴朴素素的好家伙。杰克合适我们班上的情调，步伐一致。

而且有童心。

另外一位女同学，是东南亚中的一国人。

她略棕色，黑发卷曲着长到腰部，身材好，包在一件黑底黄花的连身裙里，手上七个戒指是她特别的地方。眼窝深，下巴方，鼻子无肉，嘴唇薄……是个好看的女人。

杰克有着一种不知不觉的自信，二十八九岁吧，活得自在怡然的。我猜他必然有着位好太太。

那位新女同学，英文太烂，只能讲单字，不能成句子。这使她非常紧张。艾琳马上注意到她的心态，就没有强迫她介绍自己。她只说了她的来处。

第一堂课时，我移到这位新来的女同学身边去，把书跟她合看，她的感激非常清楚地传达到我心里，虽然不必明说。

下了第一堂课，我拉她去楼下书店买教材，她说不用了。我看着她，不知没有书这课怎么上下去呢。

"我，来试试。"她说。

我突然明白了，其实班上的同学都是存心来上课的，虽然我们很活泼。而这一位女人，完全不是来念书的，她只是来坐坐。她连书都不要，不是节省，是还在观望。

这位谁也懒得理的新同学跟我孤零零地坐着。她的不理人是一种身体语言的发散。说说话就要去弄一下肩上的长发，对于本身的外貌有着一份不放心和戒备——她很注意自己——自卑。

虽然她讲话不会加助动词，这无妨我们的沟通，可是当我知道她住在美国已经十一年了，而且嫁给一个美国人已经十六年了时,还是使我吃了一惊。

"那你先生讲你国家的话?"我问。

"不,他只讲英语。"

说到她的丈夫,她不知不觉流露出一种自得。也许是很想在班上找个姊妹淘吧,她突然用高跟鞋轻轻踢了我一脚,那鞋子是半吊在脚上的,所谓风情。

这在另一个女人如此,我一定能欣赏,可是同样半脱着鞋的她,就不高尚。

新同学说:"你,找个美国老头子嫁了,做个美国人,不好?"

我笑看着她不语。

她又说:"嫁个白人,吃他一辈子,难道不要?"

这几句英文,她讲得好传神。

听见她讲出这种话来,我的眼前突然看到了那长年的越南战争、饥饿、死亡,以及那一群群因此带回了东南亚新娘的美国人。

又上课了,阿雅拉一把将我拉过去,说:"那个女人你别理她——廉价。"

"她有她的生长背景和苦难,你不要太严。"

"我们犹太人难道不苦吗?就没有她那种下贱的样子。"阿雅拉过分爱恶分明,性子其实是忠厚的,她假不来。

这个班级,只有我跟这位新同学做了朋友,也看过来接她的好先生——年纪大了些,却不失为一个温文的人。我夸她的先生,她说:"没有个性,不像个男人。"

听见她这么衡量人,我默默然。

没上几次课，这位同学消失了，也没有人再问起过她。至于杰克，他开始烘蛋糕来班上加入我们的游乐场教室，大家宝爱他。

我终于看清楚了这可敬可爱的全班人，在相处了三个月之后。

阿敏不再来上学了，虽然过去是伊朗老王旗下的军官，很可能为生活所迫，听说去做了仓库的夜间管理员。

南斯拉夫来的奥娃以前是个秘书，目前身份是难民。为着把她四年不见的母亲接来美国相聚，她放弃了学业，去做了包装死鱼冷冻的工作。

这两个弃学的人，本身的遭遇和移民，和政治有着不可分割的关系。在这种巨大的力量下，人，看上去变成如此的渺小而无力。看见他们的消失，我心里怕得不得了。

"不要怕，你看我们以色列人，是什么都不怕的。"阿雅拉说。

我注视着那三五个日本女同学，她们那么有守有分有礼又有自信。内心不由得对这个国家产生再一度的敬——虽然他们过去对中国的确有着错失，却不能因此把这种事混到教室的个人情感上来。

日本女同学的丈夫们全是日本大公司——他们叫做"会社"派驻美国的代表。她们生活安稳，经济情况好，那份气势也就安然自在。我们之间很友爱的。

瑞恰也是个犹太人，她的黑短发，慢跑装，球鞋，不多说话，都在在表现出她内在世界的平衡和稳当。那永远只穿两套替换衣服的她，说明了对于本身价值的肯定。她的冷静中自有温柔，是脑科开刀房的护士。

阿雅拉同是犹太人，却是个调色盘。从她每次更新的衣服到她的现实生活，都是一块滚动的石头。在她的人格里，交杂着易感、热忱、锐利、坦白、突破以及一份对待活着这件事情强烈的爱悦。越跟她相处、越是感到这人的深不可测和可贵，她太特殊了。却是个画家。

伊朗女同学仍是两个。一个建筑师的太太，上课也不放弃她那"孔雀王朝"的古国大气，她披金戴钻，衣饰华丽，整个人给人的联想是一匹闪着沉光的黑缎绣着金线大花。真正高贵的本质，使她优美，我们很喜欢她。

讲起她的祖国，她总是眼泪打转。忍着。

另一位伊朗同学完全相反，她脂粉不施，头发用橡皮筋草草一扎，丈夫还留在伊朗，她带着孩子住在美国。说起伤心事来三分钟内可以趴在桌上大哭，三分钟后又去作业边边上用铅笔画图去了。画的好似一种波斯画上的男女，《夜莺的花园》那种童话故事里的神秘。虽然遭遇堪怜，却因为本性的快乐，并没有悲伤得变了人。

古托是唯一南美洲来的，深黑的大眼睛里饱藏寂寞，不过二十多岁，背井离乡的滋味正开始品尝。好在拿到语文证书可以回去参加嘉年华会了。他是我们班的宠儿，不跟他争的。

月凤是个台北人，别跟她谈历史文学，跟她讲股票她最有这种专业知识。那份聪明和勤劳，加上瘦瘦而细致的脸孔，使人不得不联想到张爱玲笔下那某些个精明能干又偏偏很讲理的女子。

月凤最现实,却又现实得令人赞叹。她是有家的,据说家事也是一把抓,精彩。

日本同学细川,阅读方面浩如烟海,要讲任何世界性的常识,只有她。有一次跟她讲到日本的俳句,不能用英文,我中文,她日文,笔谈三天三夜不会谈得完。在衣着和表情上,她不那么绝对日本风味,她是国际的。在生活品位上,她有着那么一丝"雅痞"的从容和讲究,又是个深具幽默感的人。不但如此,金钱上亦是慷慷慨慨的一个君子。我从来没有在日本人之间看过这么出众的女子。一般日本人,是统一化的产品,她不是。

班上总共十几个同学,偏偏存在着三分之一的人,绝对没法形容。他们五官普通、衣着普通、思想普通、表现普通,使人共处了快三个月,还叫不全他们的名字。

这是一种最适合做间谍的人们。怎么看他们的样子,就怎么忘记。他们最大的优点,就在那惊人地坚持普通里。

"我觉得我们这班太精彩了。"我靠在门边跟老师艾琳说话。

"的确很棒。"艾琳说,"可是,你是那个团结全班感情的力量,要加上——你,班里面才叫好了。"

我笑着看她,说:"不是,是你在我们里面,才叫好了。"

"现在可以走了吧?"我问艾琳。

"我又没有留你。"艾琳说,"你现在一个人去哪里?"

我摇摇车钥匙,说:"进城——PIKE PLACE MARKET 去玩。"那里数百家小店,够疯了。

"祝你快乐。"艾琳收拾杂物一同下楼。

我跑得好快,跑到老远才回头,高叫:"艾琳,我也祝你快乐快乐。"

说起快乐,在春季班还没注册以前,阿雅拉找我,说:"有一门课叫做——快乐画廊。我们三个,瑞恰、你、我,下学季一起去修,好不好?"

我很惊讶居然存在这种保证学生心情的科目,跑到注册组去查课目表,这才发现阿雅拉看英文字是有边读边,没边念中间的。

那门课叫做"画廊游览"。游览是我给想的中文,原意是由一个地方到另一个地方,并不停留太久。英文用了 HOPPING 这个字。阿雅拉把它看成 HAPPY,真是充满想象力。

想象中全班十几个人由老师带了一家一家看画廊,看完再同去吃一家情调午餐才散课,那必然非常快乐才是。于是我们三个就去注了册,上了课。那不是国际学生班。

起初,我忍住那份疏远而客气的人际关系,五堂课以后,不去了。反正不去了。

那一班,不是真诚的班。艺术罩顶,也没有用。假的。

"噢,做人真自由。"跷课以后,我满意地叹了口气。阿雅拉和瑞恰也不喜欢那堂课的一切,可是她们说,付了学费就得忍下来。我们彼此笑骂:"没品位的、没品位的。"也不知到底是放弃了叫做没品位,还是坚持下去叫做没品位。

说到坚持下去，除了我们这种不拿学分的同学之外，其他中国学生大半只二十多岁，他们或由台湾去、或由中国大陆去，都念得相当认真。表现第一流。

这种社区大学容不下雄心大志的中国青年，上个一两年，就转到那种名校去了。他们念书为的是更好的前途，跟我的没有目的很不相同。

在这七八个中国同学里，没有懦弱的人。一群大孩子，精彩绝伦地活着，那成绩好不必说，精神上也是开开朗朗、大大方方的。

就这样，北京来的周霁，成了我心挚爱的朋友。我老是那么单字喊他——"霁——呀——"远远听起来，就好似在叫——"弟——呀——"

弟的老师私底下跟我喝过一次咖啡，她说："你们中国学生，特别特别优秀，无论哪一边来的，都好得不得了。这个周霁绝不是个普通人，不信你试试他。"

我不必试他，我知道。

春天来了，午后没课的时候，霁的脚踏车被我塞进汽车后座，他和我这一去就去了湖边。两个人，在那波光闪闪的水影深处，静下心来，诚诚恳恳地谈论我们共同的民族。

在美国，我哭过一次，那事无关风月，在霁的面前，我湿湿的眼睛，是那份说不清楚的对于中华民族爱成心疼的刻骨。

跟霁交往之后，汽车的后座垫子永远没有了靠垫。我把靠背平放，成了小货车，摆的是霁随时上车的附属品——他的单车。

春天来了，没有人在读书。

我们忽而赶场大减价，忽而赶场好电影。忽而碰到那东南亚来的女人跟着另一个美国老头在买名贵化妆品——不是她的先生。我们匆匆做功课、快快买瓶饮料、悠悠然躺在草上晒太阳。

艾琳说，这才叫做生活嘛！热门音乐大集会，艾琳买好票，兴奋地倒数日子——再三天后的晚上，我要去听我的儿子打鼓——他是一个音乐家，住在好莱坞。

我的日子不再只是下课捏雪人，我的日子也不只是下课咖啡馆、图书馆，我脱离了那一幢幢方盒子，把自己，交给了森林、湖泊、小摊子和码头。

那种四季分明的风啊，这一回，是春天的。

在咖啡馆里，我再度看见了那位"纸人老师"。他的每一个口袋里都有纸片，见了人就会拿出来同读。那种折好的东西，是他丰富知识的来源。他的行踪不出西雅图。

"你还想砍树吗？"他笑问着我。

"现在不想了。"我笑说，"倒是湖边那些水鸭子，得当心我们中国人，尤其是北京来的。"

纸人老师大笑起来，哈哈哈哈，弄得安静的咖啡馆充满了假日的气息。

"北京烤鸭？"他说。

"怎么样？我们去中国城吃？"我把桌子一拍。

"你不回家吗？"他说。

"你、我什么家？都没家人的嘛！"

于是，纸人也大步走了。在那一次的相聚里，我们不知为什么那么喜欢笑，笑得疯子一般都没觉得不好意思。嗳，都中年了。咦——都中年了吗？

回到住的地方，做好功课，活动一下僵硬的肩膀，我铺开信纸，照例写家书。

写下"爸爸、妈妈"这四个字之后，对着信纸发呆，窗外的什么花香，充满了整个寂静的夜。一弯新月，在枝桠里挂着。

我推开笔，口中念念有词，手指按了好多个数目——电话接通了。

妈妈——我高喊着。

台湾的妈妈喜出望外，连问了好多次——好不好？好不好？

"就是太好了呀！忍不住打电话来跟你讲，可以比信快一点。"我快速地说，"春天来了你都不知道是什么样子都是花海哦也不冷了我来不及地在享受什么时候回来还不知道对呀我是在上课呀也有用功呀不过还来得及做别的事情呀我很好的好得不得了都穿凉鞋了不会冻到别担心我……"

我先走了

闹学记之四

那天我刚进教室才坐下,月凤冲进来,用英文喊了一句:"我爸爸——"眼睛哗地一红,用手蒙住了脸。月凤平日在人前不哭的。

我推开椅子朝她走去。

"你爸怎么了?"我问。

"中风。"

"那快回去呀——还等什么?"

月凤在美国跟着公公婆婆,自己母亲已经过世,爸爸在台北。

说时艾琳进门了,一听见这消息,也是同样反应。一时里,教室突然失去了那份欢悦的气息,好似就要离别了一般。

那一天,我特别想念自己的父母,想着想着,在深夜里打电话给月凤,讲好一同去订飞机票,一同走了。毕竟,我还有人子的责任。

就决定走了,不等学期结束。

"什么哦——你——"阿雅拉朝我叫起来。

"我不能等了。"我说。

"你爸也没中风,你走什么?"同学说。

我的去意来得突然,自己先就呆呆的,呆呆的。

快乐的日子总是短促的,躲在心里的枷锁不可能永远不去面对处理。我计划提早离开美国,回台湾去一个月,然后再飞赴西班牙转飞加纳利群岛——去卖那幢空着的房子了。

这是一九八六年五月中旬。

学校其实并不小,只是在我们周遭的那几十个人变成很不安——月凤要暂时走了,带走了他们的朋友 Echo。

阿雅拉和瑞恰原先早已是好朋友,连带她们由以色列派来美国波音飞机公司的丈夫,都常跟我相聚的。

这匆匆忙忙的走,先是难过了那二十多个连带认识的犹太朋友。他们赶着做了好多菜,在阿雅拉的家里开了一场惜别会。

我好似在参加自己的葬礼一般,每一个朋友,在告别时都给了我小纪念品和紧紧的拥抱,还有那一张张千叮万咛的地址和电话。

细川慎慎重重地约了月凤和我,迎到她家中去吃一顿中规中矩的日本菜。我极爱她。

霁听到我要走,问:"那你秋天再来不来?那时候,我可到华盛顿州立大学去了。"

我肯定以后为了父母的缘故,将会长住台湾。再要走,也不过短期而已。我苦笑着替我的"弟"整整衣领,说:"三姐不来了。"

一个二十岁的中国女孩在走廊上碰到我，我笑向娇小的她张开手臂，她奔上来，我抱住她的书和人。她说："可是真的，你要离开我们了？"说着她呜呜假哭，我也呜地哭一声陪伴她，接着两人哈哈笑。

奥娃也不知听谁说的我要走了，请了冷冻工厂的假，带着那千辛万苦从南斯拉夫来的妈妈，回到学校来跟我道别。

在班上，除了她自己，我是唯一去过奥娃国家的人。两人因此一向很亲。

巴西的古托用葡萄牙文唤我——姐，一再地说明以后去巴西怎么找他。在班上，我是那个去过亚马逊大河的人。在巴西情结里，我们当然又特别些。

杰克中文名字叫什么我至今不晓得，却无妨我们的同胞爱。他说："下回你来西雅图，我去机场接。"

我笑说："你孤单单给乖乖留着，艾琳是不会欺负你的。别班可说不定。"

伊朗那大哭大笑的女同学留下一串复杂的地址，说："我可能把孩子放到加州，自己去土耳其会晤一次丈夫。也可能就跟先生回伊朗。你可得找我，天涯海角用这五个地址联络。"

一群日本女同学加上艾琳，鬼鬼祟祟的，不知在商量什么。

我忙着打点杂物，东西原先不多，怎么才五个多月，竟然如此牵牵绊绊。一发心，大半都给放下了，不必带回台湾——尤其是衣服。

决定要走之后，月凤比较镇定了，她去忙她的琐事。毕竟月凤去了台北还有人情礼物不得不周到。她买了好多东西。

就算这样吧,我们两人的课还是不愿停。

艾琳一再地问:"上飞机前一天的课你们来不来?"

我和月凤都答:"来。"

"一定来?"同学们问。

"一定来,而且交作业。"我说。

艾琳问我,要不要她写一张证明,说我的确上过她的班级而且认真、用功等等好话。

我非常感谢她的热忱,可是觉得那实在没有必要——"人,一生最大的事业,不过是放心而已。"我不再需要任何他人的证明了。

在离开美国四天以前,我在学校老师中间放出了消息——加纳利群岛海边花园大屋一幢,连家具出售,半卖半送。七月中旬买卖双方在那遥远的地方会面交屋。

几个老师动了心,一再追问我:"怎么可能?海景、城市夜景、花园、玻璃花房、菜园,再加楼上楼下和大车库,才那么点钱。"

我说:"是可能。当一个人决心要向那儿告别时,什么价都可能。"

为着卖一幢千万里之外的房子,我在美国的最后几天闹翻了学校十分之一的老师们。

最后,每一个人都放弃了,理由是:"我们要那么远的房子做什么?"

我知道卖不成的,可是却因此给了好几个美国家庭一场好梦。

要去学校上那对我来说是"最后的一课"的那天,我在桌子上查好生字、做完全本英文文法——包括还没有教的、整理清所有的上课笔记,再去买了惯例三块美金的糖果,这才早早开车去了学校。

咖啡馆里围坐了一桌亲爱的同胞手足加同学。我们都是中国人,相见有期。没有人特别难过。

霁是唯一大陆来的,他凝神坐着,到了认识我快半年的那一天,还说:"不可思议。不可思议。"

我知当年他在大陆念医学院时,曾是我的读者。而今成了我的"弟"呀,还没弄明白这人生开了什么玩笑。

坐了一会儿,一个中国同学踢了我一脚,悄悄说:"你就过去一下,人家在那边等你好久了。"

我抬眼看去,那个纸人老师一个人坐在方桌前,面前摊着一堆纸,在阅读。

我静悄悄地走向他,拉开椅子坐了下来。

"明天走,是吗?"他笑着。

"明天中午。"我说。

"保持联络。"他说。

"好。"我说。

我们静坐了五分钟,我站了起来,说:"那么我们说再见了。"

他推开椅子也站了起来,把我拉近,在我的额头上轻轻一吻。我走了。

霁的接待家庭里的主妇,也是学校的职员唐娜,又跟我换了一个角落,在同样的学校咖啡馆里话别。我们很少见面,可是看见霁那么健康快乐地生活在美国,就知道唐娜这一家给了他多少温暖。

"谢谢你善待他。"我说。

"也谢谢你善待他。"唐娜说。

我们拥抱一下,微笑着分开。我大步上楼,走进那真正属于我的教室。这一回,心跳加速。

这一回,不再是我到得最早,全班的同学早都到了。我一进门,彼此尖叫。

那个上课写字的大桌子居然铺上了台布。在那优雅的桌巾上,满满的菜啊——走遍世界吃不到——各国各族的名菜,在这儿为月凤和我摆设筵席。

"哦——"我叹了口大气,"骗子——你们这群骗子,难怪追问我们来不来、来不来。"我惊喜地喊了起来。

"来——大家开始吃——世界大同,不许评分。"

我们吃吃喝喝、谈谈笑笑、闹闹打打,没有一句离别的话。至于月凤,是要回来的。

杰克的蛋糕上写着月凤和我的名字。太爱我们了,没烤对,蛋糕中间塌下去一块。大家笑他技术还不够,可是一块一块都给吞下去了,好快。

最后的一课是我给上的,在写字板上留下了台湾以及加纳利群岛的联络地址。这一回,写下了全名,包括丈夫的姓。同学们才知我原来是葛罗太太,在法律上。

写着同样颜色的黄粉笔,追想到第一次进入教室的那一天,我也做着同样的事情。

时光无情,来去匆匆——不可以伤感呀,天下哪有不散的筵席,即使千里搭长棚。

下课钟响起了,大家开始收拾桌子,一片忙乱。阿雅拉没有帮忙,坐着发愣。

"好了,再见。"我喊了一声就想逃。

艾琳叫着:"不——等等。"

"你还要干什么?"我抖着嘴唇问她。

艾琳拉起了身边两位同学的手,两位同学拉住了我和月凤的手,我们拉住了其他同学的手。我们全班十几个人紧紧地拉成一个圆圈圈。

我在发抖,而天气并不冷。

艾琳对我说:"月凤是可以再相见的,你——这一去不返。说几句话告别啰——"

那时阿雅拉的眼泪瀑布似的在面颊上奔流。我好似又看见她和我坐在她家的草坪上,用小剪刀在剪草坪。我又听见她在说:"我生一个孩子给你,你抱去养,我给你我和以撒的孩子。"为了她那一句话,我要终生终世地爱她。

我再看了一眼这群亲爱的同学和老师,我努力控制自己的声音,我的心狂跳起来,喉咙被什么东西卡住了,我开始慢慢地一句一句说——

看我们大家的手,拉住了全世界不同民族的信心、爱心,以及和平相处的希望。

在这一个班级里,我们彼此相亲、相爱。这,证明了,虽然我们的生长背景全然不同,可是却都具备了高尚的人格和情操。也因此,使我们得到了相对的收获和回报。

艾琳,是一位教育家,她对我们的尊重和爱,使得我们改变了对美国的印象。我深深地感谢她。

我们虽然正在离别——中国人,叫做"分手",可是内心尽可能不要过分悲伤。让我们把这份欢乐的时光,化为永远的力量,在我们遭遇到伤痛时,拿出来鼓励自己——人生,还是公平的。

如果我们记住这手拉手、肩靠肩的日子,那么世界大同的理想不会再是一个白日梦。注意,我们都是实践者,我们要继续做下去,为了爱、为了人、为了世界的和平。

最后,我要感谢我们的小学校 Bellevue Community College。没有它,没有我们的好时光。

再见了,亲爱的同窗,不要哭啊——阿雅拉。好——现在,让我们再来欢呼一次——春来了、花开了、人又相逢、学校再度开放——万岁——

飞机在一个艳阳天里升空,我听见有声音在问我:"你会再来吗?"

我听见自己在回答:"这已是永恒,再来不来,重要吗?"

悲欢交织录

三毛故乡归

中国这片海棠叶子,实在太——大了。

而我,从来不喜欢在我的人生里,走马看花、行色匆匆。面对它,我犹豫了,不知道要在哪一点,着陆。

终于,选择,我最不该碰触的,最柔弱的那一茎叶脉——我的故乡,我的根,去面对。

从小,我们一直向往着那"杏花烟雨江南",到底是怎样一个地方,竟然能让乾隆皇帝六下江南。于是,放弃了大气磅礴的北方,决定走江南。在春天,去看那无际的油菜花。

就这么决定了,要先对祖先和传统回归,对乡愁做一个交代,然后,才能将自己的心情变成一个游客。

因此,在南方的第一大城——上海,降落。它,是我父母出生的地方。

在上海,有个家,就是三毛爸爸——漫画家张乐平的家。

在现今的三毛还没有出生以前,张乐平已经创造了一个叫做三毛的孤儿——这个孩子和父母总是无缘的。所以,这个叫三毛的女子,也就和那个叫三毛的小人儿一样,注定和父母无缘。即使是回家吧,也不过只得三天好日子而已。

张府方才三日天伦,又必匆匆别离,挥泪回首,脚步依依,而,返乡之行开始了。

那时候,三毛回大陆的消息已经见报,三毛不能是她自己了,三毛是三毛。于是,搬进了上海同济大学招待所,没有去住旅馆。招待所有警卫。为着身体的健康,自己的心有余而力不足,三毛对广大的中国知识青年保持着一段距离,免得在情感上过分的冲击与体力上过分的消耗,使自己不胜负荷。

那个张爱玲笔下魂牵梦萦,响着电车叮叮咚咚,烤着面包香,华洋夹杂的大上海,果然气派不同。

但是,跑不完哪。

七天之后,还是离开上海,到了苏州。

姑苏,苏州,林黛玉的故乡,而那位林妹妹是《红楼梦》里非常被人疼惜的一个角色。

那天到了苏州已是黄昏。为着已经付了昂贵的车资,把行李往表哥家一丢,就道:"我们利用车子赶快走吧!"随行关爱三毛的亲戚都问:"要去什么地方那么急迫?"答:"寒山寺。"

四点多钟的下午,游客已经散尽。

天气微凉,初春雨滴在风里斜斜地打在绿绿发芽的枫叶上。轻轻地走进寒山寺,四周鸦雀无声。绿荫小道上,一个黑衣高僧大步走来,这时蹲了下去,对着背影咔嚓一声,一张照片,并没有惊动任何人。

走到禅房,看到一个大和尚静悄悄地在写字,两个小和尚在一旁拉纸。站在门槛外,头伸进门里,微微一笑。

小和尚认出来者是他的精神好友,叫了一声"哎唷"。于是被请进禅房,又是微微一笑。就在大和尚还没有了悟过来来者是谁的时候,双林小和尚立即道:"这是台湾来的,鼎鼎大名的作家三毛小姐。"

三毛此时已知了一分,三毛在中国的所有名声,并不是个脚踏实地之人,只是个"鼎鼎大名的三毛"而已,此时,内心一阵黯然。

了然了,是一个虚的。

于是,大和尚给写了一幅字,于是也还出一幅字出来。拿起笔来一挥,自称郑板桥式。写好之后,大和尚极有分寸地合掌,道了再见。

小和尚依依不舍,送了出来,跟到一栋小楼,就在三毛措手不及的时候引上楼梯。一个转弯,哎呀,三毛叫了一声,寒山寺那口大钟就在眼前。

钟在眼前,心中说了一句:"这是假的。那个真的钟已经到日本去了。"

但是钟就是钟,也就不再分真分假。

小和尚把三毛引到钟锤垂吊之处,道:"你敲。"

当时本想谦虚,一看,钟上塑着八卦,那个钟锤正对着乾卦"☰"字。自己的名字就在上面,大好机会如何不敲,须知机会稍纵即逝。手一扬，扶住钟锤，开始用尽全身的气和志——冲撞，横着冲的。

ㄅㄤ（bang）——余音几乎要断了，

ㄅㄤ——余音要断，

ㄅㄤ——

撞毕三下。一边旁听的亲友都说："这一生再要听钟，必在某年某月的某一天黄昏，静坐在寒山寺外，等待，感受今天这种措手不及之下的寒山寺的钟声。"

下得楼来，靠在墙上问自己：这莫非是梦吧？！双脚几乎无法走路。

踯躅走到香火的地方，见到明明一座禅寺，禅的境界何需香火？此时开口笑道："上香不必了。"

正待举步，小僧来报："性空法师请入禅房。"原来那收入相机的黑衣高僧就是方丈性空。

方丈来了，留下一幅字，小和尚立即上前卷好。以三毛之名留下一件东西之后，离去。

回到家里，嫂嫂开饭了。

从此，苏州五日，成了一个林黛玉，哭哭笑笑，风、花、雪、月。

走进苏州小院，笑道："这个院子跟照片里的，不同。照片里的中国名园，看了也不怎么样，深入其境的时候，嗳——"不说话了。

旁边的人问："跟照片有什么不同呢？"

又道:"少了,一阵风——吧!"

这时,微风吹来,满天杏花缓缓飘落地上。众人正要穿越花雨,三毛伸手将人挡住,叫道:"别动,且等,等林妹妹来把花给葬了,再踩过去。林妹妹正在假山后面哭着呢,你们可都没听到吗?"

如此五日。

五日之后,经过一条国人所不太知悉的水道,开始了河上之行。

跟着堂堂哥哥行在一条船上,做妹妹的就想:"这不是林妹妹跟着琏二哥哥走水道回家去吗?"这时哥哥累极,躺下就开始打呼,妹妹看到哥哥累了,轻轻打开船舱门。

哥哥警觉性高,扬声说道:"妹妹不要动,哪里去?"妹妹用吴侬软语说:"外面月亮白白的,我去看看。"哥哥实在力竭,便说:"妹妹,那么自己当心,不要掉到水里去。"

这一夜,沿着隋炀帝的运河,一路地走,妹妹开始有泪如倾。

水道进入浙江省的时候,哥哥醒来,已是清早。哥哥问了一句话,妹妹没听清楚,突然用宁波话问道:"梭西?"这一路,从上海话改苏州话,又从苏州话改成宁波话。妹妹心中故国山河随行随变,都在语言里。

杭州两日,躲开一切记者。记者正在大宾馆里找不到三毛的时候,已然悄悄躲进铺位,开始挤十六路公共汽车。

那时三毛不再是三毛,三毛只是中国十一亿人里的一株小草,被人——尽情践踏。

两天的经历,十分可贵。

只因血压太低,高血压七十,低血压四十,六度昏了过去。妹妹终于道:"哥哥,不好了,让我们回故乡吧。"

当车子进入宁波城,故乡人已经从舟山群岛专来远迎。此去四小时之路,只要车子行过的地方,全部绿灯。

到了码头,船长和海军来接,要渡海进入舟山群岛。来接的乡亲方才问说:"刚才一路顺畅,知道为什么吗?"答道:"没有注意,一直在看两岸风景。"问话的人又说:"绿灯一条龙,全是为你,妹妹。"妹妹脸色不大好看,回答:"也太低估我了,我可不是这等之人。"一时场面颇窘。

船进舟山群岛鸭蛋山码头,船长说:"妹妹,远道而来,码头上这么多人等着你,这一声入港的汽笛——你拉。"妹妹堂而皇之地过去。

尖叫呀,那汽笛声,充满着复杂的狂喜,好似在喊:"回来啦——"

船靠岸,岸上黑压压的一大群人。自忖并无近亲在故乡,哥哥说:"他们都是——记者。"妹妹不知道要把这一颗心交给故乡的谁?便又开始洒泪。

上岸,在人群里高唤:"竹青叔叔,竹青叔叔,你——在——哪——里?"眼睛穿过人群拼命搜索——陈家当年的老家人——倪竹青。

人群挤了上来,很多人开始认亲,管他是谁,一把抓来,抱住就哭。乡愁眼泪,借着一个亲情的名词,洒在那些人的身上。

抱过一个又一个,泪珠慌慌地掉。等到竹青叔叔出现,妹妹方才靠在青叔肩上放声大哭。"竹青叔,当年我三岁零六个月,你抱过我。现在我们两人白发、夕阳、残生再相见,让我抱住你吧。"说罢,又是洒泪痛哭。

然后,这一路走,妹妹恍恍惚惚,一切如在梦中。将自己那双意大利短靴重重地踩在故乡的泥土上,跟自己说:"可不是——在做梦吧?"

这时候,所有听到的声音都说着一样的话:"不要哭,不要哭。回来了,回来了,回来了。好了好了,好了好了。休息了,休息了,休息了。好了好了好了好了好了……"

妹妹的泪流不止歇。

当时一路车队要送妹妹直奔华侨宾馆,妹妹突然问:"阿龙伯母在哪里?她是我们在故乡仅存的长辈,要去拜访。"于是,车子再掉头驶近一幢老屋。

人未到,妹妹声先夺人:"阿龙伯母——平平回来啦——"老太太没来得及察觉,一把将她抓来往椅子上一推,不等摄影记者来得及拍照,电视台录影的人还没冲进来,妹妹马上跪了下来,磕三个头,一阵风似的,又走了。上华侨宾馆。

好,父母官来了。记者招待会来了。

三天后,回到定海市郊外——小沙乡,陈家村。祖父出生的老宅去了。

那一天,人山人海,叫说:"小沙女回来了。"

三毛有了一个新的名字——小沙女。

乡亲指着一个柴房说:"你的祖父就是在这个房间里出生的。"妹妹扑到门上去,门上一把锁。从木窗里张望,里面堆着柴,这时候妹妹再度洒泪。

进入一个堂堂堂伯母的房子,有人捧上来一盆洗脸水,一条全新的毛巾,妹妹手上拿起,心下正想脸上还有化妆,又一转念,这毛巾来得意义不同,便坦坦然洗掉——四十年的风尘。用的是——故乡的水。

水是暖的。妹妹却再度昏倒过去。

十五分钟之后,妹妹醒来,说道:"好,祭祖。"

走到已经关了四十年的陈家祠堂,妹妹做了一个姿势,道:"开祠堂。"

乡人早已预备了祭祖之礼,而不知如何拜天祭祖,四十年变迁,将这一切,都遗失了。点了香一看,没有香炉,找了个铁罐头也一样好。妹妹一看,要了数根香,排开人群,叫了一声:"请——让开。"

转过头来,对着天空,妹妹大声道:"先谢天,再谢地,围观的乡亲请一定让开,你们——当不起。"

回过身来,看到一条红毯,妹妹跌跪下去。将香插进那破破小罐头里。此时妹妹不哭,开始在心中向列位祖先说话:"平儿身是女子,向来不可列入家谱。今日海外归来的一族替各位列祖衣锦还乡,来的可是个,你陈家不许进入家谱之人。"

拜祖先,点蜡烛,对着牌位,平儿恭恭敬敬地三跪九叩首——用的是闽南风俗。因为又是个台湾人,从关帝庙里看来的。

拜完，平儿又昏过去，过了十五分钟后，醒来，道："好，上坟。"数百人跟着往山上去了。

几乎是被人拖着上山，好似腾云驾雾。

来到祖父坟前。天刚下过雨，地上被踩得一片泥泞。妹妹先看风水，不错。再看地基稳不稳固，水土保持牢不牢靠，行。再看祖父名字对不对，为他立碑人是谁，再看两边雕的是松，是柏，是村花，点头道："很好。"这才上香。

坟前，妹妹放声高唤："阿吖（yà）、阿吖——魂——魄——归——来，平平来看你了。"此时放怀痛哭。像一个承欢膝下的孙儿，将这一路心的劳累、身的劳累，都化做放心泪水交给亲爱亲爱的祖父。

正当泪如雨下之时，一群七八岁的小孩穿着红衣在一旁围观，大笑。心里想起贺知章的句子：乡音不改鬓毛——儿童——笑问客从何处来。他们只道来了一个外地人，坐着轿车来的，对着一个土馒头在那里哭。他们又哪里懂得。

儿童拍手欢笑，但是在场四十岁以上的人眼眶里全含着一泡泪，有的落了下来，有的忍着。

一切祭祖的形式已完。父亲的老书记竹青叔走到毛毯前，扑通跪了下去，眼睛微微发红，开始磕头。三毛立即跪下，在泥泞地里，还礼。

亲友们，乡人们，陆续上来。外姓长辈的，平儿在泥地里还礼；平辈的，不还礼。乡人一面流泪，一面哭坟："叔公啊，当年我是一个家贫子弟，不是你开了振民小学给村庄里所有孩子免费来读书,今天我还做不成一个小学的老师,可能只是一个文盲。"少数几个都来拜啦,都来哭啦。这时陈姓人站着,嗳——可暂时平了,那过去四十年——善霸之耻。

还完礼,祖父魂魄并未归来。平儿略略吃惊。

扑到新修墓碑上,拍打墓碑叫唤:"阿丫,阿丫,你还不来。时光匆匆,不来,我们来不及了。"

来了,阿丫来了。留下几句话。

平儿听了祖父的话,收起眼泪擦干。抓起祖父坟头一把土,放进一个塑胶袋。平儿道:"好,我们走了,下山吧。"

下山路滑,跟随记者有的滑倒,有的滚下山坡,只小沙女脚步稳稳地,一步一踏。只见她突然蹲下,众人以为又要昏倒,又看她站起来,手里多了一朵白色小野花。红色霹雳袋一打开,花朵轻轻摆进去。不够。再走十步之后,又蹲一次,一片落叶,再蹲一次,一片落叶,再蹲一次——三片落叶。

好了。起身道:"故乡那口井,可没忘,我们往它走去。"

祖父老宅的水井仍在。

亲戚疼爱小沙女,都以为台湾小姐娇滴滴的,立即用铅桶打了一桶水上来要给。妹妹道:"别打,让我自己来。"乡人问:"你也会打水吗?"小沙女道:"你们可别低估了人。"

于是,把水倒空,将桶再放进井里去,把自己影子倒映在水里,哐啷一声,绳子一拉,满满一桶水。

水倒进一个瓶子里。不放心沿途还有很多波折,深恐故乡的水失落。拿起一个玻璃杯,把没有过滤的、混混的井水装了,不顾哥哥一旁阻拦:"妹妹不可以,都是脏的——"一口喝下。

东张西望,看到屋顶上有个铁钩挂着,一指:"那个破破旧旧的提篮,可还用吗?"堂堂伯母说:"提篮里不过是些菜干,妹妹可要菜干吗?"妹妹答:"菜干不必,提篮倒是送给我也好。"

堂伯母把提篮擦擦,果然给了平儿。

喝了井水,拿了提篮,回到旅馆,还是不放心。拿出那罐土,倒来那瓶井水,掺了一杯,悄悄喝下。心里告诉自己:"从此不会生病了,走到哪里都不再水土不服。"

两天后,三毛离开了故乡。

天,开始下起了绵绵细雨,送别它的小沙女。正是——风雨送春归。

妹妹洒泪上车,仍然频频回首道:"我的提篮可给提好啊!"里面菜干换了,搁着一只陈家当年盛饭的老粗碗。

上船了,对着宾馆外面那片美丽的鸦片花,跟自己说:"是时候了。"拿着一块白色哭绢头,再抱紧一次竹青叔,好,放手。上船。

此时,汽笛响了,顾不到旁的什么,哭倒在栏杆上,自语:"死也瞑目。"

此生——

无——憾。

是了,风雨送春归,在春楼主走也。是《红楼梦》里,"元迎探惜"之外多了的一个姊妹——在春。

走了走了。

好了好了。不再胡闹了。

但有旧欢新怨

金陵记

每当有亲友返回大陆旅游或归乡,总会在临行之前顺口问一句:"可要带些什么东西给你?"我的回答千篇一律:"口袋里放些雨花台的小石头回来,那就千恩万谢了。"人说:"你还是爱石头。"我笑说:"是呀——嗳——"

也有些年轻人不明白——这么不晓事的,会紧接着追问:"雨花石在什么地方?难道要亲自去为你捡石头吗?"我又嗳了一声,说:"南京呀——"

说起南京,那是中国六大名都之一。

每当我看历史,看到唐、虞、夏、商、晋、战国、梁武帝、三国、太平天国……这些时代,总也脱不开那份跟南京这个地名的联想。包括有一回,坐计程车,驾驶先生姓澎名建业,我就去问他是否江苏南京人。那人说不是,反问我为什么如此猜测。我说:"三国时代吴国建都南京,时称——建业。"那位老先生笑说:"小姐倒是反应灵敏,却是不相干的。倒想请教小姐——我有个弟弟唤做建康,你当他是何地人联想?"我说:"那您令弟必然又是个南京人——晋朝时代,五胡乱华,晋室被迫南渡——就在南京建都,当时南京叫做建康。以后宋、齐、梁、陈还有南唐,都在那个地方建都。"那位驾驶先生笑道:"小姐倒是真会拉扯,我的儿子叫做子文,总不能也给扯到南京去了吧?"我说:"那就得请求您大伯伯让我在车子里开窗——抽烟,就再说了——"他连忙递上自己的长寿烟来,说:"你请、你请。"我取一支烟,说:"好——东南之奥区,群山之总汇——金陵也。而其统领,实为钟山。钟山是大茅山脉的支阜——这不扯了。钟山又名蒋山——东汉时代有个秣陵尉——蒋子文,就死在那里——而得名。"我向窗外忽——吹了一口烟,笑说:"大伯伯,您老家河北,这我也听得出来。不过请看,您老——公子的大名,不也在南京给扯出来了?"那位驾驶伯伯喜得一直回头看我,都不顾那交通了。又说:"小姐好生有趣,倒是再来考考你。我们河北小地方,在《水浒传》里可出了个大名鼎鼎的县——至今还在——是我老家。你倒猜猜?"我当当心心地笑说:"大伯伯莫非是清河县人氏?"那位荣民伯伯突然一踩刹车,快没把那紧贴在我们后面开车的一位小姐给惊死——她按喇叭骂我们。我说:"大伯伯是武大郎的好同乡。"那伯伯喊道:"你小姐怎不说我是好汉武松的小同乡,倒来笑话人。"此时的我,在这种对话中,正是明月如霜,好风如水,我又笑说:"倒是您老哦——可别笑话了自家人。请问伯伯——武大武二是一母所生两个,还是几母所生?"那计程车一拍手,喊声"对呀——"的同时,我的地方到了,我付钱,下车。那追赶的声音急迫:"小姐可是南京人——"我开始冲向绿灯跑斑马线,在人群里大喊一声——中国人——吓倒了另一位低头迎面而来的——小姐。

我并不是南京人。

倒是祖父陈宗绪先生,在当年南京一个叫做下关的地方,经营着北方袁世凯家族事业的一部分。祖父将"启新洋灰"由天津水运过来——一桶一桶装的,做了江南五省的代理。什么叫做洋灰呢?说白些,就是现代的水泥。当时,祖父的事业并不只是如此,同时另做木材五金冰厂以及美孚煤油这些买卖。为着运输上的方便,祖父在南京下关就靠着长江的地方,设立了仓库和码头。又买下了大片的土地,盖起了这么五六十幢二层楼的房子成为一条一条的街巷。我父亲,就在南京度过了他的童年。

有关父亲的童年,据父亲说,并不是只在南京一个地方生活的。我问他这是为了什么,他说:"打仗呀!兵来了我们就得逃难。一天到晚都在逃的吧!"我又问父亲:"你是民国初年的人了,你们逃什么难呢?"他说:"军阀嘛,南方北方打来打去,中国人自己打个不停。"我说:"对了,阿爷自传里也说,自从孙文革命以来,业务一落千丈。"父亲说:"这是祖父文件里的事,你又知道了。"我说:"这种信函、地契、自传、族谱……你们是不看的了,家族中也只有我。当年你们晒衣箱,我就晒在大太阳底下拼命地看。"父亲说:"后来,南京那一整条街,都给日本人炸光了。"我说:"我们的产业也就完了。"父亲说:"是。我们近代中国人的命运和战争有着不可分割的关系。"我心里笑说:"唉——还不是一样吃饭睡觉生孩子——伟大。"

我就是在那一睁开眼睛就是兵荒马乱的——中国,出生的。我看见在几道河流的三角地带,停着一架铁鸟,我在很高的坡地上看得清楚,我们正往那架大鸟的方向接近。我又看见,姐姐和我进入了一种空间,很窄的空间,我们被安放在一个饼干盒子上坐好,四周尖锐的声音将我的耳膜弄得很痛。我看见我的头顶有网篮一般的吊袋,我看见母亲的脸色有些紧张。我感觉到坐着的铁盒子开始倾斜,我绝对没有可能听见母亲向我说话,因为巨大的声响盖过了一切。可是,我知道,我正在经历一桩危险奇特的事情。当这种时刻来临时,我感到害怕,于是,我用手紧紧地扳住那坐着的铁盒子,对自己悄悄说:"哦——耶稣基督。"

"那是什么地方,有水围绕?"四十年后我问父亲。

"那是重庆珊瑚坝飞机场嘛!"父亲说。

"我为什么不是坐在椅子上?"我说。

"你倒记得了。你的确坐在铁盒子上飞的。"

抗战胜利了,我的出生卡住了一个和平的时代。就那样,我们全家由重庆飞回了南京。那个祖父居留过的城市。

祖父并不在南京,我没有见过阿爷。那时候祖父回到舟山群岛老家定海城去了。

我的家庭意识并不成长在南京。如果有家人肯听我拉扯,好好的大晴天都能够给我扯到落大雨——我的记忆来自我出生的那一天——有人在说——嗳,又来了个妹妹,也好也好。我听见父亲骑着大马飞奔而来,马蹄的声音方才歇了,他本人的脚步静静踏入房间。我又听见有人对父亲说:"是个女孩。"——我心虚,不敢啼哭。我知道——这是父亲来世上跟我照面第一回。

我又听见马蹄的声音哒哒响过青石板的路面,而我只看见好大的格子布蒙在我身上。我在一辆马车里——深夜,向什么地方走去。那马蹄的声音催人放心入梦,空气中充满着树林般的清香。母亲就在旁边。然后,那个平平坦坦的大宅第,为我的童年,拉开了序幕。

我的家,在南京、鼓楼、头条巷、四号。

那是不必有人教的,因为我没有单独出门的权力,所以也不必记住地址以便迷路了好回来。那是因为哥哥姐姐们讲电话给同学听,讲自己住在什么地方、什么门牌,就给我听进心里去了一辈子。我们是一个大家庭。父亲的长兄、长嫂、我的四个堂兄一个堂姐加上我的嫡亲姐姐、父亲母亲和另外一个小男孩子——马蹄子和他的妈妈兰瑛以及兰瑛的亲戚——门房老婆婆,还有那永不消失的江妈、大师傅、吴妈、小赵和那温文儒雅、默默无言的竹青叔叔,全在这个大宅第中一起度着八年抗战之后再度重建家园的岁月。

"一共二十个人。那我们可是依靠祖上余荫在过日子,对不对?"我后来请问父亲,已在好多年后了。

父亲说:"没有。"父亲说,祖父当年告老还乡去了。南京的大房子是租下来的。这一大家族没有分过家。是大伯父汉清先生和父亲做事情来维持的。

在南京，父亲和大伯父没有另设办公室，那幢三层楼西式洋房的楼下书房，做了他们兄弟两人的法律事务所。至于楼上的几个房间给了伯父全家人共住。楼下除了客厅书房饭厅之外，另有小房间，那是竹青叔叔居住的地方。

竹青叔姓倪，是我们同乡——祖父至爱的乡侄，练得一手好字，当年一切文书全以毛笔字抄写的时代，青叔是伯父以及父亲必须的依靠。青叔自家人，名义上是法律事务所的书记。父亲长竹青叔七岁。

我们是两房姐妹兄弟大排行。我行第七。

就因为我的弟弟也来到了这个世界，虽然家中人口众多，江妈被分到我们二房来看视，但是我还是意识到了自己的孤单。那时候我两岁多。不知要说哪一种语言。我们家中，上海话、宁波话、四川话和南京话混着讲，我也就没有了特定的母语。

当年，不上学的孩子只我和小婴儿弟弟，其他的手足白天不常在家。没有人讲话也是好的，小时候，就因为不必讲话，反而学会了一样终生的兴趣——观察。

那个房子是独幢的，成为一个回字形。有围墙，不算太高，如果我爬上假山，站在假山顶上就可以看见外面的街道。如果我不爬假山只站在院子里，我能看见鼓楼那幢建筑以及在空中飘扬的英国旗子和苏联的国旗。英国人和俄国人是我们的邻居。在那幢大房子里面，有正门，两面对开的。正门旁边有着一扇小门，于是门房老婆婆的房间就在那里了。

每当有客来的时候，先在门房处按铃，如果有名片的来人，会把名片交给门房，于是名片被先送了进去，伯父或者父亲就站在楼下迎客人。当客人要离开的时候，必然由主人亲自送到大门外，方才告别。

也不止是客人才来的，那时，有一种推销员，他们不是白俄就是由苏联流亡过来的犹太人，在身上披挂着好重的地毯，也会来按铃。有一次我听见一位地毯人跟父亲说："OK——You get it."然后彼此握了握手。我们家就多了一条地毯。那是我今生第一次听见英文。

当然，墙外的岁月与我是没有太大关系的，可是每当那——"马头牌冰棒！马头牌冰棒！"的吆喝声开始传进墙来的时候，我们家里的后院水井中，就开始被泡下了西瓜。要吃的黄昏，就像打水一般，用个桶下去，哐啷一声——冰西瓜就上来了。

不，我们是有自来水的，井水用来洗车子。

刚刚讲的是前门，在回字形左边的地方，另有好大的边门，伯父和父亲的三轮车、吉普车就放在后院边门的地方。于是，前院种了梧桐树、桑树和花草。那分隔前后院的篱笆成了一面花的墙——爬墙玫瑰。一切客人来时，视线中望去，并没有生活的痕迹，只能看见大树、草地这种东西。而我的游踪，却是满屋子转着。我酷爱后院那鲜明活泼的生活——大师傅炒菜、江妈纳鞋底、吴妈烫衣服、小赵洗车子、兰瑛打她的孩子、门房老婆婆打兰瑛。一到了夏天，堂哥们兴趣大，弄来了个"手摇机器"开始自制冰淇淋。那时候我总听见他们说："再加些盐，不够。"很多年以后，我还是肯定冰淇淋是盐做出来的。那时候我不问为什么，那是小七时代,问了也得一句:"小孩子走开!"没有回答。

其实,家中住着二十个人,常常来的人就不止这么些。伯母的弟弟们老往我们家中跑,那三舅舅和五舅舅的样子,我至今记得。那时他们是一种有着救国思想的热血青年,一天到晚跟堂哥堂姐讲政治,国民党也是那时候知道的,还有委员长蒋介石也曾听过。每当,舅舅们讲到他们的理想,声音就低起来了,中国共产党这种名词,总是在对我先来凶一句"你小孩子走开呀——"之后,在我背后轻轻传来。我觉得有一种气氛不对劲,可是哪里说得上来。他们在冬天特别讲得多。都靠着壁炉悄悄讲。

夏天了,马蹄子总是要长脓疮,而且长在头顶上,母亲把他的头发给剃了,满头涂上白白的粉,我和马蹄子常常头靠头的——顶住,不是玩,抢秋千。母亲看见就要喊:"你们不要头靠头呀!看传染了——妹妹你也没有头发。"我哪里明白那么多。只知道,如果想抢赢,只要叫声:"兰瑛——"

兰瑛是门房老太太给引介进来帮忙家事的,拖着个孩子,并不知男人有没有。门房老婆婆是病着了,病着病着不能起床了,兰瑛每天拿了饭菜得去喂她。每当老婆婆坐在床沿,而兰瑛拿个汤匙叫"你吃呀——你吃呀——"的时候,我就静静地观察老太太的白骨——她极瘦。那两只小腿在夏天里给露了出来,一种令人惊异的细枯。也在那一个夏天,家中有人说:"不成了,要走了,最好给她准备准备。"我知道必是讲门房。我常常一个人去偷看她,倒看她怎么走。那一天,我亲眼看见一串白色的飞蛾由老婆婆的口里飞出去,我很惊奇,跑了开去,又没有人好去告诉,因为不太会形容这种现象。那天晚上，老婆婆死了。

她的棺材被抬上了一辆大卡车，伯父、父亲，还有很多人都坐上了车，我自然只是旁观者。兰瑛哭得怪大声的。那是我第一次意识到死亡。当时我边看死人边采栀子花苞，一共四朵。

母亲告诉我："妹妹，我们要相信耶稣，信耶稣可以得永生。"我很认真地又一次点头。在我学讲话的时代中，爸爸妈妈伯伯嬷嬷——我的大伯母，是共同存在的大人物，还有一位就是耶稣。我实在不知道他是谁，怎么每天晚上睡觉以前，母亲总是带了头要我们小孩子闭上眼睛，然后母亲就开始——"求你——求你——求你——"了呢？于是，我了然了，耶稣是一种看不见的东西，正如只有我——看见过门房老婆婆口中飞出去的白蛾一样，别人是看不见的。所以耶稣是一种比飞蛾更奇妙的东西，因为连我也看不见，一次也没有见过。有一次我为了讨好母亲，想，她最爱的名字好像就是耶稣。于是我说："我要上天堂去看耶稣了。"母亲立即骂我："不要乱说话。"我实在不明白大人的心理。爱他，怎么又怕真的碰见他呢？

而那幢大房子之外的世界，也并不是永恒地将我被高墙所阻隔。每到星期天，母亲会拉了姐姐和我，走路去一个有着许多排长条椅子的地方，在那边唱歌——他们叫那种歌——赞美诗。我一周一次的出门，在三岁半的时候，实在是托了我主耶稣基督之福，好让我出去逛逛。虽然那教堂不是夫子庙，总也聊胜于无。

在南京，我们住着西洋式的房子，过着西式的耶诞节。每到雪花快要飘落的冬季，那家中大客厅的壁炉上面，自有哥哥姐姐给铺上了白棉花造成雪景，也会跑出晶晶闪闪的小碎片被什么人给撒在白雪上。当，耶诞树顶上那一大颗银色的伯利恒之星被悬挂了上去的时候，自会有人向我叫喊："快，把袜子拿出来——挂在壁炉边边上，今天晚上圣诞老公公要来送礼物啰——"我从来不在这件事情上费过心，那种大家庭团聚在一起的时光，是我最不自由的证明——每一个人，每一个人都比我大，他们对我说话都是命令式的，包括——"乖——过来。跳一个舞给大家看。好。一二三——跳。"

在冬天下雪不能够去院子里玩的时候，我最爱最爱跑到楼下的书房中去。那是家中的办公室，也是竹青叔写公文的地方。而我们小孩子，一再被严重警告——不许进去玩的禁地。在那安静极了的地方，我看见了至今仍然酷爱把玩的文房四宝。它们，就像那竹青叔叔，永远一袭长袍，不说什么话，而散发出一份文人雅士的清幽之气——谓之风华。这我自小时候就喜欢上了的家中一角，却是很少进去。大人很欢喜我去看耶诞树并且赞叹它，而我的爱物，却是一只书房中的中国小瓷花缸。

瓷花缸比一只汤碗还小，里面斜斜搁着一支比珍珠耳环还要细小的水勺，父亲用这水勺淘水，放在大砚台中磨出墨来写字。每当无人的午后，只要江妈不注意我，我就往书房中跑。进去了，先上椅子，再上桌子，趴在小瓷缸边，一小匙一小匙的水往砚台凹处当心地倒下去，再拿起墨来，把自己弄成全身上下黑漆漆的时候，大概已经被捉了出来。

冬天的孩子被母亲捉住，一定用棉袍把我们变成圆球，行动很不方便。两只手臂总是成为八字形,小脚也肿了起来——穿元宝鞋了。在这种包裹的季节里,院子开始积雪,哥哥姐姐们打雪仗啦!他们放寒假,不必上学。在大雪纷飞的开始,家中大的孩子们——十七八九岁了,会等、等、等,等到他们说"好啦"的时候,积雪一定够厚,厚到可以堆雪人了。哥哥们做出来的雪人老是咬着一支烟斗,那眼睛——是一圈圈葡萄干给塞出来的。总是雪人一做好就开始打雪仗,平日不太理会我的那上面六个兄姐,在这种时候特别注意到跑不快的我,那种雪弹——啪——往我飞来的时候,只有给自己炸掉,哭都不好哭,不然就不给参加了。打中了还得合作倒地——叫做——死啦!

有一次,院子里还在呼啸开战的当儿,我悄悄跑进了书房。那会子撞到了父亲,他对我说:"不许碰东西。"父亲离开了,我哪里忍得住不爬上椅子去碰文具。还是那只放水的小花瓷缸,水面上露出小勺子来。我只轻轻一拿小勺子,那小水缸啪一下子碎开了,而水不流出来 ——它们结成了冰。我意识到自己闯了大祸,立即开溜,心跳得好快。不久之后,父亲在楼梯间中将我找到了,把我带进书房,轻轻问我:"这小水缸是不是你弄破的?"我拼命摇头。

那是我今生第一次不开口也说了谎,动机出于害怕。

那一次,没有人打骂我,我被单独留在书房中罚站。那竹青叔叔——不过二十多岁但是绝对不参加哥哥们游戏、谈话的他,悄悄走了进来,抱起了三岁零六个月的我,交给我一支毛笔。

可以想见,四十年后,当竹青叔叔和我再度在故乡舟山群岛的码头上相见时,我狂喊着"竹青叔叔——"同时扑进他怀里去时,那——纨如三鼓,铿然一叶,黯黯梦魂惊断——在他和我的泪眼中,数十年光阴重叠镜头般,哗哗流转成时空倒置的浮生幻境。

四十年前的楼下书房之外,在南京那幢大房子里的二楼,还有一间图书室。大人的书,给放在架子上面,儿童书籍被排在接近地板的地方。我常常躲在书架跟墙缝的角落里看小人书——我没有不识字的记忆而我还没有上幼稚园。就在那个快乐天堂里,我发现唯一的堂姐明珠,坐在床沿,生气般地垂着头,而三舅的一位男同学,正在向她下跪。那个图书室大概也是明珠姐姐的睡房,不然哪来的一张单人床呢?

当时,是我先进去看书的,挤在凹进去的墙缝里,他们两个也进来了,而没有发现我的存在。于是,男的向姐姐求爱。姐姐一看到那呆住了的我,一推跪着的人,自己就冲了出去,接着那个三舅的男同学也冲了出去。我的心,啪一下炸掉了,炸成好多好多鸡心由空中再向自己的身上慢慢、慢慢飘落下来。那好几天,我魂不能守舍,一直脸上发热。我亲眼看见了一件比耶稣基督、飞蛾更神秘的东西——爱情。就在南京的图书室里那个下跪男人的反光眼镜里。

也是在那一场好戏里,我手中正拿着一本漫画书——《三毛从军记》。

四十年之后的初春,我下了中国民航,在大上海的夜里,上了汽车往一个人直奔而去。我奔向归乡第一站中的第一个人——

他——八十二岁——他——站在寂静的巷堂中被儿女搀扶着迎接我——我——紧张得跑了起来,我们同时张开了手臂,我这天涯倦客,轻轻拥抱住了——三毛的创作者——张乐平大师。一时里我哭了。方才知道,浮生如梦,只要还是眼底有泪,又何曾舍得梦觉。

南京故居的那个爱看书的小孩子,再一度不知今夕何年。

当时,我又何曾明白,徐蚌会战,山河易色——是什么时代的转换带动了包括我们家族的变迁。只听见,伯母告诉她的弟弟们:"你们这种样子的言论,国民党要来捉人了。"家中呈现了一份不寻常的紧张气氛。不,那不是因为祖父阿爷的过世,那也是紧张的。全家大小突然在我身边消失了好久好久,连姐姐弟弟都不见了。我跟着江妈,唱"春天里呀百花香"。家人再出现时,母亲逼我穿上一种白色的布鞋,我不肯穿上,母亲指着墙角幽暗的地方对我说:"你不听话,看,阿爷的鬼魂从那个地方冒出来捉你。"我怕得不得了,就穿上了那双白布鞋。那是我第一次又意识到,除了飞蛾——我可是看到的、耶稣基督、爱情之外,生命中还可以有另外一种看不见的东西,而这种东西叫做——鬼魂。可是哥哥的泪并不因为他怕鬼。

我从来没有看见三堂哥哭过,他十多岁了,喜欢养蚕,而我很不喜欢这种凉凉软软的东西,它们灰白的颜色也令人感到恶心。就有那么一天,我爬到窗沿边去玩,窗沿下放着一盘盘竹子编成的好大扁盘,盘子里面数千条哥哥养的蚕。我一不当心,仰面跌倒下去,跌在那些蚕的身上,我一时爬不起来,那些未死的蚕开始爬到我身上来,在我尖声狂叫的同时,哥哥赶来——发觉我压死了他的数百条心肝宝贝——他哭了。

而上三段我正在说起并不知道南京家中紧张气氛的来临是为了什么的时候,父亲突然交给我好大一沓钞票——真的金圆券——国民政府的钞票,对我淡淡地说:"拿去玩吧——没有用了。"那是一种比鬼魅更要令人不安的东西,看得见的,在我小小的手中,一大沓——钞票,父亲叫我拿去玩。在那同时,三堂哥把他视为第二生命的蚕宝宝,整盘整盘地给抖落到院子中的桑树上去——他站在假山上把蚕往树顶上倒,口里说:"你们自己活命去吧,我不能再养你们了。"

我听见明珠姐姐对大伯父说:"要走你们走,我要留下来念大学。"我听见母亲跟父亲深夜里商量——先带妹妹走,还是先带宝宝——宝宝是我的大弟。我看见箱子,大箱子由阁楼上被拖了下来。我看见地毯被卷了起来,我看见小赵、江妈、吴妈、兰瑛日渐严肃的面容——他们忙。我看见哥哥们理书包、丢书。我看见家中人来人往,我听见姐姐的同学们向她说再见。我发觉母亲不许我跟马蹄子抢一只玩具熊,她对我说:"你不许抢,留下来给他,统统给他。"在这些不合一般生活秩序中最使我惧怕的却是一种"分离的意识":明珠姐姐要跟父亲分开。舅舅们可能被一种力量捉去。母亲在选择弟弟和我。姐姐的小朋友不再一起上学。代表行动的箱子一口一口出现。哥哥宝爱的蚕要被倒在树上。明明是纸钞,父亲给了我又说它没有用。我们的书都不能再翻——叫我们放下。生活中每天一样的日子不能够再度出现。

我当时并不能明白,中国人的命运和那永不停止的战争,和小小的我有着什么关系。而我所甚感知足的日子,为什么要以离开,成为我长大的记忆。我以为,南京鼓楼的一切,就是我的全部;而我不是刚刚被送进鼓楼幼稚园通过了一场考试——在老师们面前唱歌跳舞,而被允许去做幼儿生了吗?

没有人向我解释这一场变化。

我生命中第二次的迁移发生在南京火车站。当我被举着放进车厢里去时,我看见家中不可分离的江妈、小赵、大师傅、兰瑛他们,拼命向车内的我们递塞吃的东西,连平日不常吃到的香蕉都成串地往我们丢上来。他们紧紧拉住母亲的手、姐姐的手、我的手。火车长鸣一声——汽笛拉起了尖锐的声音,车子慢慢开动了,双方的手链不肯放开。人群中,车外送行的老家人,叫喊起来:"小妹——妹妹——快快回来——太太——三五个月——就快回来——我们当心看住房子——快去快回呀——不过又是一场逃难——"他们哭了,车速渐渐加快,我们被拉得快断掉的手,啪一下松了。母亲哗一下扑倒在卧铺上。我不敢出声,看见母亲那个样子,我吓得不能动弹。

我们就这样离开了南京。

那是公元一九四九年底的冬天。

总有人来问我:"三毛我们要去大陆了,你要什么东西?"

我说:"请你心里为我带些雨花台的小石头来,就很感谢了。"

听的人说:"上半年你只身去了大陆,光是江苏浙江就走了三十七天,难道没有去南京吗?"

我笑了笑,摇摇头。

父亲说:"对呀——你这次回大陆怎么没有去南京看看呢?"我说:"肯定碰到明珠姐姐,如果我去头条巷。"母亲骇了一跳,说:"明珠不是死在'文化大革命'了吗?""没有。"我说,"假如我这次走进南京的老房子——我当然先向书房走去,人还正在花园里呢,背后会有笑声说——妹妹这一觉睡得好长,都黄昏了才起来。看——姐姐手里什么好东西,过来拿呀——"我说,"明珠姐姐就站在我背后假山上,手里面捧着那同治年间粉彩小花水缸,笑着向我招手哪——"父亲说:"你又来吓人了。"我说:"我可是被吓了一跳,问说——明珠姐姐你不是死在沈阳的吗?怎么倒来吓我?姐姐笑着说——妹妹可真是睡蒙过去了,尽说胡说——看,四岁多的娃娃了还不知道梳头洗脸,不看江妈又要来数落你了。"母亲说:"好了,快吃饭,不要再做白日梦了。""对啦!明珠姐姐也说——妹妹不过做了一场梦。什么台湾欧洲非洲美洲的,不看哥哥姐姐都还在大学中学,妹妹到底怎么环游世界去了。都是墙外边那面英国旗子飘啊飘地把妹妹梦里飘零四十年——"

母亲看了我一眼,把个电视遥控器轻轻一压——民进党正在演讲,桌子拍得好大声呀——那声音淹没了明珠姐姐的讲话,我笑了起来。

我看见了,就在三百八十度电视机画面中间的我,我正用自己的脚踪,再度走向南京的故居,在那夕阳将尽的黄昏。我轻轻按铃,站在门外等待。夜茫茫。让我进去可不可以?我是以前这幢房子的住客。重尊无处——嗳——一切的东西都缩小了尺寸。觉来小园行遍。让我上去图书室好吗——明珠姐姐——异时对——明珠姐姐你在家吗——燕子楼空——那怎么连江妈也看不到了呢——好——当它是——来呀——三毛——古今如梦——我们在这梧桐树下合拍一张照片好不好——对——用镁光灯——笑呀——不要叹气嘛——一二三我们笑呀——看,这黄楼夜景多么美丽——还有这秋天的月亮当头照着——好了。快。拍好了就快走吧。车子在等。后天我们飞回台北就快快去冲底片了——

如果,我青石板的街道——哒哒的马蹄——是个过客——不是不是归人——我——不带走一片云彩——我——挥一挥手——我——走了——如果这也要参破成空——望断成空故国成空心眼成空——那一个失去了梦的人,活得活不下去又活得活不下去——小姐可是南京人——大伯伯你我可是个中国人。

夜半逾城

敦煌记

印度悉达多太子十九岁时,有感人世生老病死各种痛苦,为了寻求解脱诸苦方法,决定舍弃王族生活,于一日夜间乘马逾越迦毗罗卫城到深山修道。悉达多骑马上,驭者车匿持扇随行马后。天人托着马足飞奔腾空而去。空中飞天一迎面散花,一追逐前进。

——敦煌莫高窟　三七五窟　西壁龛南侧壁画故事

"那么你是后天早晨离开吗?"父亲说。

我说:"是。"

"好,祝你旅途愉快了。"父亲又说。

我谢了父母,回到自己温暖的小楼来坐了一夜。天亮了,再静坐到黄昏,然后慢慢走路去了父母家。

"咦,我们以为你不再来了。等等噉,我们看完这个电视剧。"父母说。

我等了十数分钟。坐了一会儿。

"那么我走了。"我说。

"好,祝你旅途愉快哦!"

"谢谢。"我轻轻说,再深深地看了父母一眼。

回家之后,将房子上上下下的尘埃全部清除,摸摸架上书籍、拍松所有彩色靠垫、全部音乐卡带归盒、屋顶花园施上肥料浇足水、瓦斯总门确定关好、写了几封信贴足邮资,这才打开衣柜,将少数衣裳卷卷紧,放进大背包里去。拿了一本书想带着行路——《金刚经》,想想又不带了。

离开家的清晨,是一个晴天,我关上房门之前,再看了一眼这缤纷的小屋,轻轻对它说:"再见了。我爱你。谢谢。"

当我亲眼看见那成排的兵马俑就立在我面前时,我的心跳得好快,梦境一般的恍惚感,再度成为漩涡,将我慢慢、慢慢,卷进一种奇异的昏眩里去。

去年在江南的时候,也是这个样子。

这是我第二次归去。

当国际旅行社的海涛在嘉峪关机场接到我的时候,我笑着跟他握手,彼此道了辛苦。

一路上舟车的确紧张,行色匆匆,总也不感觉人和天有着什么关系,直到进入河西走廊,那壮阔的大西北方才展现了大地的气势。

车子到了嘉峪关的城关口,海涛说下来拍照,然后再上车开进去。

我没有再上车,将东西全部丢在座位上,开始向那寸草不生的荒原奔去。

在那接近零度的空气里,生命又开始了它的悸动,灵魂苏醒的滋味,接近喜极而泣,又想尖叫起来。

很多年了,自从离开了撒哈拉沙漠之后,不再感觉自己是一个大地的孩子、苍天的子民。很多人对我说:"心嘛,住在挤挤的台北市,心宽就好了呀。"我说:"没有这种功力,对不起。"

海涛见我大步走向城墙,一不当心又跑了起来,跑过他身边的时候,海涛说:"是太冷了吗?"我说:"不是。很快乐。跑跑就会平静下来的。"

站在万里长城的城墙上。别人都在看墙,我仰头望天。天地宽宽大大、厚厚实实地将我接纳,风吹过来,吹掉了心中所有的捆绑。

我跑到无人的一个角落去,噢——长啸了一下,却吓到了躲在转弯墙边的一对情侣。我们三个人对视了几秒钟,我咯咯笑着往大巴士狂奔而去,没有道歉。

趴在窗口等开车的时候,远处那驻守的解放军三三两两地正在追逐嬉耍——他们也在跑着玩。我笑了起来。

离开了嘉峪关,我的下一站是敦煌。

海涛说,休息吧,接着而来的七八小时车程全是戈壁——戈壁就是荒原的意思。

荒原的变化是不多的,它的确枯燥——如果你不爱它。车上的人全都安静了,我睁大着眼睛,不舍得放过那流逝在窗外的每一寸风景,脑海中那如同一块狗啃骨头形状的地图——中国甘肃省,又在意识里浮现出来。

而我这一回,将这辆行走的巴士和我自己也放进想象的地图中间去,一时里,那种明显的漩涡再度开始旋转,我又不能控制地被卷进了某种不真实的梦境里去。它,这一回掺杂进了那条《大黄河》的音乐曲调作为背景,鬼魅一般占住了我全部的思绪。

虽然外边起了大风暴,我还是悄悄推开了那么一公分的窗框。为着担心坐在我身后的人不喜欢,我回了一下头。

我回过身来,将窗子砰一下关了起来,心里惊骇到不能动弹:"怎么会是他?"

我不敢再回头,呆呆地对着窗外,我听见有声音在说:"原来你在这儿。"

这原是两个人的位子,却是我一个人给坐了,当然是我自己在对自己说话。又有声音说:"去年在姑苏的时候,林妹妹先用一块雪白的丝手帕托人在一场宴会里悄悄送上,等到我上了那条运河从水道去杭州的时候,她左手戴了一只空花的白手套出现在岸边哭得死去活来地送别——"

我疑疑惑惑地再度回头,又看见了那光头的青年。我接触到他那双眼睛,我再度回过身来看着窗外那连绵到天边的电线杆,又听见自己在说同样的话:"宝玉,原来你在这儿。"

这时，昏眩的感觉加重了，我对自己说："不好了，今生被这本书迷得太厉害，这不是发疯了吧？为什么一到中国，看见的人全是它的联想，包括大西北也扯上了宝玉和出家。"

我不敢再回头，拿出喷水小壶来，往脸上喷了一些凉水。

一时里我发觉我已经站在那个青年人的座位前。我们含笑望着彼此。我说："你从哪里来？"他说："兰州。"我说："你到哪里去？"他说："敦煌。"我说："你去敦煌做什么？"他说："我住在莫高窟。"我说："你在莫高窟做什么？"他说："我临摹壁画。"

"你怎么会临摹？"

"我不知道。"

"学的？"我说。

"小时候就会了。"

我说："我认识你。"他说："我也认识你。"

我笑说："我是谁？"他说："你是三毛。"

我觉得疲倦如同潮水般地淹住了我，又有声音在我心里响起："我以为，你会说，你认识我——因为我是你的三姐姐探春，不然、不然，好歹我当年也是你们大观园里的哪一个人——"

我又对他笑笑，我们就是微微地笑着。后来，我坐回了自己的位子，两三小时，不再讲话。

再回首的时候，那个青年拿手掌撑着面颊，斜躺在座位上。

一霎间，宝玉消失了。他不是。

"小兄弟，看你是一座涅槃像。"我笑说。

车里的人听我这么说，都开始看他。他抿抿嘴，恬散的笑容，如同一朵莲花缓缓开放。

"你叫什么名字？"我说。

"伟文。"

"一九六七年出生的。"我肯定地说，不是问句。

"对了。"

旁边的一位乘客插进来说："那请你也看看我是哪一年生的。"我说："没有感应不行的。"笑指着伟文，又说："他的生肖是——"我心里想的超出了十二生肖，我心里说："他是蟾蜍。"

"我是青蛙。"伟文突然说。

我深深地看了伟文一眼，一笑，走了。

那个傍晚，我们抵达了敦煌市。

我将简单的行李往旅馆房间里一丢，跑下楼去吃了一顿魂不守舍的晚饭，这就往街上走去。

海涛说："今晚起大风，可惜没得夜市了。三毛加件衣服，认好路回来。"

我说："没事。"这句没事在大陆非常好用。

无星无月的夜晚，凛冽的风，吹刮着一排排没有叶子的白杨树，街上空空荡荡，偶尔几辆脚踏车静悄悄滑过身边、行人匆匆赶路、商店敞开着、没有顾客，广场中心一座"飞天"雕像好似正要破空而去。

我大步在街道上行走，走到后来忍不住跑到街道中间去试走了一段——没有来车，整条长长的路，属于我一个人。我觉得很不习惯，又自动回到人行道上来。另一个旅者，背着他的背包，戴着口罩与我擦肩而过。这时我看见有旅舍外边写着：**"住宿三元。"**

一时里，我的思绪又把正在走路的自己，给夹进了那几本放在台北家中书架上的"敦煌宗教艺术"的书籍里去混成一团。天是那么的寒冷，我被冻在一种冷冷的清醒里面。

这时候经过一家大商场，想起来这一路过来都是用手指梳头的，进去买一把梳子倒也很好。我一个一个的柜台看过去，对于那些乡土气息的大花搪瓷杯碗起了爱恋之心，可是没有碰触它们。付完了梳子钱，我说："同志，你没有找我钱。"那位同志叫喊起来："我明明找给你了。"我打开腰包再看，零钱就在里面。那时候，隔壁一个柜台在放录音带，他们把扩音机放得震天价响，我听见罗大佑的《恋曲一九九〇》在大西北之夜里惆惆怅怅地唱着——或许明日太阳西下倦鸟已归时，你将已经踏上旧时的归途——一幅巨大的标语在路灯下高悬——**"效法雷锋精神"**。

我进入了另一种时空混乱的恍惚和不能明白，梦，又开始哗哗地慢慢旋转起来。

就在那个邮箱的旁边，我又看到了他。

"伟文。"我说，"今天是一九八九年几月几日？"

伟文看着我手中拿着的小录音机，轻轻摇头说："三毛。你怎么了？"

我哦了一声,没有做什么解释,笑起来了。

伟文和我完全沉默地开始大街小巷地走着。风,在这个无声的城市里流浪,夜是如此地荒凉,我好似正被刀片轻轻割着,一刀一刀带些微疼地划过心头,我知道这开始了另一种爱情——对于大西北的土地,这片没有花朵的荒原。

亲爱的朋友,我走了。

当我在敦煌莫高窟面对"飞天"的时候,会想念你。谢谢多年来真挚的友情。再见的时候,我将不再是以前的我了。

爱你的朋友三毛

离开台湾之前,我把三五封这样的信件,投进了邮箱,又附上一九九〇年四月四日拍摄的照片,清楚注明日期,然后走进了候机室。

一路上,其实不很在意经过了什么地方又什么地方,只有在兰州飘雪的深夜里看到黄河的时候,心里喊了她一声母亲。那一夜我没有阖过眼。

敦煌的夜晚,在旅馆客厅里跟海涛、伟文,一些又加进来的国内朋友坐了一会儿。我变得沉静,海涛几次目示我,悄悄对我说:"三毛,去睡。"我歉然地站起来道了晚安,伟文叫住我,举起了我遗落在沙发上的小背包,我笑着摇摇头说:"不行,太累了。"

其实我正在紧张。潜意识里相当地紧张。

明天,就是面对莫高窟那些千年洞穴和壁画的日子。

我的生命,走到这里,已经接近尽头。不知道日后还有什么权利要求更多。

那一夜,我独自在房间里,对着一件全新的毛线衣——石绿色,那种壁画上的绿,静静地发愣。天,就这么亮了。

我又看见了海涛和伟文,在升起朝阳的清晨。

"早上好。"我笑着打招呼。

"你完全变了一个人。"伟文说。

我笑着掠了一下梳洗清洁的头发,竖竖外套的领子,说:"过了今天,还会再有更大的变化。"

那时候广场上有人陆陆续续上来请求一起拍照。我把海涛一拉,说:"来,我们来拍照。"

我将他拉开了人群,小声说:"海涛,我要跟你打商量,今天,是我的大日子,一会儿这一车的人到了莫高窟,你负责他们参观的事情,我会一下子就不见了。你不要找我也不要担心我不回市区里来吃中饭。到了黄昏,我自会找到你的车子回来。放心。"

这时候三五个人过来问我:"三毛,兵马俑和莫高窟比起来你怎么想呢?"

我说:"古迹属于主观的喜爱,不必比的。严格说来,我认为,那是帝王的兵马俑,这是民间的莫高窟。前者是个人欲望和野心的完成,后者满含着人类对于苍天谦卑的祈福、许愿和感恩。

敦煌莫高窟连绵兴建了接近一千年，自从前秦苻坚建元二年，也就是公元三六六年开始——"

我突然发觉在听我讲话的全是甘肃本地人，这一下红了脸，停住了。

其实，讲的都是历史和道理。那真正的神秘感应，不在莫高窟，自己本身灵魂深处的密码，才是开启它的钥匙。

在我们往敦煌市东南方鸣沙山东面断崖上的莫高窟开去时，我悄悄对伟文说："你得帮我了，伟文，你是敦煌研究所里的人。待会儿，我要一个人进洞子，我要安安静静地留在洞子里，并不敢指定要哪几个窟。我只求你把我跟参观的人隔开，我没有功力混在人群里面对壁画和彩塑，还没有完全走到这一步。求求你了——"

"今天，对我是一个很重要的日子。"我又说。

当那莫高窟连绵的洞穴出现在车窗玻璃上时，一阵眼热，哭了。

海涛宣布停车照相的时候，我站在结冰的河岸边、白杨树林的枯枝下，举起相机拍了的——不是那些洞穴。

当那西北姑娘，研究所里工作的小马——马育红，为我把第一扇洞穴的门轻轻打开时，我迟疑了几秒钟。"要我为你讲解吗？"小马亲切地问。"我持续看过很多年有关莫高窟的书，还有图片。"我说。伟文拉了她一下。我慢慢走进去，把门和阳光都阖在外面了。

我静静站在黑暗中。我深呼吸,再呼吸、再呼吸——

我打开了手电棒,昏黄的光圈下,出现了环绕七佛的飞天、舞乐、天龙八部、胁侍眷属。我看到了画中灯火辉煌、歌舞蹁跹、繁华升平、管弦丝竹、宝池荡漾——壁画开始流转起来,视线里出现了另一组好比幻灯片打在墙上的交叠画面——一个穿着绿色学生制服的女孩正坐在床沿自杀,她左腕和睡袍上的鲜血叠到壁画上的人身上去——那个少女一直长大一直长大并没有死。她的一生电影一般在墙上流过,紧紧交缠在画中那个繁花似锦的世界中,最后它们流到我身上来,满布了我白色的外套。

我吓得熄了光。

"我没有病。"我对自己说,"心理学的书上讲过:人,碰到极大冲击的时候,很自然地会把自己的一生,从头算起——在这世界上,当我面对这巨大而神秘——属于我的生命密码时,这种强烈反应是自然的。"

我仆伏在弥勒菩萨巨大的塑像前,对菩萨说:"敦煌百姓在古老的传说和信仰里,认为,只有住在兜率天宫里的你——'下生人间',天下才能太平。是不是?"

我仰望菩萨的面容,用不着手电筒了,菩萨脸上大放光明灿烂,眼神无比慈爱,我感应到菩萨将左手移到我的头上来轻轻抚过。

菩萨微笑,问:"你哭什么?"

我说:"苦海无边。"

菩萨又说:"你悟了吗?"

我不能回答,一时间热泪狂流出来。

我在弥勒菩萨的脚下哀哀痛哭不肯起身。

又听见说:"不肯走,就来吧。"

我说:"好。"

这时候,心里的尘埃被冲洗得干干净净,我跪在光光亮亮的洞里,再没有了激动的情绪。多久的时间过去了,我不知道。

"请菩萨安排,感动研究所,让我留下来做一个扫洞子的人。"我说。

菩萨叹了口气:"不在这里。你去人群里再过过,不要拒绝他们。放心放心,再有你回来的时候。"

我又跌坐了一会儿。

菩萨说:"来了就好。现在去吧。"

我和小马、伟文站在栏杆边边上说着闲话,三个人,透着一片亲爱祥和。

"伟文,为什么我看过的这些洞子里,只有那尊弥勒菩萨的洞顶开了天窗,这样不是风化得更快了吗?菩萨的脸又为什么只有这一尊是白瓷烧的呢?"

伟文说:"没有天窗。不是瓷的。"

"可是我明明没有举手电棒,那时候根本是小马在外边替我拿着电棒的。有明显的强光直射下来,看得清清楚楚。"我说。

伟文看着我,说:"我不知道。"

我一掉头，开始去追其他的参观者，我拦住一个，问他弥勒菩萨是什么样子，我听了不相信，又拦住了两个人追问。他们一致说："太高了，里边暗暗的，看不清楚什么。"

我腿软，坐了下来，不能够讲一句话。

一群人等在栏杆外大树下，叫喊："三毛，下来让我们合照呀——"

伟文说："可以绕这边走，再躲一下。累不累？"

我说："不累。不让人久等，我们过去吧。"

当我在空无一人的柏油路面上踩着白杨树影行走的时候，海涛带队的大巴士由后面开过来，突然刹车了。台湾同胞蔡健夫从车上双手递下来两本由他助印的经书，说："三毛，前人藏经在莫高窟，我们要把这份工作再延续下去，接好了，你一会儿代表交给敦煌研究所了。"

我在阳光下打开了一本大红封面的经书，赫然发现那一段正在发愿，愿在来生一愿如何、二愿如何、三愿如何……我看到书中第八愿的时候，伟文匆匆跑上来，我将经书一合。

伟文说："走了，去我们所里吃中饭。"

我笑说："嗳。"

那一路，我对自己说，这又是一次再生的灵魂了，不必等待那肉身的消亡。那第九个愿其实我已看到了半段，伟文恰好上来将我阻住，那么就在今生自自然然去实践前面的几个发愿心也是好的。

跟伟文在食堂里吃过了中饭，研究所里的女孩子们请我去她们宿舍里去坐坐，我满含感激地答应了。

往宿舍去的小路上，一个工作人员跑上来拦住了我，好大声地说："三毛，我得谢谢你，当初我媳妇儿嫌我收入不高又在这么远离人烟的地方工作，不肯答应我的求婚，后来她看了你的书，受到了感动，就嫁给我了。现在呀，胖儿子都有了，谢谢你大媒。"

我握住这个人的双手，眼里充满了笑意。

"远离人烟吗？真的。就我们所里这一百多人住在这里。一星期嘛，有车进一次城。冬天游客不来了，更是安静。"一个会讲德语的女孩子说，她是接待员。

"想离开吗？"我靠在床上问她们。

"想过。真走到外边儿去，又想回来。这是魔鬼窟哦——爱它又恨它，就是离不开它。"

"有没有讲西班牙文的接待员？"我问。

"什么文都有，就少西班牙文人才。"

我心跳得好快。把手去揉胸口。

"累了？三毛睡一下。"

我摇摇头，说："明天要去吐鲁番了。舍不得。"

女孩子们说："那就留下来了。"

我把衣袖蒙住了眼睛，说："来了就好。现在得去。没有办法。"

黄昏了，我们在莫高窟外面大泉河畔那成千的白杨树林里慢慢地走，伟文不说什么话，包括下午我们再进了一个洞，爬架子，爬到高台上去看他的临摹，他都不大讲话。我们实在不必说什么，感应就好了。

"那边一个山坡，我们爬上去。"伟文说。

我其实累了，可是想：伟文不可能不明白我身体的状况，他想带我去的地方，必然是有着含意的。

我们一步一步往那黄土高地上走去，夕阳照着坡上坐着的三个蓝衣老婆婆，她们口中吟唱着反复而平常的调子："南无阿弥陀佛——南无阿弥陀佛——南无阿弥陀佛——"一面唱一面用手拍打着膝盖，那梵音，在风中陪着我一步一步上升。经过老太太们时，伟文说："距离这里四十公里的地方，有一座佛寺，老太太们背着面粉口袋，走路去，要好几天才回得来，她们在寺里自己和面吃。"我听着听着，就听见好像是老太太在说："好了、好了。来了、来了。"

山坡的顶上，三座荒坟。那望下去啊——沙漠瀚海终于如诗如画如泣如诉一般地在我脚下展开，直到天的终极。

我说："哦——回家了。就是这里了。"

伟文指指三座沙堆做成的坟，只用土砖平压着四周的坟，说："这是贡献了一生给莫高窟的老先生们，他们生，在研究所里，死了也不回原籍，在这里睡下了。"又说："清明节刚过，我们来给他们上坟呢！"

一个被风弄破了的纸花圈，在凉凉的大气里啪啪地吹打着。

明亮的大红、橘黄、雪白是这片沙地上特别寂寞的颜色。

"伟文,你也留在这里一辈子?"我说。

"嗳。"

"临摹下来的壁画怎么保存呢?"

"库存起来。有一天,洞子被风化了,还有我们的记录。"

"喜欢这个工作吗?"

"爱。"

"上洞子多少年了?"

"五年。"

"将来你也睡在这儿。"

"是。"

夕阳染红了这一大片无边无际的沙漠,我对伟文说:"要是有那么一天,我活着不能回来,灰也是要回来的。伟文,记住了,这也是我埋骨的地方,到时候你得帮帮忙。"

"不管你怎么回来,我都一样等你。"

"好,是时候了。"我站起来,再看了一眼那片我心的归宿,说,"你陪我搭车回敦煌市去了。"

"小马,再见了。莫高窟的一扇扇门,是你亲手为我打开。我会永远记得感激你。"我紧紧地拥抱着小马。一撒手,大步走去,不敢回头。

海涛问我这莫高窟的一日过得如何,我点点头,一笑,上车了。

伟文一路跟车子送到敦煌市,他手里一个袋子也没有,卷着一团布,也不知做什么。

我跑回敦煌市的旅馆里,快快脱下了那件 V 字领的毛线衣,放在一个小包包里面。

"伟文,快,今晚有夜市,我们去坐露天茶馆吃小摊子。"我接近欢悦地叫喊起来。

"吃摊子吗?"

"不然呢?吃饭店多么辜负了地方风味。"

我半躺在露天茶座上,用厚外套盖住自己。今天没有风暴,满街的人们,不挤的一种活泼,将这敦煌衬得另是一番流丽风情。

夜来了,我得回旅馆。而我实在舍不得。

"你是从壁画上下来接我的对不对?"我又问一遍伟文。

他开玩笑地说:"是。"

"不过,你不是佛,你是一种——嗯——弟子。这是我的感觉。"

伟文指指乍一下亮起来的霓虹灯,说:"看灯。"

"哦,很好看。"我赞叹着人间灯火,受到了很真切的感觉。而那广场中间白色的塑雕"飞天"依旧舞出了她那飞上天去的姿势。

"这不过是塑像罢了,真的她,早就飞来飞去了。"

我指指广场中心,向伟文笑笑。

这时,台湾来的同胞向我叫过来——他们也在街上。"三毛,我们去跳舞,来嘛来嘛——我们去跳 DISCO,吧哒哒——"一个宝贝蹲在我座位旁边扭来扭去。

我笑着把他们挥挥走,亲爱地啪一下轻打了那个台湾青年的头。整条街上又饱满了这样在唱着的歌——轻飘飘的旧时光就这么溜走,转头回去看看时已匆匆数年,苍茫茫的天涯路是你的飘泊……

我仍旧在想为什么那个弥勒大佛在我眼中变成白瓷面孔?又在想那照明给我看的光束为何别人都没有看见的问题。侧过去看看伟文,他手里卷着的那包布料轻描淡写地递了过来。我突然发觉伟文像极了他正在临摹壁画的洞子——那位站在南无本师释迦牟尼佛身边的大弟子——阿难。

"这是我很爱的一件衣服,还有一本有关敦煌的书、几套敦煌壁画的明信片,你带去了做个纪念。"伟文说。

我慢慢打开了那块灰色的布料——一件小和尚的僧衣,对襟开的,在我手里展开。

"我喜欢。谢谢你。"

我的手抚过柔软棉布的质地,抬眼看了一下穹苍,天边几颗小星星疏疏落落地挂了上来。

"明天我要走了。"我轻轻说。

"嗳。"

"以后的路,一时也不能说。"我说,"我们留地址吗?"

"都一样。"伟文说。

"我也是这么想。"我又说,"我看一本书上说,我们甘肃省有一种世界上唯一的特产,叫做'苦水玫瑰',它的抗逆性特别强韧,香气也饱含馥郁,你回去,告诉所里的女孩子,她们就是。"

"知道了。"

"年纪轻轻的,天天在洞子里边面壁,伟文,我叫做——这是你的事业,不是企业,我们知道做事情和赚钱有时候是两回事的,对不对?"我说。

"我也是这么看法。"

"谢谢你们为敦煌所做的事情。也谢谢你给我这两天的日子。"

"没事。"

"我给你讲个故事,就散了。"我开始说,"很久以前,一个法国飞机师驾着飞机,因为故障,迫降在撒哈拉沙漠里去。头一天晚上,飞机师比一个飘流在大海木筏上面的遇难者还要孤单。当天刚破晓的时候,他被一种奇异的小孩声音叫醒,那声音说——请你……给我画一只绵羊……"

伟文很专心很专心地听起《小王子》的故事来。

"很多年以后,如果你偶尔想起了消失的我,我也偶然想起了你,伟文,我们去看星星。你会发现满天的星星都在向你笑,好像铃铛一样。"

"嗳。"

"记住我选的地方了?那个瞭望沙漠的小坡?"

"记得。"

我们在一个十字路口站住了,旅馆在我的背后。我拿出放着绿色毛衣的口袋来,紧了一紧伟文送给我的衣服。

"伟文,恰好我要给你的纪念,也是一件衣服。现在我把我的颜色,亲手交给你了。"

"好,我收下。"

天是那么的黑,因为没有月亮。

我看见伟文的一双眼睛,寒星一样看住了憔悴的我。

我知道,我们再也不会也不必联络了。

我再看了伟文最后一眼,他的身后,那 DISCO 的霓虹灯和"飞天"同时存在着,一前一后。

"那么我走了。"我说。

"嗳。"伟文抿了抿嘴唇,重重地点了一下头。

我转身,慢慢、慢慢往天边的几颗星星走上去,口袋里那把旅馆钥匙,被我轻轻握在掌心中。

你是我不及的梦

车子抵达月牙泉的时候,一同进入这山谷的人都往水边奔去。骆驼全跪着休息了。

我趴在碎石地上,拍摄着一块又一块覆盖在驼背上的布料,那被我称做"民族花纹"的东西。

有声音在一旁说:"这有什么好拍的,不过是一些破布呗!"

我收了底片,弯下腰来抖散着发中掺杂的沙子。突然抬眼,向那围观的人群灿然一笑。

玉莲,那位将我驮进山谷里来的女子,笑着上来问我:"姐姐不上山去?"

我看了看日头,看了看眼前直到天际的瀚海沙洲,又看了看玉莲,说:"好的。我们走走去。"

我束起头发,戴好帽子,蒙上口罩,慢慢跨上骆驼。

"姐姐拉稳,看站起来了。"玉莲喊。

"不怕，没事，"我说，"可以走了。"

玉莲抓着骆驼绳子在我的前方行走。

"姐姐以前看过沙漠没有？"

"看过的。"

"我看姐姐骑骆驼跟旁人不一样。别的人来，把它当马一样骑的。"

"那么下地的时候就不好走路了。"我笑了起来。

我们穿过沙海，沿山丘的弧形棱线往上爬。驼铃的声音铓当、铓当在大气里回荡。再远的山头上，两三匹驼影，停在高处。

玉莲说："那肯定是日本人。"

"不去管日本人，"我说，"玉莲儿，日子好过吗？"

"可以。一天攒个十来块人民币。"

"那骆驼要吃掉几块呢？"

"骆驼不吃钱，"玉莲笑了，"骆驼吃田里的草——我们给种的。过了秋天，骆驼就吃干刺。"

"能活吗？"我说。

"别的牲口不能，骆驼可以。"

"你们够活嘛？"

"我们一家三口，足够活。"

"到了冬天没有人来骑骆驼了，怎么办呢？"

"我们是——攒的钱省省地花。加上六七月田产出来了，麦子磨成面放起来，冬天不用愁的。"

"你爱人呢？玉莲。"

"爱人在家抱娃娃。"

"不出来索骆驼吗？"

"他并不会拖人。一个客人都拖不到。只知道看看。站了一天到晚的——"

"你是心疼他，才这么说的。"我说。

"他真的是不会，"说着玉莲噗地笑出来了，"哄娃娃事情也怪多的。"

"玉莲结婚几年了？""两年多。"

"一个娃娃？""嗯。还想要一个。"

"不怕罚吗？""不怕。三个就不可以了。"

"不是罚很多钱嘛？""没关系。娃娃好。"

"玉莲你们是农民？""嗳，算是农民。"

"也养骆驼？""小骆驼不好养，是去买现成的大骆驼来的。"

"向谁去买呢？""我爱人和他的爸爸，向少数民族那边去买。一条一千块，要索三天三夜才回来。那边一个叫墟北的地方。""骆驼老了不能再为你们赚钱，你们拿它怎么办呢？"

"我们——就养它。姐姐骑的这条才两岁多。"

我们往更高的棱线上去。

"玉莲，"我说，"你乖，叫骆驼跪下，我下地，换你上来骑着玩儿好不好？"

玉莲吃了一惊："不行的，不行的。姐姐是客人。"

"行的，行的，你上来。"我咯咯地笑了。

"不行的，不行的。"

"那我就滑下——"

我们在高高的沙岗上嘻笑起来。

路,愈走愈陡。大漠平沙全在脚下了。

"累呗?"玉莲看了我一眼,我摇摇头。"累了姐姐也下来走走。"玉莲又看了我一眼。

"不累。倒是你。一心一意,只想把你给弄上来,让我给你索一回骆驼。"

"不行的。"玉莲声音里有些东西掺进去了。

"好。那我也不要再上去了。"

"那我们回去?"玉莲再度迎面向我。

"嗯。去你家里好不好?远不远?"

"好的,"玉莲立即转了下坡的方向,"就在不远的绿洲里边儿。姐姐来早了,要是六月的时候来,田里都是吃的。"

"不妨。我们快去吧。玉莲叫骆驼跑呗——"我们由山上奔跑下来,弄起了漫天尘埃。

"啥?"停车场的人喊着。

玉莲扎好骆驼,说:"这位姐姐跟我家去。"

她索出了一台自行车。

"姐姐,我这就骑了。姐姐,跳上来,不怕摔。"

在那高高的白杨树下,玉莲骑着车,我斜坐在后座,穿过了一排还没有全上芽的树影,往她那绿洲里边儿的家园骑去。

"我们去年分了家,也就是说,里里外外全都分了。田产、收入、房间、炉灶都给分了。我们一家三口算是小家庭，现在姐姐你去的地方是个大房子，我们分到好大的两间房。"

我抱住玉莲的腰，把头发在风里打散了，空气中一片花香加上蜜蜂的嗡嗡声。是一个凉凉的春天。

"姐姐，我还有电视机，是公公买给我们的。不过是黑白的。彩色机太贵了。"

"玉莲你公公婆婆好。"我说。

"是啊。我爱人也好。娃娃也好。"说着玉莲跳下自行车，过了一道流着活水的小桥，指向那不远的大围墙——数十棵合抱的粗细杏花深处的泥房，说，"那就是我的家了。"

从玉莲家里出来的时候，我的手上多了一条大洋红色夹金边儿的方巾，是玉莲从电视上一扯扯下来，硬要送给我的。

玉莲的公公婆婆送到门口，见我只喝了糖茶而不肯留下来吃面条，有着那么一份不安和怅然。

"姐姐赶车回敦煌急呢。"玉莲说。

玉莲的公婆对我说："下回来家，就住下了，乡下地方有的是空房。吃的少不了你一份。六七月里来，田里蔬菜瓜果吃不尽，还有杏子。"

我向两位家长欠身道别，对玉莲说："你这就做饭不用送了。我跑路去赶车行的。"

玉莲又去推她的自行车。

她那站在葡萄架下的爱人，手里果然抱着一个好壮的男娃娃。

玉莲爱人老是笑着，不吭气。

穿过大片薄绿的田野，穿过那片黄土地上开满着杏花的树园。我们上了桥，渡过溪水。又得离去了。

我望着村落里向那长空飘散而去的一丝炊烟，把鞋子在田埂边擦了擦，笑看着玉莲，说："不想走了。"

"有这么好吗？"玉莲呐呐地说。

我摸摸她红苹果一般的面颊，轻声说："好。"

"我们的日子就是清早起来做做田，晚上天黑了看看电视，外边儿的世界也没去过。"

"外面吗？"我叹了口气，说，"我倒是有一台彩色电视机，就是没有装天线——"

我推着玉莲的自行车跑起来。

"玉莲你们夫妻不吵架？"

"我们从来不吵架的。"

"你们这一大家子十四个人又吵不吵架？"

我们正在薄荷一样清凉的空气中，踩过一地白杨树的影子，往停车场骑去。

我们跳下车子。喘口气，笑一笑。

"你们为什么总也不吵架？"我说。

玉莲被逼着回答，才说："公公是佛教协会的。"接着又说："公婆人好，大家就和气。"

"玉莲你也好。"我看了她一眼，忍不住轻轻转了一下她的帽檐。

汽车来了。一时也不开。

我还是上车了。

玉莲靠到我的窗口边边来,说:"姐姐你要是再回来,早先来信,肯定住家里了。房子好大的,这姐姐也看见了。家里东西吃不完。我们日子好过。也不吵架。如果六月来了,田里瓜果满地都是……"

我手上扎住了那方玉莲给我的彩巾,在那奔驰驶过大戈壁、奔向柳园赶火车去吐鲁番的长路上。我再看了一次玉莲公公给写清楚的地址,我拿出小录音机来,重复录了两遍玉莲那家园的所在。

又说——今天是西元一九九〇年四月十三日。我在中国大西北、甘肃省、敦煌、月牙泉。

玉莲,你就是我所得不到的梦。

(载于一九九〇年六月《讲义》)

附录1 一封给邓念慈神父的信

敬爱的邓神父：

收到您的来信的现在，我正在巴西旅行。这封信经过《联合报》转到台北我父母的家中，因为是限时信，很抱歉地由我父亲先代为拆阅了，然后转到巴西给我。

拜读了您的英文信之后，我的心里非常地难过与不安，在我的文字中，无意间伤害到了您的情感和国家，虽然并不是故意的，可是这件事情的确是我个人在处置上的粗心和大意。

身为一位哥伦比亚的公民，在看到了我对于他自己国家的报道上有所偏差时，必然是会觉得痛心的。您写信向我抗议是应当的行为。这一点，如果我与您换了身份与国籍，也一定会向作者写出同样的信来，在这儿，我要特别向您以及您的国家道歉。

因为我这次旅行，在哥伦比亚恰巧碰到了一些不诚实的事情，首都博各答的治安也因事先阅读书籍的报道而影响了我的心理，因此便写了出来。事实上，世界上任何国家，每一个城市，每日都有大小不同的暴行在发生,这不只是哥伦比亚,是全球人类的悲哀和事实,不巧我的文字中记录下来的只有一国,这当然是不公平的。尤其使我歉疚的是——我深深地伤害到了一位为着我们中国人而付出了爱与关心的神父,这是我万万不愿意的。

在我旅行结束回到台湾去时,请您千万给我一个补过的机会,请您答应见我,接受我个人的道歉。希望这件事情能有一个挽回的机会,不但是向您私人致歉,我也有义务将这封信发表,算做对哥伦比亚这个国家的歉意。

我们都是有信仰的人,对于这个美丽的世界和生命,除了感恩之外,必然将天主的爱也分布到人间。您,早已做到了这一点,而我,却在这份功课上慢慢学习。爱,是没有国籍也没有肤色之分的,这份能力来自上天,失了它,我们活着又有什么其他的意义呢!

看完您的来信已经一天了,可是我心中的愧疚不能使我安睡,请您了解我的真诚,但愿因为这一篇文字,而使我们因此做了朋友。回到台北时,我要来"耕莘文教院"拜望您,如果您肯接见我,当是我最大的欢喜,因为可以当面向您解释和交谈,也但愿您对我的粗心大意能够有所教导,都是我当向您学习的地方。

许多的话,说出来并不能减轻我内心的负担,可是这封信是一定要写的,请您原谅,宽容,实在是十分对不起。急着回来见您!

敬祝

安康

晚

三毛敬上

附录2 飞越纳斯加之线

米夏

小型飞机终于从崎岖不平的碎石跑道上起飞了,飞进沙漠的天空,早晨的空气清凉又干爽。我心里在想:"又要飞了。"

又飞了,不过,这一趟空中之旅就是不一样。自从三毛和我去年离开台湾,我们曾经飞过千山万水,飞越过成千上万各有悲欢离合的芸芸众生。

每一次在飞机降落之后,我们刚刚才看清楚一片新土地,也才揭开这片土地的一点点秘密,不过,只有一点点。一个人穷毕生之力也不足以完全了解一个地方,包括我们自己的家乡在内。时间过得太快,我们还没准备妥当,就又要上飞机了。

我坐在驾驶员的旁边,小飞机起飞的时候,他在胸前画十字,我心里就在想:"这一趟一定跟以前不一样。"他的举动给我一种很奇怪的感觉。由于这趟旅程的终点充满了神秘色彩,驾驶员的举动倒很适合这种气氛。

"纳斯加之线嘛!"三毛说。

"什么线?"我回问三毛。在我们前往秘鲁途中,三毛问我知不知道这个有名的古迹。

"我们马上就要到秘鲁了,难道你对南美洲最令人不解的谜竟然一无所知吗?"

"我当然知道,每个人都知道,玛丘毕丘,印加帝国失落的古城,对不对?"

"不对啦,那是一个废墟,是印加人过去居住的地方,唯一令人不解的是,他们为什么放弃了那个城市。我现在说的是一个直到今天都没有人能解开的谜。"

"什么谜?"

"你没有看过登尼肯(Von Daniken)的书,还是根本没听说过他的书?"

"谁的书?"我问。她每提一个问题,我就愈发觉得自己没知识。三毛看过不少杂书,她看西班牙文、德文书,当然还有中文书,虽然她自谦英文不行,但无损于她阅读英文作品。三毛不仅看书,而且过目不忘。

她不仅看书过目不忘,她对看到的东西,吃过的东西,在哪里吃,跟谁一起吃的,以及价钱多少,都有很好的记性。

有一天,她真令我大吃一惊,她能记得十一年前住在芝加哥时香肠卖多少钱,并且拿来跟利马市华埠香肠的价钱相比。

在这次旅行中,我不只一次觉得自己像个笨瓜,这个中国女孩子总会问出一些我从未念过或记不得的事情。

三毛像老师教笨学生一样,很有耐心地向我解释:"登尼肯是一个作家,他写了一本书,谈到我们这个世界上有些未解开的谜,他认为这些奥秘与地球以外的生命有关。"

"我不是从他的书里第一次听说纳斯加之线,但是,我看了他的书以后,就很想到秘鲁观光,亲自看一看。"又说。

飞机把我带到了纳斯加这个绿洲小城的上空,"亲自看一看"这句话还在我的脑际回响。纳斯加坐落在秘鲁南方的大沙漠中。

从空中看,这个小城像一个绿色的岛,大片的荒漠一直伸展到地平线上的山脉,只有这一小片绿色。

在我们的脚下,一天的作息刚刚开始。一个女人在井边洗她一头乌黑的长发,一座泥屋升起了袅袅炊烟。一对父子已经带着工具骑自行车上工了,母亲和儿媳妇留在家里。

一屋又一屋,一街又一街,到处都有日常的活动。在我这趟飞行中,至少有一小段时间没有把我跟我熟悉的日常生活完全隔离。

飞机飞过城中心的时候,我往下看那家旅馆,三毛想必还在床上休息。

"实在是不太对。"我觉得,"她才应该在飞机上,去看沙漠中的那些神秘的巨大图案,不该由我去。"

我心里很难过,因为三毛竟不能去看这些神秘的古迹,她一直认为这些东西真是南美洲比较重要、比较有趣的一景。

说实在的,她已无法上飞机。在前往纳斯加途中,三毛开始晕车,因为长途公车在秘鲁崎岖的道路上行驶,颠得厉害。

公车愈往前行,她晕得愈厉害。几个小时她都默默不语,一

手按在头上,一手按着肚子,后来,她喘着气说:

"我晕得好像要死了!"

"我们下一站一定要下车!"

"不行!"

"但是,你病得很重,不能再走。"

"没关系,我们一定要到纳斯加。"三毛很坚决地说。

这是她典型的个性。一旦她下定决心,什么事也阻止不了她达到目标。

经过大约五百公里的折磨,深夜里我们终于到了纳斯加。感谢上天,公车站附近有一家旅馆,我们住进去的时候,三毛已经十分虚弱了。

"米夏,我告诉你,我真的病了。"我扶她进房间的时候,她很痛苦地说。

"吃一点药,好好休息。"

"明天我不能飞了。"三毛有气无力地说。

"什么?"我简直不能相信刚才听到的话,我知道她累疯了,身上有病痛,但是,我认识中的三毛不会就此罢手。

"你不知道自己在说些什么。今晚好好休息,我们明天再谈。"

"我不行。"

"可是,你盼望了那么久,跑了那么远的路。"我表示不平。

"别傻了,你今天已经看到我在公车上是什么样子。如果我坐那架小型飞机飞上天,我会晕死。"

"我们能不能买些什么药来?"

"以前试过所有这一类的药,没有一种管用。即使到兰屿,只坐很短时间的飞机,下飞机的时候我也快要死了。"

"那你为什么要到纳斯加来,你明知纳斯加之线只有从空中才能看到?"

"我以为我可以勉强自己,可是,经过今天在公车上的情形以后,我知道我在空中支持不到五分钟。"三毛深深叹口气,"你走吧,让我休息!"

飞机飞过旅馆上空,我希望她好好休养。我还是不相信她竟会放弃这个机会,不过,我知道,她一定达到了体力的极限,才会忍痛这样决定的。

仰望万里无云的碧蓝天空,我不禁要问,上天何其不公,为什么世间一个意志最强的女子,身子却经不起风霜。

没有多久,我们已经离开纳斯加很远。我们还要在荒凉的沙漠上空再飞二十二公里,才能看到一个已经消失的文明所留下的巨大创作。

"你是哪里人?"有人用西班牙话问我。一上飞机,我就专心在想缺席的三毛,还没留意到飞机上其他的人。

我朝说话的人望去,看到驾驶员笑着跟我招呼。

"美国人,"我用非常蹩脚的西班牙语回答,"你呢?"

"我是秘鲁人,不过,我母亲是意大利人,我父亲是法国人。"

我很想多问一些关于他的事情,无奈我的西班牙语已经技穷,只好笑笑,大家都没再说话。

其他的座位上只有两个年轻人,他们用德语交谈。虽然我是第三代的德裔美国人，可是，我对德语一窍不通。

我觉得我跟他们有很大的距离，就像我与地面上的人相隔甚远。既然没有交谈的对象，我就设想，如果是三毛，而不是我在飞机上，情况会有什么不同。

她的西班牙语和德语都说得很好，她的聪明活泼会透过语言发散出来，让人如沐春风。任何人如果跟三毛聊过五分钟，一定会念念不忘。她讲话就像玫瑰在吐露芬芳。

在这趟单独飞行之前，我体会不出如果没有我的老板娘，这趟南美之行就不够圆满。

沙漠很快就越过了，在破晓的阳光中，展现出一片到处都是石头的不毛之地，有一种寂静的美。

"我们马上就要到了。"我们的驾驶员说。

他指向第一道线，我赶紧把照相机准备好。

在我们底下，有一块绵延好几公里，至少有半公里宽的广大地区，看起来像飞机跑道。

这条地带的边缘很平、很直，好像是用建筑师的直尺画出来似的。在界线以内的表面地区，没有任何石头，而且很平滑，与周围崎岖及多石块的沙漠恰成对比。

一个甚至没有文字的农业文化，怎么会有这种技术造出这么庞大、这么精确的地界标呢？

这是登尼肯在他的书中提到的一个问题。他对这个问题提出一个理论作为答案，他认为，纳斯加文化（在西元八百年达到巅峰，大约比印加帝国的兴起早四百年）不可能有足够的技术造出这样的地界标。登尼肯推论的结果是，这些纳斯加之线是地球以外生物的杰作，他们把这片沙漠当做降落的场所。

这只是一个理论而已，而且很难证明是否正确。无论是谁铺的，这些线铺了许多。有些铺成长方形，有些是三角形，有些线成直角交叉。

我们飞越的是一个布满了几何图形的沙漠，而且不知这些图形是怎么来的，可是，这还只是纳斯加之谜的一半。

驾驶员指向地面，用英文说："Monkey（猴子）。"然后把机身急转，让我们仔细看清刻在沙漠中的巨大图形。图形很简单，看起来像是出自儿童之手。

沙漠中这一块地盘变成了动物园。我们飞越过鸟、鱼、蛇、鲸鱼、蜘蛛、狗，甚至还有一棵树的图案。

这些图形最令人惊讶之处是体形庞大。其中有一只鸟，翅膀超过一百公尺。没有空中鸟瞰之助如何能刻出这些图形？为什么要刻这些图案？这是迄今仍未解开的谜。

我们飞过一个小小的观测塔，此塔是由德国女子玛丽亚·雷奇所建，她花了将近三十年的时间研究这些奥秘。

不过，花了那么多的时间，她只做了一个结论——这些庞大的线和动物图形可能是巨大天文历的一部分。她并且认为，这些线大约是在西元前一千年左右所建，远在纳斯加文化出现之前。

直到今天，雷奇和登尼肯都不能证明他们的理论是对的，因此，纳斯加之线之谜仍然无人能解。

我们的飞机在这个谜团的上空再盘旋几圈，让我们看这些动物图形和跑道最后一眼，然后飞回纳斯加。

我们默默地离开这片沙漠，奥秘仍未揭开，只有山边一个由不知来历的古人所刻的巨大人形，在那里永久守望着迄今仍未解开的纳斯加之线之谜。

三毛注：

米夏并未在文中说明，其实在赴纳斯加之线以前，已在秘鲁全境做了近六十小时的长途公车之旅，因此体力不继，未能到空中去。不是晕车五百公里，是晕车近六十小时不退。

图书在版编目（CIP）数据

万水千山走遍 / 三毛著. -- 海口：南海出版公司，
2023.9（2025.7重印）
ISBN 978-7-5442-9977-0

Ⅰ.①万… Ⅱ.①三… Ⅲ.①散文集－中国－当代 Ⅳ.①I267

中国版本图书馆CIP数据核字（2022）第068310号

著作权合同登记号　图字：30-2021-100
本书由皇冠文化集团授权，仅限于中国大陆地区销售，不得售至台、港、澳地区，及东南亚、美、加等任何海外地区。

万水千山走遍
三毛 著

出　　版	南海出版公司　（0898）66568511
	海口市海秀中路51号星华大厦五楼　邮编570206
发　　行	新经典发行有限公司
	电话（010）68423599　邮箱 editor@readinglife.com
经　　销	新华书店
责任编辑	侯明明
特邀编辑	陈梓莹　沈　宇
营销编辑	李清君　杨美德
装帧设计	好谢翔
内文制作	张　典
印　　刷	河北鹏润印刷有限公司
开　　本	880毫米×1168毫米　1/32
印　　张	10.5
字　　数	217千
版　　次	2023年9月第1版
印　　次	2025年7月第8次印刷
书　　号	ISBN 978-7-5442-9977-0
定　　价	49.00元

版权所有，侵权必究
如有印装质量问题，请发邮件至 zhiliang@readinglife.com